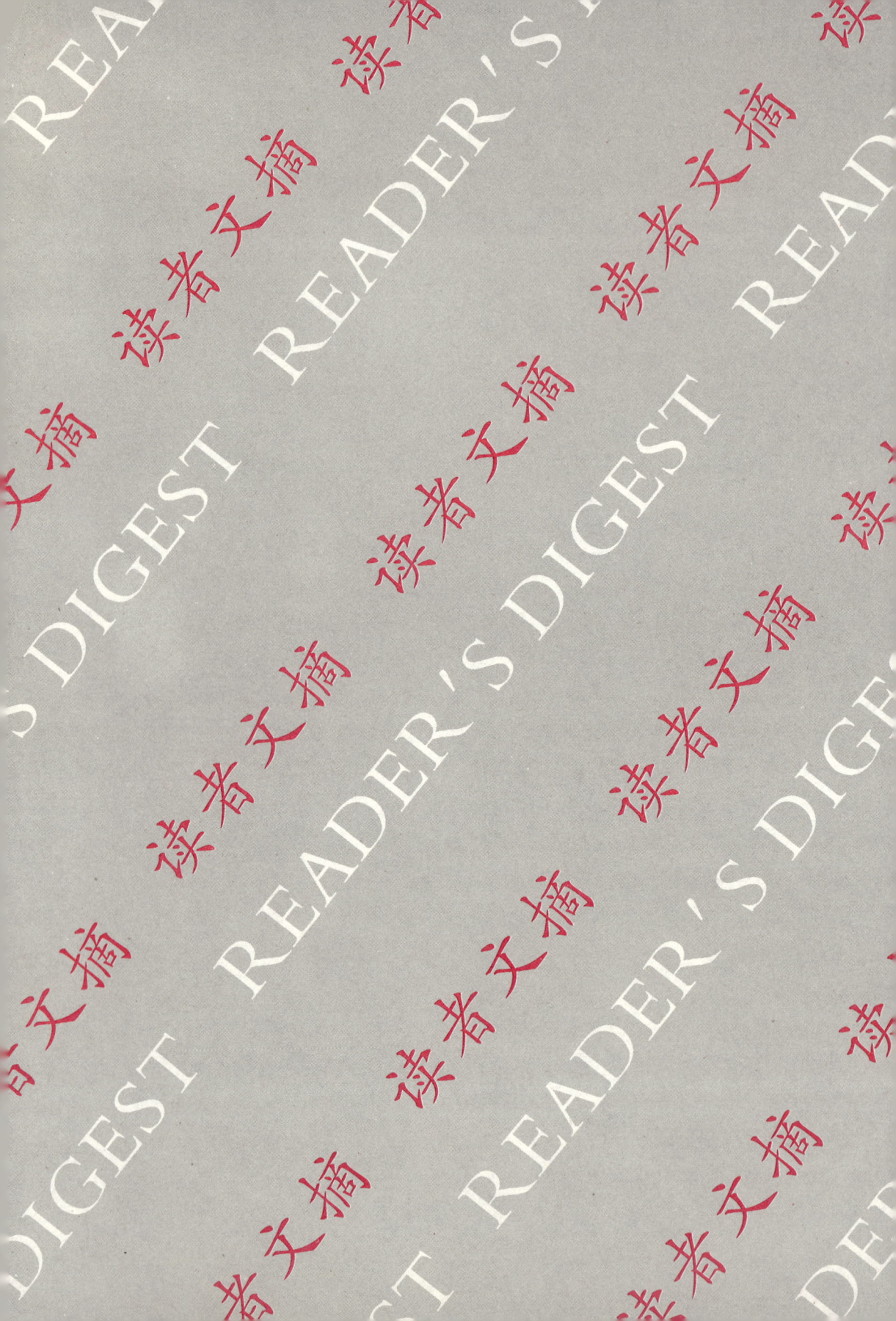

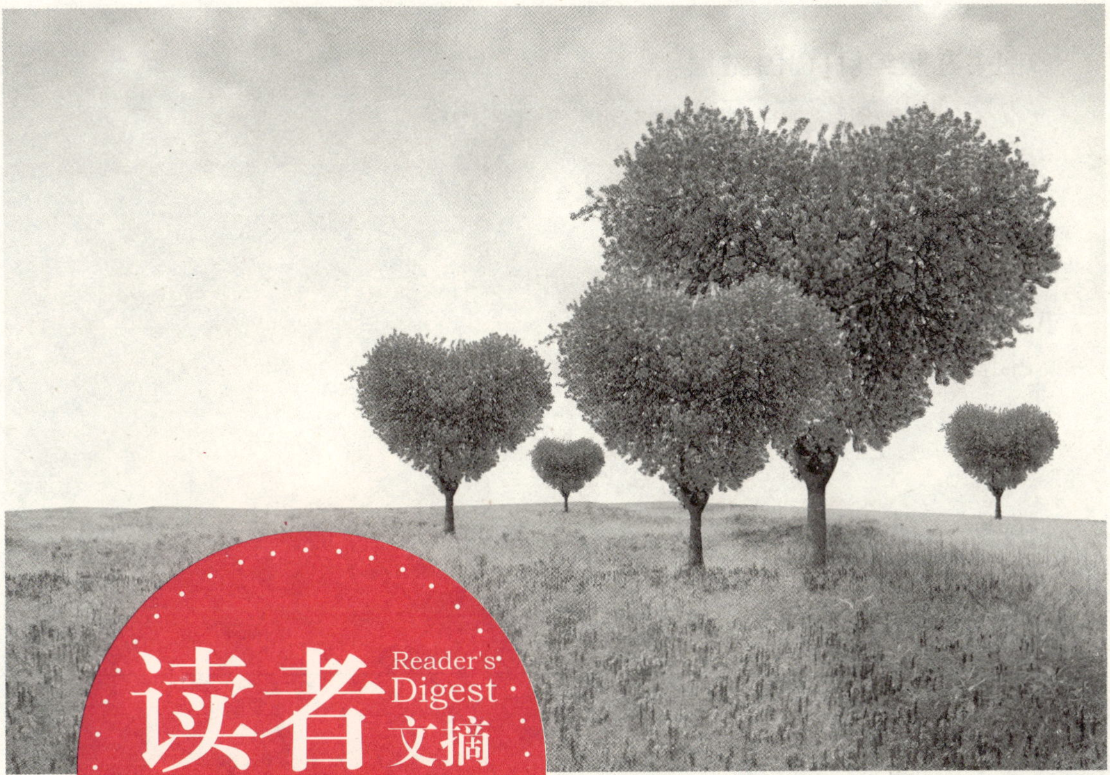

读者文摘

Reader's Digest 文摘

（情感篇）

Qinggan Pian

佳作评选
精华版

成功没有彩排的机会，每一天都要以正式上场的姿态面对。琐碎的光阴，庸常的日子，读一篇读者文摘，为疲倦的身心注入新的活力。《读者文摘》好运将一路相随！

打开柔软的心，学会付出和关爱，点燃人性中最灿烂的光芒。

为爱种一片森林

汪云飞 / 著

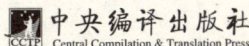

中央编译出版社
CCTP　Central Compilation & Translation Press

图书在版编目（CIP）数据

为爱种一片森林／汪云飞著. -- 北京：中央编译出版社，2014.2
（读者文摘）
ISBN 978-7-5117-1908-9

Ⅰ. ①为… Ⅱ. ①汪… Ⅲ. ①散文集-中国-当代 Ⅳ. ①I267

中国版本图书馆 CIP 数据核字（2013）第 275549 号

为爱种一片森林

出 版 人	刘明清
排版制作	腾飞文化
责任编辑	邓永标　余海伦
责任印制	尹　珺
出版发行	中央编译出版社
地　　址	北京西城区车公庄大街乙 5 号鸿儒大厦 B 座（100044）
电　　话	（010）52612345（总编室）　　（010）52612371（编辑部） （010）66161011（团购部）　　（010）52612332（网络销售部） （010）66130345（发行部）　　（010）66509618（读者服务部）
网　　址	www.cctphome.com
经　　销	全国新华书店
印　　刷	北京盛兰兄弟印刷装订有限公司
开　　本	710×1000 毫米　1/16
字　　数	180 千字
印　　张	14
版　　次	2014 年 2 月第 1 版第 1 次
定　　价	28.00 元

本社常年法律顾问：北京市吴栾赵阎律师事务所律师　闫军　梁勤
凡有印刷质量问题，本社负责调换。电话：（010）66509618

目录 Contents

第一辑　触景生情

激情延安 / 2

庐山散记 / 6

三清山印象 / 11

结缘三清山 / 14

初到龙虎山 / 18

南湖，有一条这样的游船 / 22

走进"东方之冠" / 25

浪漫的南京路 / 29

从寒山寺到拙政园 / 32

桨橹声中游乌镇 / 35

西子湖畔晚霞红 / 38

静谧的九龙潭 / 41

在诗意的鄱阳湖畔行走 / 45

探幽神农宫 / 49

多姿多彩入眼帘 / 53

冬季，在"城市鸟林"里看鸟 / 56

目录
Contents

第二辑 梦回故乡

古道沟痕 / 60
初上金峰 / 64
绿色的"大觉山人" / 67
乡间听雨 / 71
谁家新燕啄春泥 / 74
捕兽记 / 77
永远的龙舟赛 / 81
洪水退了，心放晴了 / 84
夜上吉和塔 / 88
醉客的杨梅酒 / 91
乡村月光曲 / 94
又闻桂花香 / 98
徜徉在抚州文化的港湾 / 101
油菜花开满坡黄 / 104
谷砻谣 / 108
山这边、山那边 / 113
故乡的芋头 / 117
锦绣东乡 / 120

第三辑 人来人往

馨香如兰 / 128
父亲的二胡 / 131
想起夏阳这个人 / 134
率真、深邃与执着 / 138

目录 Contents

行走在小小说的风景里 / 141

心怀阳光 / 144

种 子 / 148

心 禅 / 151

涂官俊亲民勤政留青史 / 155

崇尚"师俭" / 158

第四辑 一瓣馨香

重拾散失在校园的记忆 / 162

难忘的车铃声 / 166

从红色经典中重拾信念的力量 / 170

校园生活记趣 / 173

金灿灿的仙人掌花 / 177

真诚与无奈 / 180

师魂,真爱的颂歌 / 183

守 望 / 186

围屋里的读书声 / 189

浯溪古韵 / 193

红光新田"状元村"探幽 / 199

窗台上的麻雀 / 214

第一辑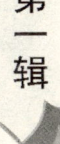

触景生情

70多年后,我有幸前往延安,踏上伟人逗留过的地方,心中的那份激动一时无法平静。伟人和领袖们住过的窑洞还在,生生不息的延河水还在悄无声息地流淌。

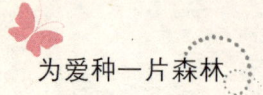

为爱种一片森林

激情延安

远眺时,我有一种强烈的冲动,就是要去那儿捎上哪怕一撮土并把它们带回家,让我每时每刻感受伟人那种亲近农民、热爱劳动、率先垂范、胸怀大众的品格。

一

从西安的北郊出发,穿过据称是古代城里人送别客人时插下的柳林,过三原、辉县、铜川朝北向上便是陕北重镇延安,也是我们此行的目的地——进行革命传统教育的重点站。车子在陕北高原上行驶,一路经过黄帝陵、壶口瀑布、南泥湾、三十里铺等地,由于未列入此次行程安排,这些显然值得一游的地方均未前往。高速公路在洛川、富县一带,几乎都是在山巅之间穿行,看到的是一条条深涧和一条条长长的隧道。由于海拔很高,光照时间充足,这里盛产的苹果远销中外。除此之外,一路上,几乎很难看到长满庄稼的开阔地,看到的是连绵不断的山脊和山与山之间的沟壑。山上稀稀疏疏地长着一些抗风沙和抗干旱的灌木,这与我们想象的或一些反映大西北影视作品所表现的荒凉不一样。陕北的土壤黏性好,质地硬,适宜挖掘地窖,一路上我们看到不少窑洞。导游说,陕北过去一直很贫穷,如今,修通了高速公路,通过种植苹果和旅游开发,老区的人民日

渐富裕起来，我们听了倍感欣慰。

经过近5小时的行程，我们终于到达延安。这座位于一条峡谷中的城市近年来得到全国各地的对口支援，建设步伐加快，高楼大厦拔地而起，城市面貌日新月异。著名的延河在城中穿行而过，由于上游修筑水库，河水很浅。延河两岸，不少建筑都是红色的革命历史遗迹，保存得也非常完好。对于游客来说都是珍贵的和具有纪念意义的。

下车后，我们在一家规模较大、顾客云集的餐馆用餐。餐桌上我们见到的是小米饭、用红米熬成的稀粥、馒头及当地几种特色小菜。小米饭由少量的大米掺一些粟米做成，红米汤倒是清亮，不过，我们南方人吃起来，有些粗糙干涩，一时难以下咽。可就是这些，对于当年的红军战士来说简直就是美味佳肴。当年，我们崇敬的领袖就是吃着它们指挥延安保卫战的。我们在和平的环境中坐在这儿品味它们时，耳边仿佛传来隆隆炮声……

近年来，随着"红色游"的急剧升温，到革命圣地延安旅游的人越来越多，由此带动了地方特色产业的发展。猕猴桃、石榴、核桃、苹果不仅有鲜果面市，并且进行了深加工，制成的糕点、干果、饮料成为精美的旅游特色产品。陕北特产"狗头枣"更是游人的抢手货，尽管价格不菲，大家还是乐于购买。当年延安地区的人民为了支援红军，为了保卫这支革命武装队伍付出了太多，太多……

二

毛泽东是中国人民崇敬的领袖。儿时的课本里就有《杨家岭的早晨》《枣园》《宝塔山和延河水》等介绍毛主席在延安的故事，后来看过电视剧《长征》《井冈山》《延安颂》后，我对这位伟人驻足了近十年的革命圣地产生了浓厚的兴趣，并多次萌发了到延安一游的冲动。身处江西，在没有涉足井冈山、瑞金之前，却先来到了延安，这是一种幸运，也是一种惊喜。在延安，我们参观了延安革命博物馆，参观了杨家岭和枣园，并驻足延河桥，眺望课文中描述过的"巍巍宝塔山"……

　　一路走来，心潮澎湃。在杨家岭红军大礼堂的大厅里，我们仿佛看到红军将士们一个个端坐在长条椅上，精神饱满地参会的情景，耳边似乎回响着人民领袖毛泽东那带着凝重乡音的声音。那声音，像一声惊雷从杨家岭这条山沟里炸响，继而沿着无数条沟坎向四面八方续响。在延安文艺座谈会会场，我们似乎聆听到他老人家对文艺工作者的谆谆教诲。在"双百"方针和为人民歌唱的希冀中，俨然觉得丁玲、赵树理等老一辈文艺工作者就坐在主席的身边，让他们手里握着的笔有了更坚定、更庄重的方向。在杨家岭毛泽东旧居的一间窑洞里，我们看到的是这位伟人睡过的一张陕北人普通的木椅架子床和褪了色的薄薄的棉被。狭窄、低矮、幽暗的窑洞里，除了一张木桌、一个书柜、两把极为简单的折叠椅之外，就别无他物了。这就是我们景仰的领袖当年的生活，简单而朴素。在摆脱了长征路上敌人的围追堵截之后，身心疲惫的红军驻足在荒凉、贫困的陕北。即使是在这样的窑洞里，红军战士心中刻就的忠诚丝毫未曾更改。看着墙上挂着的当年领袖在窑洞里工作的大幅照片，抚摸着领袖当年用过的那张桌子，我们眼角噙着的那滴源自心灵的泪冷不丁地流淌了下来。敬爱的领袖，您对人民的那份情，我们将永远铭记，您的光辉形象将在我们心中永恒！民族终将复兴，您仍是我们力量的源泉。

　　在杨家岭毛泽东旧居一侧的坡下，有一块围了不高的院墙的菜地，那里是他老人家经常下地种菜的地方。远眺时，我有一种强烈的冲动，就是要去那儿捎上哪怕一撮土并把它们带回家，让我每时每刻感受伟人那种亲近农民、热爱劳动、率先垂范、胸怀大众的品格。我想，那蓬松的土壤里肯定还存有领袖的汗水和笑声。

　　从杨家岭到枣园，从延河两岸到宝塔山，这片土地上都留有无数红军战士和一代伟人珍贵如纯金的足迹。70多年后，我有幸前往延安，踏上伟

人逗留过的地方，心中的那份激动一时无法平静。伟人和领袖们住过的窑洞还在，生生不息的延河水还在悄无声息地流淌。听着非常熟悉的陕北民歌，品尝过显然有教育意义又兼地方特色的小米饭、红米汤，我们心里留下的是对长征这部史诗不尽的怀想……

提炼、坚持、重复，这是你成功的法宝；持之以恒，最终会达到临界值。
——杰克·韦尔奇

庐山散记

在中华民族的伟人中,知名度最大、留给人们的印象最深刻的应该是毛泽东。精明的庐山人算是揣摩到国人的心理,都不约而同地打起了主席这张"牌"。细心的游客发现,在庐山稍微有点知名度的景点,几乎都有这么一个摄影棚,都声称是毛主席拍过照的地方。

一

有人说上庐山就怕下雨,而我冒雨去庐山却幸运地碰上了好天气。

庐山,又称匡山或匡庐,位于江西九江市。传说殷周时期有匡氏兄弟七人结庐隐居于此,后化仙而去,其所居之庐幻化成山,故而得名。庐山北倚长江、东临鄱阳湖,以"一山飞峙大江,雄奇秀甲天下"闻名于世。这里峭壁、清泉、飞瀑众多,且各具风姿神韵。庐山因雨量充沛、气候湿润,一年四季云雾缭绕,"瀑布云"更是堪称一绝。由于晴朗的天气很少,有时在山脚下阳光明媚,到了山上却是迷蒙一片……

端午节前,与高中时的几位同学相约挑了个双休日准备上庐山游玩,没想到连续晴了几天之后,到了这天却突然下起雨来。庐山本来就多雨,大家都担心到了庐山因雨太大没法出门,而准备取消行程。耐不住旅行社的蛊惑和要挟,大家只得勉强启程。

清晨5点左右,我们乘旅游车从东乡出发前往九江。一路上都下着小雨，雾也挺大。到了九江境内，突然大雨如注。车子冒雨上庐山的盘山公路时，只能看见车前不足百米的地方。车子在近 400 个登山弯道上盘旋颠簸时，山上朦胧一片，雨滴不时地飘进车厢里。一路上，我们心里都不免有些失落，埋怨挑了一个坏天气来这里。谁知，到了山上的牯岭镇，发现雨停了，雾也渐渐地散了。导游马不停蹄地带领我们去"别墅群"参观。在掩映于雾霭中的美国女作家赛珍珠的纪念馆、庐山首位"开发商"李德立等名人的旧居里绕了一圈之后，我们来到著名的庐山会议旧址参观。这时，太阳竟然露出了笑脸，眼前明晃晃的。眼前的景物在透过云层的阳光照耀下显得格外鲜艳夺目，顿时让我们倍感欣喜、游兴大增。有人激动得为之欢呼，庆幸老天爷作美。

导游说庐山的天气变幻莫测、瞬息万变，哪一天来都一样。我们听了都觉得纳闷。导游是这样解释的：庐山一年有 200 天以上是有雾或下雨的天气。有时山下晴空万里，山上迷蒙一片。出门时下雨，寒气袭人，到了景点却突然放晴，让人大汗淋漓。况且庐山在每一个季节、每一个时间段、每一个角度都有她不同的特色和迷人的风景，都能让你如痴如醉、流连忘返。我想：在"远近高低各不同"的庐山，只要身在其中，用一颗爱美的心、一双智慧的眼睛去期待，就一定会有神奇的发现。因为即使碰上下雨天气，在庐山，你也一样可以从雨中领略她的神奇和美丽。

二

三叠泉和石门涧分别位于庐山的东、西两侧，景区有统一使用的环保车载人前往。被誉为"庐山第一奇观"的三叠泉为庐山之魂，其落差达 155 米。站在瀑底仰望，只见飞瀑从"天洞"中直泻而下，气势磅礴、蔚为壮观。位于庐山西部的石门涧峰层岭叠、瀑布荟萃。置身其间，可感受苏东坡《题西林壁》这一千古绝句中描述过的铁岭峰、天池峰的神韵。

我们慕名游览了这两个景点。

三叠泉的源头在五老峰的崖口，我们去三叠泉实际上是沿着这股涧水往山下走。下了游览车，我们在娇小玲珑但却热情敬业的导游"领导"

下，一起沿石径在两山之间的深涧顺阶而下。右侧有一条溪流在一块块洁白光亮、挨挨挤挤的巨石中穿过，空中不时传来轨道车的轰鸣。耳边是持续不断的涧水的吟唱，眼里是叠嶂的青山以及笼罩在山间的雾霭。徜徉其中让人心旷神怡、兴奋不已。经过还觉得轻松的35分钟行走后，就到了要花40块钱乘车才能继续前进的高架电车停靠站。在那儿我们稍作休息，之后便与下电车的人一道翻过山脊。沿陡峭的石砌台阶往三叠泉深谷下行，20分钟后便见到了连李白、朱熹都未曾见过的三叠泉真容。站在观瀑台仰视，才发现先前随我们一路同行的涧水在不声不响地避开我们之后猛然间积蓄了巨大的力量突然从高空坠落。由于四面均是悬崖，人在瀑底仿佛坐井观天，瀑水从"天洞"中涌出，在山风、云雾中分三级落入深潭。在照片和电视镜头里看过三叠泉瀑布，其形状没有什么不同之处，但现场感受到的瀑布的气势、神韵却截然不同。为了这一刻，所有来这里的人都必须花两个多小时，来回爬4400多级台阶，尤其是下瀑底的1420级台阶极为陡峭，每位来过的人都面红耳赤、气喘吁吁，但都表示被深深地震撼，不虚此行。

　　去石门涧可从电站大坝乘星龙索道，下行一段之后，便是长约几公里的石径山道，惊险陡峭，台阶密集狭窄。人在高空中，脚下是深渊，纵使有形象颇多的嶙峋怪石，也不敢贸然驻足观望。待踏上悬索桥、看过神龙宫瀑布、瞩目过青龙潭、驻足过慧远名僧讲经台、端详过镇山之宝——龙虎争胜天然石壁画之后，才觉得真的是"庐山真面目，宛在石门中"。

　　下三叠泉、去石门涧，先前都有古人开采的山道，新铺的登山台阶常常与之重叠交汇，台阶相对笔直但显得陡峭。有多年前到过这里的游客还在找寻旧时的古道，捡拾自己的旧履，可它们就像旧时出阁的少女羞羞涩涩、若隐若现，让人难以寻觅。故地重游的人都说，新修的台阶虽然安全，但走的时候吃力，脚也容易打战，而古道虽窄却常常舒缓有致、曲径通幽。我想这也许就是三叠泉之所以不疏通隧道、石门涧之所以不全程配置缆车的缘由：爬坡看景，趣在体味其中的艰辛和付出……

三

在浓雾重锁的含鄱口,我们无法看到山下烟波浩渺的鄱阳湖。由于湿气太重,加上导游不时地催促,稍作逗留后我们准备离开。这时,突然听到有人吆喝:"欸,各位,在毛主席老人家照过相的地方留个影哦!10元一张,1分钟取相。"于是,大家的目光都被他吸引。走近才看见他们的摊位前有一把遮阳伞、一个照片展示框、一把藤椅、一张桌子、一台电脑,这就是他们为游客带来领袖"神"气的平台。

毛主席在国人,尤其是中老年人心中的确已经成了"神"。看过展示镜框里主席穿着那件棕色中山装、跷起二郎腿、侧身微笑着注视眼前群山的经典照片,不少人便蠢蠢欲动。摄影人员眼疾手快、操作神速,几分钟后,电脑便打印出一张相片来。游客爽快地付费后拿起相片跟领袖照一对比,虽没有伟人的精、气、神,却有伟人眼里看过的风景。沾一些伟人的光芒,日后自然事事顺畅。为此,不少人在下山的台阶上还在忘情地欣赏着,以至于差点一脚踩空。

在中华民族的伟人中,知名度最大、留给人们的印象最深刻的应该还是毛泽东。精明的庐山人算是揣摩到国人的心理,都不约而同地打起了主席这张"牌"。细心的游客发现,在庐山稍微有点知名度的景点,几乎都有这么一个摄影棚,都声称是伟大领袖毛主席拍过照的地方,且摆设、吆喝的方式,甚至摆放的照片里伟人的神态、姿势都一模一样。所不同的是伟人身后的背景,是事实还是虚拟,明眼人一看便知其中的蹊跷。当然,这也可以理解,既然伟人已经被善意地神化了,其行踪岂不更神秘莫测、虚无缥缈?

四

庐山有许多传奇,包括一山六教、山上有镇、千古佛灯及风景名胜的传说。但是,最富有时代特色且优美感人的还是电影《庐山恋》里描绘的

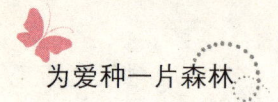

那个发生在庐山的爱情故事。侨居美国的某国民党将军的女儿周筠在粉碎"四人帮"前后两次到庐山旅游，在风光旖旎的庐山景区与我党某高级将领的儿子耿华相识、相爱。由于历史原因，他们的爱情几经波折，最后双方家长捐弃前嫌，终于使这对特殊恋人喜结良缘。影片通过昔日战场上的劲敌最终握手团聚、喜结亲家的传奇故事，反映中华民族终将团结一心、共同为祖国的强大而奋斗的强烈愿望。影片创作、摄制于20世纪70年代，是新时期第一部风光爱情片，一经推出便名声大振、轰动全国。同时使千古名山——庐山的知名度陡增，全国各地上庐山旅游的人络绎不绝。庐山电影院别出心裁以影片作为景点的推介连续放映，没想到场场满座，且"一发而不可收"。同一家电影院、同一部影片，日日夜夜连续放映了30来年，影片碟片拷贝放坏了若干个，并因此创下影片放映时间最长、放映次数最多的吉尼斯世界纪录。

慧远和尚在山涧诵经弘法感化了无数僧人，《庐山恋》的传奇首次触及了中华民族心中的隐痛。国共两党几经分离，恩恩怨怨，最终因为民族的利益捐弃前嫌、坦诚互信地走到一起。这使笔者联想到祖国的统一、宝岛台湾的回归，这是13亿同胞梦寐以求的共同心愿。期间，双方几次因民族败类的倒行逆施差点擦枪走火，2008年国民党重新执政后，前行的航标得以拨正，和平、统一的脚步声渐渐临近。两党都是华夏的子孙，为了民族的复兴、为了华夏的一统，彼此需要再次握手，共同谱写出大中华惊天地、泣鬼神的大爱的传奇。眼下，两岸民族精英正在用各自的智慧续写发生在庐山的这个庄重的故事的续篇，相信那一天不会遥远……

当机会呈现在眼前时，若能牢牢掌握，十之八九都可以获得成功，而能克服偶发事件，并且替自己找寻机会的人，更可以百分之百地获得胜利。

——卡耐基

三清山印象

与 30 年前的同学结伴同游,延续那份纯真与坦然的同时,倍感友情和平常心的可贵。朋友,远离喧嚣与名利,让一颗属于自己的纯真心去没有去过的地方远行,阳光和世界都会与你一样年轻、快乐……

"五一"长假后的一个双休日,我们应家住上饶的同学的邀请,一同去该市玉山县境内的三清山游玩。

这天一早,我们便驾车出发,大约 2 个小时便来到了同学家。在她家小坐片刻后,我们便驱车往玉山进发。又过了 1 个多小时,我们才到了位于半山腰的三清山景区的起点所在地。一下车,我们便被眼前的景致陶醉了,只见群山叠翠的峡谷里,一缕缕云雾在山林间升腾、飘飞。可是,当我们在同学的单位设在景区的招待所(宾馆)里吃过中饭后,大雾突然将眼前的景物严严实实地遮盖了起来。紧接着,就下起了小雨,我们只得在宾馆里一边隔着窗户听着窗外滴滴答答的雨声,一边在心里期盼这场雨能及时停下。没想到这场雨却下了整整一个下午。傍晚,雨停了,我们一行六人到附近绕了一圈,一方面了解一下上山购票的情况,一方面作好第二天徒步登山的准备。

第二天早上 5 点多,我们就沿着那条登山石径出发了。一路上虽有从山涧飞溅而下的水流声相伴,可登山的路毕竟太长且陡峭。当大家气喘吁吁地来到中心景区时，与我们一同在旅店里吃早点后乘缆车上山的外地游客也刚好在缆车终点与我们相逢，之后我们一同开始登山。没走几步便看到一块巨石上，篆刻着我们东乡老乡、被称为"红军书法家"的舒同先生题写的舒体"三清山"三字，我们顿感亲切。于是，我们先在这儿照了一张合影。尔后，随着人群往西海岸景区沿顺时针方向开始游玩。

在山脚下看景区觉得山高入云，一片葱郁。车子沿盘山公路走了半个小时来到景区大门时，我们感觉到了山上，谁知爬了 90 分钟的登山道，到南清园景区时人仿佛还在半山腰。这儿有宾馆、旅店。在这里看四周的景物，除了奇松，就是怪石，重重叠叠，各有姿态。待到了西海岸栈道的起点处，眼前才豁然开朗。高大的怀玉山此时也在我们的脚下，云彩在怀玉山和玉清山之间飘荡、弥漫。导游说，方志敏烈士当年就在这一带闹革命，最终因叛徒出卖，在云遮雾锁的怀玉山中不幸被捕。我一向崇敬毛泽东等革命伟人，对这个传说也就格外感兴趣。

西海岸景区有许多景点，导游不在时，只能凭自己的眼力或景致的模样去猜想和品味。高山在眼底，白云在脚下，栈道在空中，嬉笑在身旁，美景在变换，怎不叫人心旷神怡。不过，印象最深的还是那悬在峭壁上的长长的栈道，真不知道三清山的主人们是怎样将它建成的。脚下万丈深渊、云雾飘荡，昂首石壁如刀削，突兀森郁；一条栈道在峡谷、隘口蜿蜒盘旋，绵延数十里，远看像一条彩带在山间飘浮，回看走过的路叫人顿生后怕。奇怪的是这样大的工程竟没有发现采石凿岩、动土施工的任何痕迹，甚至连占据栈道的一棵树也依旧保留着。这栈道既是美景又是奇迹。我想，踩着环保和智慧凝结成的栈道，在奇石、奇松和变幻莫测的云雾中穿行，纵使没有任何景点，也境界高远，人若天外。

行走在时陡时平、时窄时险的栈道上，看着游人之间的打闹、逗笑，听着陌生旅客的问好与搭讪，我们顿觉，在天人合一的境界里，人与人之间还有什么可以介意的，事与事之间还有什么可以计较的，利与利之间还有什么可以在乎的。那一刻我们全是朋友，全是知己，全是心怀大爱的人。这条窄窄的却又长长的栈道，俨然是一个精细了的舞台、浓缩了的窗口，人物是各色各样的，情感是各式各样的，思想与期盼也是各式各样

第一辑 触景生情

的,但此刻大家的心境和快乐却是一样的。携一颗爱心远行,目之所及都成了美丽的风景,都在这幅凝固的画中叠印和定格……

让我们感动的是与我们几次邂逅的两位年逾八旬的老人。他们由三十几岁的女儿陪伴着爬上了观景台,走完了西海岸栈道,在陡峭的林间石径上一步步地攀登着。还有那悄悄从我们身边经过的三清山的民工,他们肩扛一包包沉甸甸的水泥,沿着台阶一步一步地吃力地爬着,仿佛石阶都被他们有力的脚板震颤了。他们其实应该成为我们热爱生活、履行职责的楷模。

承载着这份沉重,我们来到了位于三清山北麓的三清宫,这里古松林立,姿影婆娑,一汪碧水立于云天,煞是清澈。宫殿前的石门石刻如同宫殿及传说一样古朴苍远。当我们又一次看到三清宫大殿门楣上高悬着的、由同治年间东乡籍一位王姓居士书写的题匾之后,亲切感再一次油然而生。在如诗如画、名闻遐迩的三清山一再看到东乡人的手迹,经年爬格子艰辛为文的我怎能不为之欣慰?

离开三清宫,我们沿着东行的栈道,穿过千年杜鹃林和惊险的吊桥,便来到了三清山标志性景点"司春女神""巨蟒出山"所在地,它们的神韵、气势及给人的震撼无需我再去重复和赘述。兴许是久闻其名,所以心有印象,却一直未亲眼看见。在同伴停止脚步时,我一个人坚持再行,最终一睹了出山"巨蟒"的风采,而"司春女神"却由于他们一次一次地催促下山,始终没有近前,这不能不算是一个遗憾。

与30年前的同学结伴同游,延续那份纯真与坦然的同时,倍感友情和平常心的可贵。

朋友,远离喧嚣与名利,让一颗属于自己的纯真心去没有去过的地方远行,阳光和世界都会与你一样年轻、快乐……

饱暖则气昏志惰,饥寒则神紧骨坚。

——王永彬

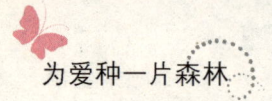

为爱种一片森林

结缘三清山

行走在三清山的栈道上,惊险之余我们感觉到的是神清气爽、心清如潭、性清似水。目之所及,都是颐养精神、陶冶心境、修炼性情的万千景致。或奇松、或怪石、或拟人、或状物,均活灵活现、形神兼备、充满灵性,让人生出几分爱恋,感到几许亲切。

三清山,我又来了!

屈指算来,这回已经是我第三次来这里了。不是贪婪也不是痴迷,实在是一种情缘、一种秉性、一种钟情的使然。

这天,我随上饶市《信江》杂志编辑部组织的"全国散文作家三清山笔会"的 30 多位散文作家,在活动组织者的引领下,冒着湿漉漉的晨风,从新开辟的金沙索道乘缆车登山。20 分钟后,我们便下了缆车。俯视山下,才知自己已经位于一个不可思议的高度。

去年夏秋两季南方持续干旱,江西近两个月没有下过大雨。立冬后,却下了一场规模较大的、已往难得的冬雨,使原本就属于山区的赣东北地区变得潮湿阴冷。游览三清山的头一天,细雨淅淅沥沥地下了一天一夜。第二天早上,天空还是朦朦胧胧的。

我们走在相对舒缓却一路都是树龄千年、树干大多有碗口粗的杜鹃林的栈道上,可见度不足 10 米,山上山下一片苍茫。有同行的游客极力渲染:他一个朋友来三清山的那一天,阴雨霏霏、雾锁全境,终日未开,以致瞎折腾一天,什么也没有看到。随行的导游逗趣说,三清山本来就是雾的故乡、云的天堂,腾云驾雾也是一种享受。可话虽这么说,若是真如此,对于来自北国南疆的散文作家们实在是一件憾事。

我们有说有笑地来到三清山的第一个标志性景点——"巨蟒出山"时,导游用手一指,告诉我们那就是"巨蟒出山"。我们朝那儿看时,什么也没有,看见的只是一片混浊的天空。可就在我们觉得失望并准备离开时,奇迹突然出现了。还是在那个位置,只见右边的山顶飘来一团团乳白色的云雾。云雾过后,露出了峥嵘的山石,随即现出一道阳光。导游说,大家朝前看,巨蟒就要出来了。我们将信将疑,目光都停留在那里。果然,片刻功夫,天空中渐渐出现了巨蟒的轮廓。大家赶紧掏出相机噼里啪啦地拍起照来,生怕它稍纵即逝。转眼之间,巨蟒又淹没在浓雾中。可是大家都没有离开,都虔诚地期待着。几分钟后,巨蟒又从青云中脱颖而出,完全展露出它的真容。这一刻,游人都屏息仰视,油然而生一种崇敬、惊叹之情。原来巨蟒是这样高耸威猛,只见它引颈顿首,凝视前方,目光是那么犀利和威严,神情是那么神圣和敏捷,那形态宛若鲜活的大蟒,那气势让人由衷地折服。此刻,它刚从山涧溜出,准备游向云涛翻滚的大海。

怀揣一颗激动的心,在导游一遍遍地催促下,我们离开了气势雄浑的巨蟒。没走多久,便远远地看到了三清山又一个标志性的绝景——司春女神。导游告诉我们还没有到这一景点的最佳观察点,我们只好继续往前走,但总觉得眼前还存留着巨蟒昂首出游的身影,让人禁不住回头眺望。

苍松之间、山谷之中,司春女神赫然出现在我们眼前。只见她留着短发,背靠青山,端坐悬崖,深情地俯视着大地。透过不时泛起的团团云雾,凝望庄园苍生,她深情的眸子里满含依恋和挂念。她沧桑的脸上、皱褶的眉间写满了真情,看似石砌的心间却蕴存着博大的真爱。这位伟大的母亲用一颗亘古未变的信念为我们树起了一座中华民族女性端庄、深情、

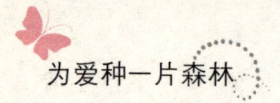

挚爱、奉献的丰碑。

与之对话,感恩之心盈满心间。

正为此深思的时候,导游催促我们去山顶看另一道奇观——云海。云海是一个诗意的字眼,使从没有领略过它的我不免产生一种冲动。作为景区五大观景点之一的玉台,是三清山观赏日出、云海的最佳地点,我们顺道迅速前往。站在玉台,顿觉人在山巅,眼前一片苍茫。空旷的蓝天下,连绵的云海横卧于天际之间。阳光下,云海上是蔚蓝的天空,下面是微微舒卷的片片云朵。蓝白相映、撒满天穹,蔚为壮观。面对云海,游人思绪蹁跹。人在凡尘,难脱世俗,若心态能像掠过浮云的那根线一样平衡,为人能像蓝天、白云一样分明,境界能像眼前的天宇一样邃远,就能够少一些烦恼,多一份宁静。屹立峰巅、面对云海,才发现自己的高大、自信和伟岸。定格了这一刻,又有什么攻不克的坚、过不了的坎?

行走在三清山的栈道上,惊险之余我们感觉到的是神清气爽、心清如潭、性清似水。目之所及,都是颐养精神、陶冶心境、修炼性情的万千景致。或奇松、或怪石、或拟人、或状物,均活灵活现、形神兼备、充满灵性,让人生出几分爱恋,感到几许亲切。

由于景色迷人,大家都有点恋恋不舍,以至于原本安排的另一个景点——"西海栈道"无法前往,让参加笔会的北方朋友多少有点遗憾。但此行却恰好实现了我一个小小的心愿。因为,之前我和高中时的同学、单位里的同事两次来三清山,都只游了三清山的北线和西线,只去过西海栈道、三清宫。这次,与参加笔会的朋友相聚三清山,不仅有幸结识一批性情中人还终于见到了巨蟒和神女的真容。

来自北方的朋友感叹,这是他们有生以来见过的最精美的山。家住湖南的文友由衷地盛赞,三清山真的比她家乡的那座名山更秀奇。来自中原的几位作家,是从几十年不遇的早雪、大雪中几经颠簸赶来的,游过之后同样发出不虚此行的感叹。

归途中,导游说,在这个时间段,同一天能看到这么美丽的云雾、这

么壮观的云海、这么清晰的峰峦,实属不易。说明作家都有造化,三清山格外青睐有爱心的人。

是啊,心里有三清,天公也作美。我三次来三清山,都是上山之前遇雨,到了山上天骤然放晴的。就冲着这一点,我还要来,我还会来。三清山,你等着……

>>>
努力是成功之母。
——塞万提斯

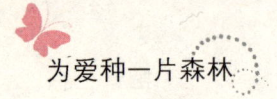

初到龙虎山

清澈美丽的泸溪河，雄伟壮观的龙虎山相依相随，相映成趣。河上竹排漂荡，山间游人晃动，俨然一幅图画。由于离得近、风景美，龙虎山成为我和文友们经常光顾的地方，每一次都有新的发现、新的感受。

在中国比较知名的旅游景点中，龙虎山是离我家最近的，也是我和朋友光顾次数最多的。平生第一次出门看风景，去的就是龙虎山。当时，龙虎山尚未开发，我们看到的几乎是原生态的景观。就是这些近在咫尺却风光无限的奇峰秀水让我萌发了对旅游的浓厚兴趣。

那是20世纪80年代初的一天，我和我的同事骑自行车到仙水岩、龙虎山、上清宫一带做了一次巡游。当时，我还在家乡王桥乡一所名叫"楼下小学"的村级学校里当民办教师，学校离邻县余江县城也就十来里路。当听说离学校不远的鱼塘乡有一条泸溪河，河边有一个叫仙水岩的地方风景很美时，我和同事决定去那里看看。去之前，同事根据他们村里曾经在那条河里放过木排的人的描述精心地绘了一张简易的路线图。发源于资溪武夷山的泸溪河，流经贵溪市鱼塘乡仙水岩一带时，两岸石山耸立、悬崖峭壁、姿态各异、惟妙惟肖，高耸的石岩中藏有棺木，棺木历经数千年不腐。站在河边举头仰望，洞中棺木依稀可辨。沿仙水岩逆水而上，大约一两公里处有相依相随的两座山，看上去像龙似虎，它们便是真正意义上的龙山、虎山，合而为一，得名龙虎山。

那天一大早，我们一行七人便从学校骑着自行车出发了。我们从近道经过余江县马荃前往贵溪的鱼塘，大约一个小时就进入了景区。首先看到的是宽阔的泸溪河畔傲然屹立的一座石柱。它面向东方、高过百米，一柱直起、势如刀削。隔河仰望，的确像一柱擎天，充满男子特有的阳刚之气。

从未出门看风景的我们顿觉惊诧而被折服。带着新奇与兴奋，我们前行来到仙水岩一带，依旧是在河的对岸，只见临河生出一座巨型的石山，石山到了腰部渐渐分成了两瓣，一瓣像一位低眉落目、满含羞怯的女尼，一瓣像一位英俊内敛、憨厚多情的男僧。女尼趴在男僧的肩上，两人急匆匆地来到河边正准备涉水过河……原来，这就是传说中的仙水岩一景——"和尚背尼姑"。大家看了都觉得有点相像。由于隔着河，又无攀登阶梯，我们只能隔河远眺，屏息凝视……

听同事绘声绘色地说完和尚背尼姑的故事后，我们骑车往龙山、虎山一带进发。我们来到一个名叫蔡家村的村子，向一位正在田间劳作的村民打听龙虎山的位置。村民用手往河边一指并告诉我们龙山、虎山就在河的对面。不过，要接近河堤才能隔河相望。这一带杂草丛生、灌木茂密，恐怕进不了河堤。

在村民的指点下，我们穿过一块荒漠地、劈开一片蒺藜和荆棘之后总算接近了河岸。站在河堤上，透过河堤上那茂密的灌木缝隙，只见河水急流，河心不时有打鱼的渔人和放排的汉子经过。泸溪河的上游是抚州的资溪县，资溪与福建的武夷山接壤，境内大多是原始森林，盛产杉木、竹子。春夏两季，山民常在这条河上放排，将杉木、木炭或香菇等山里干货运到鹰潭、余江、东乡、黄金埠等地出售。放排人光着膀子、手持竹篙站在木排上，熟练地操纵着一只或是一串木排，在宽阔的泸溪河上静静地漂流着。瘦瘦的竹排、站在竹排上的壮实的放排汉子、放排汉子的吆喝声、竹排经过险滩时放排汉子吼出的号子一起飘荡在河面上。

河对岸几乎都是光秃秃、黑黝黝的石山。有的像一道巨型屏障，有的像一个硕大的钟鼓，有的像一只调皮的猴子……

山势连绵起伏、峰峦峥嵘。竹排在河里荡荡悠悠、飘然而过。阳光下山水辉映，景致奇异，风情雅趣，各显神韵。放下手头活计、为我们引路的一位淳朴村民指着不远处那一座像连绵的波涛的长条形石山说，那就是龙山，我们看了也觉得很像；后来他又指着旁边的一座石山说那就是虎山，并煞有介事地指出它的坐姿和头尾的位置。我们看了有些生疑，说实话，就是现在我也不能准确地说出虎山究竟是哪一座山，虎山的形状是怎样的。

正如我先前所言：所谓的景点都是文人墨客、风雅游人四海云游时依据眼前的景物展开想象，然后绞尽脑汁进行类比，而后捣鼓一个风雅的名字，杜撰一个优美绝伦抑或哀怨凄楚的传说，让人慕名前往，继而信以为真，痴迷陶醉……

不过，那一刻在龙虎山，除了竹排、山影之外，我印象深刻的是一座高耸的绝壁上洒落的一柱水帘。微风中，河对岸的绝壁上一股水柱倾泻而下，直落河里。远远地都能听到水柱落入河里的声音。当时也许是雨季，或别的原因才有幸看到那一幕。后来，我去过若干次，再也没有见过瀑布飞溅、渔人撒网、竹排漂流的景观。龙虎山和大觉山被相继进行了旅游开发，村民再也不用空守资源、望景兴叹了。山民再也不用伐木卖炭，再也不用过河上放排的艰辛岁月了。

当然，除了满河的游人，现在也没有了河上打鱼、放排的景致。

离开龙虎山，我们从一个叫四家的村子搭乘小渡船去上清镇。那时，司翰天师府刚刚开放。附近的村民都在家待着，游人加上赶集的村民，把一条临泸溪河而建的上清街挤得水泄不通。古街上人来人往，家家餐馆顾客盈门。我们在一家面店里吃了一碗现拉现煮的上清土面，觉得那是有生以来最可口的一碗面。无论质地、调味、口感都是令人难忘的。原来，上清拉面、上清板栗、上清豆腐都是地方特产，早就名闻遐迩。

在天师府看过那块残缺的石碑和那口趴在地上的铜钟，以及先人栽植的桂树、樟树和多个大殿里供奉的神灵、道场之后，我们慕名欲去上清宫。工作人员说，"《水浒传》开篇提到的天师镇妖的故事发生地上清宫确实存在，镇妖井尚存，离天师府也就一两里地，但是目前尚未开发，现在是镇里一个林场所在地，你就是去了也看不到什么。"听了这话，我们只

好作罢。后来，大家来到天师府前的泸溪河畔玩耍，泸溪河是那么清澈，镇上临河而建的房子的基柱一根根立于水中，这就是所谓的"吊脚楼"。水移楼动，宛若江南水乡。

太阳西斜，一行人才从上清镇沿着简陋、陡峭的砂石路返回。

第一次去龙虎山，感觉到的是龙虎山的本真和澄净。大自然真是精妙绝伦，它给我们留下的是无尽的财富和希望。如今的龙虎山，道路通畅、景点频添，各项旅游基础设施完备。尤其是同时具有金枪峰、大地之母这样天下难觅的诡秘风景，有千年岩墓、水上吊棺表演这样充满玄幻的看点，有道教圣地、误走妖魔这样弥漫着仙气的传奇，使得全国各地的游客慕名而来。清澈美丽的泸溪河，雄伟壮观的龙虎山相依相随，相映成趣。河上竹排漂荡，山间游人晃动，俨然一幅图画。

由于离得近、风景美，龙虎山成为我和文友们经常光顾的地方，每一次都有新的发现、新的感受。

龙虎山，在我心里永远那么亲近，那么随和，那么迷人。

培育能力的事必须继续不断地去做，又必须随时改善学习方法，提高学习效率，才会成功。

——叶圣陶

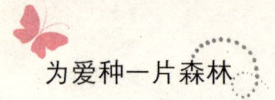

为爱种一片森林

南湖，有一条这样的游船

在江南水乡，我们经常可以看到这样的船，它们在纵横交错的小河里穿行，在碧波荡漾的湖里漂荡。只有南湖的这条船却年复一年、日复一日地稳稳地停泊在烟雨楼前。

在江南水乡，我们经常可以看到这样的船，它们在纵横交错的小河里穿行，在碧波荡漾的湖里漂荡。只有南湖的这条船却年复一年、日复一日地稳稳地停泊在烟雨楼前。

南湖的这艘船在阳光里闪烁着紫色的光芒，诉说着一个曲折而又传奇的故事……

浙江嘉兴南湖原本是一个极为普通的湖，因为一群人的到来，湖中的湖心岛、岛上的烟雨楼、楼前的这条船便一同走进了中国革命的历史，走进了人们缅怀和追思的视线。

这是一条不平凡的船。现在，我有幸走近了这条船……

1949年10月1日，天安门城楼上一次性聚集了中华民族最优秀的一代伟人。他们曾经穿着草鞋、打着绑腿，在枪林弹雨中走南闯北，神州大地处处留下了他们的印记：延安宝塔山曾经留下他们铿锵的脚步声，红色瑞金有他们亲手创建的第一个没有压迫、没有剥削、人民真正当家做主的政权。然而，在南湖的这条游船上，却是一个新群体、一种新思维、一个新理念、一部新纲领孕育和诞生的地方。

1921年，中国共产党第一次全国代表大会最后一天的会议因遭到法租界巡捕的袭扰、搜查，被迫于8月初的一天转移到嘉兴南湖的这条游船上继续举行。毛泽东、董必武等13位代表，为了四万万劳苦大众的前途和命运，冒着生命危险，在这里继续举行党的代表大会。会议审议通过了中国共产党第一个纲领、第一项决议，并选举产生了中央局等领导机构。从此宣告了中国共产党的诞生。

中国共产主义革命的成功是一个惊世骇俗的传奇，其间，有过无数次的风云突变，也有过无数次的化险为夷。假如没有秋收起义后的毅然踏上井冈山，没有第五次反围剿失败后的历史性转移，没有长征路上的巧妙突围，没有延安的殊死保卫战，就不可能有新中国的诞生。同样，假如没有中共一大会议开会地点的适时转移，也许这群民族精英就要被囚牢笼，甚至为信仰捐躯，一种至高无上的理念就要被动摇甚至被磨灭……

在这条被当地人称为"画舫"的游船上，13位代表围着一张方桌，神情专注、激情满怀地描绘了一幅宏伟蓝图。此刻，他们无心看窗外的风景，也没有顾及当时，乃至今后的风险和付出，心里就只有一个信念，那就是高擎旗帜引领四万万同胞同腐朽黑暗的世道抗争。尽管有艰难险阻，他们也要作舵手、吹响号角的人。

站在岸边凝望南湖的这条船，我们仿佛看见了船舱里晃动着先驱的身影，仿佛听到了从画舫中传出的坚定的、声若洪钟的誓言，仿佛看到了挂在他们脸上的对革命、对未来充满信心的微笑。

桨橹仿佛还在这艘承载着革命星火的游船旁摇动，游艇依旧在焕然一新的南湖的微波中荡漾。

九十年风云，九十年烟雨。中国革命经过数次转折后，中华民族以全新的姿态、空前的凝聚力和百折不挠的形象屹立在世界的东方。南湖岸边，高楼林立、大树参天。南湖革命纪念馆里，人头攒动，追思情长。江南江北，风光无限，气象万千……

驻足南湖，崇尚的是一种信念，感怀的是一份气概，传承的是一种精神。

由于留恋眼前的景致，我和一位来自北方、曾插队嘉兴、在某石油勘探设计院退休的老同志被景区接送游客的快艇遗落在南湖的江心洲上。吹着北方的风，在岸边翘首期盼下一趟渡轮的同时，我们一同感叹领袖的伟大、伟人的崇高。封建皇帝也曾到此巡游，但只是一个插曲，而眼前这艘没有风帆的船，却载着一个民族从这里起航，一直驶向了艳阳高照、春风杨柳的彼岸。

一艘游船成为南湖江心岛上举足轻重的风景，成为浙江嘉兴掷地有声的名片。它吸引一批批有理想、有信念、有希冀的人们，怀着一颗赤诚的心前来瞻仰、缅怀。

冬日的南湖，依旧游人如织。嘉兴南湖，一个令人向往的地方，定格在江心洲月亮湖畔的这条船，凝聚着一种力量。

离开南湖的那一刻，一面色泽鲜艳的旗帜在心里飘扬，一艘经岁月洗礼却依旧弥足珍贵的画舫在心里飘荡……

富贵本无根，尽从勤中得。
——冯梦龙

走进"东方之冠"

国家馆采用层层叠加、向上展开的倒金字塔造型,给人以振翅飞翔、御风而上的动感。它既具有很强的标志性和不同凡响的外观,又给人超越时空的想象,特别是通体着一身鲜亮的红色,具有强烈的视觉冲击力。远远看去,它就像一座坚固而空灵的雕塑杰作。

2010年,许多中国人都有一个愿望,那就是到上海看"世博",看世博中国主题馆——被誉为"东方之冠"的国家馆。

世博园开园之后,不少人费了九牛二虎之力,甚至冒着酷暑去了世博园,结果人满为患,在烈日下排队数小时,仅仅能看上一两个外国馆。由于中国国家馆受时间、人数限制,大多数游客不能进馆参观。最后,只好带着遗憾和对国家馆馆内的珍贵和稀奇的猜想扫兴而归。

我也曾有过去世博园一游的想法,可是一直没有机会。

去年12月,单位组织我们到浙江杭州市某单位参观学习,顺便安排大家到嘉兴南湖和上海世博园一游。没到世博园之前,我们通过电视、画报等途径,对世博的中国主题馆有一个大概的印象。那就是,它是用红色的方型条木搭建起来的一座倒金字塔方形建筑,看上去并不怎么高耸。我们设想内部应该是空荡荡的,可能也容纳不了什么。

怀着这样一种好奇心,这天一大早,我们便从杭州乘车来到了位于上海洪山路和上南路交汇的世博园区。站在园区的护栏外看世博国家馆，除红色浓烈，方正感强之外，还是觉得它并不是很高大和伟岸。

在园区外围与冒着严寒坚持志愿服务的志愿者交流并合影留念以表达一份敬意之后，我们开始排队进馆。这天，天气还好，有些阳光，风也不是很大，所以游客并不少。大家井然有序地排好队，很快便来到位于上南路的国家馆的南边进口。在这儿一看，才知道，国家馆是一座巨型建筑，须抬头仰望才能知道它的高度。据资料介绍，世博中国馆于2007年开工建设，2010年2月8日正式竣工，同年5月2日开馆。建筑面积为207万平方米，高63米，架空高33米，架空平台高9米。被称为"东方之冠"的国家馆充分表达了中国文化的精神与气质这一主题。中国馆由曾经设计过北京奥运会场馆和南京大屠杀遇难同胞纪念馆的年逾七旬的何锦堂院士亲自设计。国家馆采用层层叠加、向上展开的倒金字塔造型，给人以振翅飞翔、御风而上的动感。它既具有很强的标志性和不同凡响的外观，又给人超越时空的想象，特别是通体着一身鲜亮的红色，具有强烈的视觉冲击力。远远看去，它就像一座坚固而空灵的雕塑杰作。国家馆的设计理念和馆内陈设紧紧围绕"城市——让生活更美好"这一世博主题，集中并浓缩了"城市发展中的中华智慧"。

怀着一种崇敬和急迫的心情，我们走进了世博中国馆。在馆内大厅，我们发现里面非常宽敞，游人更是摩肩接踵。国家馆共分"东方足迹""寻觅之旅"和"低碳行动"三个主体。在底层大厅匆匆地看过系列成就展之后，我们乘电梯上了顶楼。在最高层表现"东方足迹"的综合展示层，主要是通过展板、影视镜头和实物以及"倒挂城市""同一时刻""地名斑马线"等形式回眸30年来的城市化历程，再现了有着五千年历史的文明古国的古代城市建设风貌，用发展的眼光描绘了未来和谐共生的城市化建设的美好愿景。

由于从事文字工作，经常看新闻、看报纸，这部分除了立体动画"清明上河图"和情景再现"同一屋檐下"印象深刻之外,几乎没有什么特别吸引人的地方,倒是觉得挂在廊道上的儿童画作挺有意思。这些来自祖国各个地方的98位儿童的画作,围绕城市的未来展开想象,继而画出一幅幅充满幻想、充满爱心、充满希望的画作,为城市的未来插上了梦想的翅膀,同时也为被称为"祖国的花朵和希望"的下一代在兴趣爱好、志向选择以及人生追求上提供了一个良好的指向。因而许多带着孩子来中国馆参观的家长都在"童心畅想"这一章节长时间地驻足、观赏……

在顶端绕了一圈,俯视大上海不同方位的景致之后,我们转入"寻觅之旅"。游人被安排坐上环保低碳零排放的太阳能动力缆车,在楼道、隧道、空中穿行,在不断变换的各种色彩强烈的灯光下,依次通过斗拱区、路桥区、园林区、月台区,享受了一段轻松、动感、充满想象的旅程,体验了中国城市营建和规划的智慧与传承,领略到了中国古建筑包括园林、路桥建设中充分蕴藏的"工、达、逸、范"的理念。华夏五千年,在城市化建设方面凸显因地制宜、规矩方圆;如今则在秉承以人为本、师法自然的同时,不断借鉴创新,以求宜居适住,与大自然融为一体。这一主题给人的感觉是时空跨越,物斗星移却精髓尚在……

下了缆车,游人便进入"低碳行动"主题。近百年来,在地球上居住的人类为了生存和发展而对自然过度开发、肆意获取,特别是对资源的疯狂掠夺,导致生态失衡,各种灾难频发,严重威胁人类生存的根基。兴许是危害到了可以预见的边缘,近年来,一个陌生的名词悄然出现并迅速植入人们的心灵深处,"过低碳生活,发掘低碳能源"成为世界的呼声。全球气候变暖,各国资源短缺,中国如何应对?植树造林、增加碳汇、取之有道、用之有节,中华民族千百年来凝聚的传统和智慧为未来的低碳生活和低碳城市提供了有益的启示。在中国,太阳能、风能以及生物质能技术和智能化的能源控制等得到了广泛的应用。这在"感悟之泉"章节里一个巨型水池中种植莲藕并可以看到盛开的荷花就可以感受到,这些荷花就是水资源循环利用的结果和实证。那盛开的荷花不正象征着中国的美好未来吗?

走出国家馆,我们觉得作为一个中国人在充满骄傲的同时也对未来充满了信心。

有很多人是用青春的幸福作成功代价的。
——莫扎特

浪漫的南京路

也许是事情来得突然,也许是因头一次在大都市、在如此众多的陌生人面前而有些害羞和顾忌,女孩显然有些犹豫和躲闪。小伙子则一直大胆执着地跪在女孩跟前,一声声地表白出对女孩的情爱……

在中国,最能体现时尚、繁华和热闹的地方,除了北京的王府井,就应该算上海滩的南京路了。这里是反映上海这个大都会的变化、展示东方文化和江南神韵的一扇窗口。基于此,许多人都把去一回王府井、逛一回南京路当作人生的一大幸事。

都说南京路的夜里更热闹、更气派,此话不假。日前,单位组织我们这些耍笔头的到世博会一游,不少人都提出,一定要去上海外滩和南京路逛逛夜景。提议一出,全员响应。旅行社安排我们在新华门一家普通的餐馆入住,草草地用过晚餐之后,导游便安排随行的旅游车将我们送到南京路街口。

其时,街灯早已闪亮,街口高耸的大楼上巨型电子广告牌不时滚动地播放着由大明星代言的服饰及各色品牌的广告。走进光怪陆离的霓虹灯闪烁着的南京路,觉得它虽然名声远播却并不是很宽敞,进口的街道中央立了一块路标,上面写着"南京路步行街"六个镏金大字。"步行街"算是市场化后一个受宠的名字,与上海滩的南京路结合在一起则有着不同凡响的效应，毕竟这里一直以来就是大上海的商贸中心和购物天堂。

走在南京路上，只见高楼林立，店铺密集。在景观灯的照射下整个大街都变得金碧辉煌、光彩夺目。街上人群摩肩接踵，商铺内顾客盈门。时值年终，气温降至零下三度，可是，南京路上还是挤满了不少中外游客，大家冒着严寒尽情欣赏南京路的美丽夜景。这里不愧为大上海的"购物天堂"，你知晓和不熟知的各种中外品牌产品在这里都能见到，星级豪华旅店比比皆是。整个大街被高空彩球、多角度景观灯照映得如同白昼。难怪有人说，上南京路步行街购物的人不多，更多的是来看风景，感受购物氛围的。据说这里不少商品只有富商巨贾、社会名流才能受用得起。

南京路，商业的韵味太浓，该保存和遗留的精神层面的东西着实不多。

驻足灿若皇都、浪漫似天街的南京路步行街，我的脑海里却老是回忆起这么一幅场景：在一个明月静幽、繁星闪烁的寒夜，南京路的街头小巷有秩序地躺着许多入驻大上海的解放军战士，他们从硝烟弥漫的战场上撤下来，在深秋的夜里披着霜露，抱着心爱的钢枪和衣而睡。为了不惊扰市民，他们就安顿在市民的门前、窗下，谁也不轻易向市民吭一声，不愿给市民添麻烦……

南京路上好八连的故事在中国家喻户晓。60多年前，横渡长江天险、攻克南京城的解放军战士在解放上海的战斗后曾在南京路歇息。上海解放后，立下赫赫战功的解放军某部八连战士驻扎在南京路，他们以忠诚为军徽竖起了一座亲民、爱民、为民的丰碑。岁月的年轮不断地递增，在这块红色土地上走过的人们或许都应该想一想，我们今天的幸福生活是怎么得来的？我们为子弟兵做过什么，为人民做过什么？

南京路是一条红色的路，也是一条充满传奇和浪漫的路。

就在那一晚，我们邂逅了这样一幕：一位小伙子突然跪在南京路隔离带的一块空地上，向同行的女友求婚。小伙子跪在地上，一遍又一遍真诚地呼唤着女孩的名字，请求女孩答应他的求婚，他保证一生一世只爱她一个人，爱到地老天荒。看来，小伙子是有备而来的，他说的话都录了音。也许是事情来得突然，也许是因头一次在大都市、在如此众多的陌生人面

前而有些害羞和顾忌，女孩显然有些犹豫和躲闪。小伙子则一直大胆执着地跪在女孩跟前，一声声地表白出对女孩的情爱……

这时，看稀奇的游人越来越多，大家纷纷拿起相机为这浪漫的一幕拍照，也有帮小伙子请求让女孩接受他的爱的。小伙子乘机掏出一枚钻戒，同时热情邀请在场游客们为他们的爱情做证。在数百名陌生游客热烈的掌声的感召下，女孩最终低着头伸出了手，小伙子激动地将一枚戒指套在女孩的手上，并抱着女孩在无数相机的闪光灯里旋转了若干圈……

这一幕从前只有煽情的电影或是电视剧中才会发生，一位小伙子把自己一生的婚姻定格在上海滩的南京路，一定有他特殊的想法和意义。在他的心里，南京路是一条金光闪闪的、充满幸福和快乐的路。那一刻，小伙子的勇气是可嘉的，也是常人难以做到的。在物欲横流，情感不时地遭遇亵渎的当今，对爱情、婚姻能如此执着和投入着实不容易。我们不羡慕财富、不接受虚荣，只歌颂朴实的情感、吟唱平淡的幸福。

南京路，在我心里不是一条步行街，而是一段记忆，一段传奇，一种情愫……

凡做事，将成功之时，其困难最甚。行百里者半九十，有志当世之务者，不可不戒，不可不勉。

——梁启超

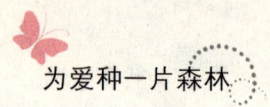

为爱种一片森林

从寒山寺到拙政园

在拙政园感受飘雪的那一刻,我们的确有时空变换、情随境迁的感慨。听雨轩、远香堂、留听阁、待霜亭、兰雪堂、卅六鸳鸯馆、十八曼陀罗花馆,一处处风景、一个个诗意浪漫的名字,让人陶冶情趣、欢愉身心,看淡名利的同时追求高远的境界……

  江苏苏州被誉为"东方水城",与浙江杭州并称为"天堂"。杭州以湖出名,苏州以园著称。还没进苏州城,导游就调侃说,苏州城古老,房子矮,街道窄,园林多,美女俊。一句话便吊起了游人的胃口。不过,根据游程安排,我们得先去姑苏城外的寒山寺。说到寒山寺,导游又说,寒山寺寺庙小,可是名气大。它的人气全仗着诗人张继的那首《枫桥夜泊》的诗。

  1200多年前,唐代诗人张继的这首诗写尽了作者旅途中一个夜晚泊船枫桥时的愁思,以及寒夜忽闻古刹寒山寺钟声所感受到的禅意。

  月落乌啼霜满天,江枫渔火对愁眠。

  姑苏城外寒山寺,夜半钟声到客船。

  枫桥古镇位于苏州城西3.5公里,京杭大运河、古驿道和枫江的交汇处。由于京杭大运河穿境而过,自古以来就商贾云集,又有官道从这里经过,实属水陆交通要道。早在宋朝,枫桥的商贸就已经形成规模且远近闻名,到了明、清时期则空前繁荣。尤其是清朝,这里几乎成了全国最大的粮食集散地，通过大运河在此装卸粮食的船只多达几千艘。除此之外，丝绸、典当、银楼钱庄、西洋商品等行业也一应俱全。

枫桥风景名胜区以寒山古寺、江枫古桥、铁岭古关、枫桥古镇和古运河为主，古镇中依旧保持着石板街道、前街后河的布局，昔日的店铺、民居依旧粉墙黛瓦、错落有致，看上去典雅古朴。

枫桥古桥与苏州城内外所有的石拱桥没有什么大的不同，而寒山寺则是一个被人心仪许久的地方。现代人物质丰富，信仰追求却日渐淡薄，为抵御和消弭世俗的毒害与侵扰，都希望找寻心灵里的一块绿地、大海里的一处港湾，在宁静和洁净的方舟上固守精神家园，分享窄窄的天窗中斜射下来的一缕阳光，即便不是很温暖也要努力享受，就如同唐朝大诗人张继把隔江观渔火、寒夜听钟声作为解愁愉心的事一样。

寒山寺始建于六朝时期的梁代天监年间，距今已有1400多年的历史。相传唐代天台山国清寺隐僧寒山、拾得曾住于这里，遂取名寒山寺。后因一首《枫桥夜泊》的诗名闻遐迩。据称，我们见到的寒山寺仍保留了古寺风貌，寺院范围不大，却有树龄不小的苍松翠柏，殿楼之间倒也曲径通幽。大雄宝殿庄严肃穆，藏经楼方正高耸，游人更是熙熙攘攘、络绎不绝。听着钟楼传来的钟声，闻着弥漫于寺院的烛香，聆听禅语经文，灵魂深处顿生一份清净……

从寒山寺出来，我们乘车转到苏州的下一站——拙政园。中国四大名园之一、全国特殊旅游参观点、被列为世界文化遗产的拙政园始建于明正德四年（1509年），占地5.2公顷。园景以水为中心，假山活水萦绕，亭榭错落有致，名贵花木繁茂，景随角度变换。景区结构布局充满诗情画意，既有江南水乡的特色，又凸显了明代园林旷远深幽、古朴自然的艺术风格。走进拙政园，仿佛时光倒流，让人回到500年前的岁月。这是一座最具江南水乡风韵的园林，尽善尽美的园林艺术堪称中国园林建筑的典范。驻足亭台、置身亭榭让人体味其高尚淡雅的同时感叹中华灿烂文明的博大。穿行于花木林间、水廊桥边顿觉心旷神怡、神清气爽……

我们游拙政园时恰逢牛年深冬。其实，园中荷花已无踪影，只见少许的枯枝，各色的名花也开得不多，途中突然飘起粉末状的雪花来。我们都觉得奇怪，进园时，明明出了太阳，可忽然间天昏地暗、寒风飕飕，紧接着就纷纷扬扬地下起雪来。大概过了十几分钟，太阳又从云彩里露出来，好像刚才的那一幕完全没有发生。这样的情景同样在上海出现过，同一日中午，我们在上海吃中饭。之前，太阳一直高挂在天际，下车时，突然飘来大片大片的雪花。让人诧异的是，这边飘雪花，那边阳光仍然明晃晃地映照着，这在我们江西几乎是不可能的。江西下雪时，天都是昏沉沉的，没有飘拂的云彩，没有阳光的踪影。下雪之前都有预兆，或小雨、或冻雨，除非下过规模较大的雪才能天气放晴，且雪前、雪后天气的变化多少需要一段时间。突然下雪，顶着阳光下雪，在江西几乎没有出现过。

在拙政园感受飘雪的那一刻，我们的确有时空变换、情随境迁的感慨。听雨轩、远香堂、留听阁、待霜亭、兰雪堂、卅六鸳鸯馆、十八曼陀罗花馆，一处处风景、一个个诗意浪漫的名字，让人陶冶情趣、欢愉身心，看淡名利的同时追求高远的境界……

诚如导游对拙政园园名来历的调侃，拙政园的主人自嘲说，我这样笨拙的人居然从政？细品此言，实则是主人的一种洒脱和自谦。我想：如果世人都有这样一种心态和境界，那社会必定真的会和谐……

高傲自大是成功的流沙。

——阿比

桨橹声中游乌镇

一条河里十几条船都那么划着,却几乎听不到很响亮的声音,静寂中,只有桨橹擦着船舷在吱呀呀地鸣唱,只有从船舷弥漫开去的波纹才让你感觉小船在布满涟漪的水面前行。

　　清晨,在小河边,一群人正在忙碌着:一对中年夫妇齐心协力地拧着刚洗过的被套,彼此发力的一瞬间,被套被拧成了麻花条;一位光着膀子的汉子肩挑木桶准备到河里取水,脚步刚好落到上下两级台阶上;一位妇女一手提着个小木桶,一手搂着一个大木盆,显然她要到河里洗一家人的衣服;在临近水面的地方,一位妇女弓着腰,在竹篓里淘洗着什么;一位貌似店里伙计的后生在一块凸出的石板上,正弯腰洗刷着手里那个圆圆的簸箕,一位老奶奶手里抱着孙子在岸上看着这一幕,脸上的神情慈祥而淡定……

　　这就是江南名镇——浙江桐乡市乌镇景点大门前矗立的一组塑像。这组人物塑像栩栩如生,姿态写实逼真,男人拖着长辫,女人盘着发髻,雕像全都着上乌溜溜的色泽。透过与周围门楼、墙瓦看上去非常协调的乌溜溜的色彩,你很快便会发现眼前这个镇子的古老和与众不同。

　　乌镇位于浙江北部嘉兴市下属的一个县级市——桐乡市境内,离市区15公里。走进乌镇,第一感觉是房舍楼阁几乎就一种颜色:灰蒙蒙、乌溜溜。原来,这里早在唐咸通十三年(公元872年)就已建镇。镇子里古民居的墙上几乎都涂上一种类似于黑色油漆的涂料，据称这种涂料对墙体和木柱具有很好的防腐作用。乌溜溜的房舍、乌溜溜的石板街、乌溜溜的穿衣打扮便造就了乌镇这个古老又有些诙谐的地名。

游人乘着乌溜溜的乌篷船，在窄窄的河道里穿行。窗外一边是仿佛从水里生出的低矮的屋檐，一边是有着各家茶楼、餐馆的小街。屋檐栉比鳞次，小街上游人如织。沿途有不少可以停靠小船的码头，也有临河而居的住户用来取水、洗衣的台阶。在河两岸不时地看到一座座石桥，尽管建造的年代不同，桥的造型各异，通体结构大相径庭，但几乎都高高耸立，有的甚至高过屋脊。游人坐在乌篷船的内仓里，看两旁的屋檐、街道一摇一晃地向身后移去，一切似乎都那么悄无声息。上了年纪、操着不太标准的普通话的船工熟练地为我们摇着乌溜溜的乌篷船，情之所至，偶尔也哼几句当地歌谣。一条河里十几条船都那么划着，却几乎听不到很响亮的声音，静寂中，只有桨橹擦着船舷在吱呀呀地鸣唱，只有从船舷弥漫开去的波纹才让你感觉小船在布满涟漪的水面前行。各种形状、显然有些岁月的石拱桥在头顶一次次地划过，着实给人一种走进远古的感觉。岸上、桥头，过往的行人络绎不绝，拍照的游人接二连三，他们衣着光鲜、姿态各异，倒映水中，婷婷袅袅。

船靠码头，人上岸，来来往往都有桥。站在桥上回眸，只见掩映在其中的河道越发狭窄和深邃，河道里却依旧是那么热闹，载着游客的小船鱼贯而入，挨挨挤挤；河道两旁，彼此相连、错落有致的房舍与乌墙、乌柱浑然一体。这时，只有在岸边、在桥上行走的游客身上的衣色格外醒目，花裙子、花纸伞、女孩的笑脸与乌溜溜的水乡共同构成一幅充满古朴神韵的丹青水墨画。

作为江南水乡六大古镇之一，乌镇的老街分别为东南西北四个方向，它们呈"十"字型交叉，构成双棋盘式，河与街平行、水与房相依的独特结构。走在西栅老街的小巷，踏着脚下油光乌黑的青石板，最后在一个有着古色古香招牌的茶楼里悠闲地品一杯龙井茶，看窗外巧遇的一阵蒙蒙小雨，真的别有一番风情。

在乌镇，你既可以看见小桥流水、别有洞天，又可以欣赏到有1300

多年历史的古建筑中遍布梁柱门窗上的石雕、木刻；不仅可以看到栽种于唐代的银杏、建于南朝的石佛寺，还可以走进长篇名著《林家铺子》描绘的场景之中。一代文豪茅盾的故居就在东栅的小巷里。离茅盾故居不远就是至今还在营业的林家铺子，里面没有豪华的装修，也没有特别高档、时髦的商品，置身这家家喻户晓的店铺，甚至感觉有些幽暗和空泛。但是它浓缩了一段历史，承载了一个民族在某一个特殊年代的阵痛……

走进茅盾故居，陈列其中的一物一品仿佛都是一本书中一个精彩的细节，一首歌中一串激昂的旋律，是一个觉醒了的文化人的铿锵的呐喊。

我们应该细读的不仅是文学巨匠的不朽文字，更需要景仰和传承一种心系民众的精神、一颗赤诚爱国的心、一份不可推卸的社会责任感……

乌镇的历史悠久而灿烂。6000年前就有先人在此创造着时代的文明。春秋战国时期作为吴国的边疆之地，吴国曾在此驻兵设防，阻止越国跨界侵扰，这里曾经战事频繁、硝烟弥漫。始建于明代、重修于清乾隆十四年的贞观古戏台、翰林院、于榴梁钱币馆、木雕馆、蓝印花布染坊、民俗风情馆、江南百床馆等无不体现着乌镇的凝重和厚实。

由于此行出游时值冬季，天气寒冷，游人不是很多。我们此行不曾赶上乌镇"出会"习俗中的一年四时八节，也没有邂逅农历四月初开始进行的再现茅盾先生笔下"香市"的热闹场面的水乡狂欢节。但是，在品尝过乌镇的姑嫂饼、杭白菊之后却对乌镇乌溜溜的色彩有了一种新的理解和感受。

骄傲是只拦路虎，常挡在成功的道路中间。

——佚名

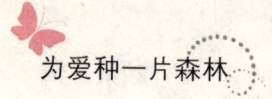

西子湖畔晚霞红

历代文人雅士、才子佳人无不以逛西湖、吟西湖、赞西湖为高雅之事。西湖的如画景致,水中院落,轶事传说,千古胜迹……整体构成的气韵、神韵和底蕴恰似温柔缠绵、肌肤玉润、风情万种的美女西施。

"欲把西湖比西子,浓妆淡抹总相宜"是诗化西湖;"上有天堂,下有苏杭"是口传西湖。天下以"西湖"命名的风景湖为数不少,唯独浙江杭州的西湖最为著名。历代文人雅士、才子佳人无不以逛西湖、吟西湖、赞西湖为高雅之事。西湖的如画景致,水中院落,轶事传说,千古胜迹……整体构成的气韵、神韵和底蕴恰似温柔缠绵、肌肤玉润、风情万种的美女西施。西湖的美丽和魅力,让喜欢摄影和写作的我心仪许久。

2010年末,我终于有机会到西湖一游。开始我们担心天气恶劣,幸运的是连续下了几天雨雪之后,临到我们出行时天气突然好转了。那天一大早起来,只见雾气弥漫,山野迷蒙,这是南方冬季天将放晴的先兆。上午9点我们从东乡出发,一路沿梨温高速行驶,到杭州时已是下午3点多钟。路过钱塘江,与钱塘江大桥和六和塔擦肩而过之后,大家的游兴陡然提升。于是,领队决定先游西湖再找旅店下榻。

没去西湖之前,西湖的苏堤、白堤、断桥、雷峰塔、三潭映月、南屏晚钟、平湖秋月等早已通过影像图片和文字描述在脑海里存有印象。现在站在如诗如画的美景面前,每个人都怦然心动。

顶着西斜的太阳，我们走进西湖的苏堤。苏堤两旁的垂柳几乎落光了叶子，只有一根根细如银针的柳枝还丝丝缕缕地垂挂在岸边。碧波荡漾的湖心静泊着一艘艘精美典雅的游船，其间，一艘雕刻着巨龙、远远看去金碧辉煌的豪华游艇特别醒目。

在导游的催促下，我们从苏堤的小码头乘游艇到湖里游玩。游艇的速度蛮快，不一会儿我们便到了湖心。导游这里指指、那里点点，几乎每个景点都有动人传说和奇闻轶事。不过，岳王庙等著名景点都只能"乘船远眺"，让人有"近在咫尺，却不能亲近"的失落。当我们在游艇上提出要到岳王庙和断桥边去看看时，导游说，岳王庙严格地说不是一个景点，只是对一代爱国英雄的追思之地。至于断桥，其实就是一座在江南水乡或是公园经常可以看到的桥，因为一个凄美的民间故事才让它变得神秘。其实，断桥不断，只是惊现一条略微交错的裂缝而已。

作为西湖著名景点的断桥和雷峰塔，的确有不少人意欲前往，许仙和白素贞雨中游西湖纸伞传情、法海从中作梗将白娘子镇压在雷峰塔下的传奇故事几乎家喻户晓。由于时间关系和导游的行程安排这两个景点以及岳王庙都没有游成。没有近距离地对民族英雄表达一种怀念和敬仰，我们都觉得非常遗憾。

游艇靠岸后，我们到"花港观鱼"等一些景点游览。这时，太阳渐渐西沉，斜阳从树梢穿过，照在几只在草坪上悠闲信步的孔雀身上，孔雀似乎也变得兴奋起来。在同伴的欢呼声中，其中一只孔雀抖抖精神，欣然开屏了。在严寒的冬天有幸看到孔雀开屏的情形让我们觉得特别开心。

从孔雀园回来，走在苏堤上，夕阳渐渐坠落在西天的山巅。这时，整个西湖都笼罩在一片金辉之中，游艇、游人全被染成了金黄色。落山时的夕阳仿佛比高挂天宇时大了许多，颜色渐渐变红，红得耀眼，红得意境深远。

一位中年妇女摇着一叶扁舟，穿过苏堤的石拱桥，渐渐融入金色的画屏之中。小船渐行渐远，一圈圈微波在平静的湖面荡漾；湖心一对年轻恋人面对面坐在一艘小船上，深情地诉说着源自心底的浪漫话语，远远看去是那么的温情和甜蜜；一对中年夫妻坐在堤岸的长椅上出神地凝望着眼前的美景，或许他们是故地重游被西湖陶醉了，这彼此依偎的一瞬间，也成为人们镜头中美丽的剪影。

　　远山、夕阳、平湖、长堤靠背椅上欣赏美景的游人，这一瞬间都成为风景。西湖的夕阳是那么柔美和圣洁，西湖的落日是那么多情和缠绵……

　　眼前这一幕，让人顿觉高尚与纯洁。生活中，只要用心去发现、去寻觅、去体会，一草一木、一叶一枝都是风景，都可以成为风景。西湖在不同的季节，不同的时间段都有它灵动和诱人的一面，都有走进你心灵的美的瞬间……

　　此行虽然留下些许遗憾，但西湖披一身晚霞的壮美却已经定格在我记忆的深处……

谁和我一样用功，谁就会和我一样成功。

——莫扎特

静谧的九龙潭

九龙潭原本是个堰塞湖,传说由九条蜿蜒如龙的山间溪水注入其中继而汇聚成潭。因其深藏于峡谷深涧,我们看不到一个进水口,也感觉不到水流动,她就像一条盘旋在悬崖峭壁之间的巨龙。宛如静湖的九龙潭狭长而深邃,宁静而娟秀,神秘而浪漫……

  泰宁世界地质公园九龙潭原本是个堰塞湖,传说由九条蜿蜒如龙的山间溪水注入其中继而汇聚成潭。因其深藏于峡谷深涧,我们看不到一个进水口,也感觉不到水流动,她就像一条盘旋在悬崖峭壁之间的巨龙。宛如静湖的九龙潭狭长而深邃,宁静而娟秀,神秘而浪漫……

  泰宁是闽西北一个边境小县,西与赣东的黎川县接壤。近年来,泰宁的旅游业得到了快速发展,大金湖、上清溪、尚书第、九龙潭等一大批旅游景点得以开发并吸引越来越多的中外游客。由江西抚州市作家协会组织的创作笔会最后一天安排的活动是到邻近的泰宁采风。由于时间仓促,我们一行四十余人只参观了位于泰宁老县城的"尚书第"和新辟的一个景点——九龙潭。类似于"尚书第"的古建筑我们已经看过不少,比如我们抚州乐安的流坑、东乡的上池。相比之下,我觉得九龙潭却有她独特的风采和神韵。

  在"泰宁世界地质公园·九龙潭"标志碑边下车,沿岩间小径攀行十几分钟,便来到深藏"闺阁"的九龙潭。因故稍作休息之后,我们每三人一组，穿上救生衣便小心翼翼地上了竹筏。一位年纪50开外，个头不高却手脚麻利的艄公操着一根两米来长的木桨不声不响地撑着竹筏就出发了。潭水不时地漫上竹筏，从水的成色可以看出潭水深不可测。潭面不是很宽，两旁是原始森林和悬崖峭壁。竹筏在平静的水面漂浮，水中晃动着艄公手摇木桨的影子。桨起筏移，一圈一圈的涟漪便悄无声息地荡漾起来，但委实听不到些许声响。静谧之中，只觉得耳畔隐隐传来鸟的低吟、蝉的鼓噪，这美妙的音符来自眼前的树林。随着竹筏的深入、山岩的高耸以及林子的茂密，这音符愈发响亮、悦耳，让人不由得想起"蝉噪林愈静，鸟鸣山更幽"的绝句。

九龙潭是泰宁世界地质公园的一部分，景区开发的时间不长。我们去时，通往景区的景观大道正在铺修。其地貌与江西龙虎山、广东丹霞山、贵州习水等相似，均属丹霞地貌。九龙潭内丹峰突起，座座依水而立，岩壁上布满了大大小小、形状各异的岩洞。艄公一一指点那些由岩及峰、由洞及形的景观，经琢磨和联想倒也有些相像。不过，我还是对生长在悬崖上的那一簇簇正开得鲜艳的黄花菜感到惊诧。艄公说，他们这儿的山崖上到处都有黄花菜，由于石壁陡峭，也没有人去采收，故而它们都自生自灭。不过，留着也好，游人可以闻到它们的花香。这一说，我们才感觉湖上、山间的确弥漫着一股沁人的馨香。正陶醉时，艄公手指旁边一簇簇有着一片片狭长叶子的植物说，若是初春来这里，我们还可以闻到浓郁的兰花香呢。我们细看，发现这里的兰花叶子比我们曾经在山里看见过的要浓密、宽阔、厚实，色泽也深暗。我们都有点疑惑，艄公说："这是这儿特产的一个兰花品种。去年，有外商在这儿买了一株，价值3万多元。不过，以后景区的兰花是不会再卖的了。"是啊，空谷幽兰、香随风动，游人自然心旷神怡、流连忘返。

九龙潭最具特色的是"一线天"景区。在中国的风景区，"一线天"恐怕是出现频率最多的，但是，距离长、淹没在水中又可以通竹筏的估计不多，甚至没有。艄公介绍，这里的"一线天"有1000多米长，最窄处不足一米，却可以同时进出多条竹筏，它们或鱼贯而入，或迎面相逢，均可顺畅通过，有惊无险。我们有些胆怯地端坐在竹筏上扎牢了的小竹椅

上，仰视幽静阴森的峡谷中的一线蓝天，感觉两旁坚固突兀、神情可怖的岩石仿佛都要向我们挤压过来，可艄公却泰然自若。只见他操桨自如，一脸的轻松。兴趣来时，那位看上去像村干部模样的中年汉子还饶有情趣地为我们唱起客家山歌，尽管有想"索取不当费用"的嫌疑，但在这恍若世外桃源的幽谷深潭聆听乡音俚语、民间小调倒也确有几分惬意。

从"一线天"出来，艄公突然问我们带了雨伞没有，同筏的女作者回答有遮阳伞。艄公听了，没有再说什么，我们也没有在意。待到了另一个名为"色狼面壁"的景点时，两山之间的天空突然下起豌豆大的雨点来，且持续下了十多分钟，我们都觉得纳闷。艄公说："九龙潭的天气就这样，常常'东边日出西边雨'。大概是森林茂密、水分浓重的缘故吧。刚才我不是问你们带了雨伞没有吗？"

我们看看天上，也就头顶上一团云。出景区后，公路上一点下过雨的痕迹也没有。当时，这位普通话说得挺好的艄公逗趣说："你看，立在那儿的色狼，因为在'仙女沐浴'那儿偷看了美女洗澡，被罚在这儿面壁受戒。老天爷不时地下一阵雨让他清醒清醒头脑。"我们听了都觉得有些道理。我想现在是色狼泛滥的年代，这样的雨恐怕要多下几阵才好。一旁被我们戏称为"艄母"的女艄公朝竹筏上的游客说："男客们在竹筏上要规矩点，否则到这儿来面壁可得受苦呢。"

不少景区乘竹筏漂流都是上游下水，下游上岸，唯独九龙潭是原路返回。于是，那些几乎贴近水面的树林，那些遍布在悬崖绝壁上的洞穴又从不同的角度一一呈现在眼前，尤其是一个个载了游人的竹筏和一簇簇长着浓密叶子的树木在水里柔柔美美、婀娜多姿的倒影更是迷人，景物相映成趣，笑声随波荡漾。

这时，我们突然看见这样一幕：在靠近水面的一块巨石旁，一条巨龙正在缓缓游动，龙的周身闪烁着片片银色的光芒，侧身、腹部的龙鳞看上去十分逼真，乍一看仿佛真龙出洞，欲搅动一潭秀水。细看才知道，这是一幻景。时值响午，偏西的斜阳映照在微波荡漾的湖面，其倒影恰好折射在一块形似巨龙的石头上。远远地看去，仿佛那龙真的在游动。

景不在多，有奇则灵。九龙潭溪无源头、潭无碧波却夹缝过排、花香

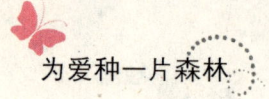

满谷，还有蝉鸟争鸣、神龙戏水……有这些就已经足够了。

回程的路上，年轻的导游小姐一直为艄公因故未及时让我们上筏游玩以致耽搁行程而真诚道歉，与我们道别时一再叮嘱我们有机会再来。她说，九龙潭的金秋才是最美丽的，那时霜叶变色、层林尽染，更是游人，尤其是情侣的天堂……

眼下，泰宁正在与江西龙虎山等六大丹霞地貌同组"中国丹霞"，并成为今年我国唯一申报世界自然遗产的项目。作为邻乡的游客，我们期待着她的夙愿如期实现……

一个目标达到之后，马上立下另一个目标，这是成功的人生模式。

——姚乐丝·卡耐基

在诗意的鄱阳湖畔行走

渔夫站在竹筏上,手持竹篙划水的姿势在朝阳里篆刻出一个清秀的剪影。竹筏上蹲着一只壮实的鸬鹚,鸬鹚深情地注视着湖面,俨然一位前来领略湖光山色的游客,丝毫没有要下水一显身手的举动。

日 出

从湖的那一边悄悄地升起了一颗巨大的、通红的朝阳,湖这边临湖而居的渔民的木屋便笼罩在欢天的喜庆之中。迎着日出,走在木屋向湖延伸的小道上,远远地看见从木屋里走出的渔夫正划着那个新添的竹筏离岸而去。竹篙一起一伏,竹筏在宁静的湖面上前行,筏影在铺着红地毯一样的细浪里荡漾。渔夫站在竹筏上,手持竹篙划水的姿势在朝阳里篆刻出一个清秀的剪影。竹筏上蹲着一只壮实的鸬鹚,鸬鹚深情地注视着湖面,俨然一位前来领略湖光山色的游客,丝毫没有要下水一显身手的举动。

原来,渔夫和他心爱的伙伴都是去巡湖的。这位渔夫休渔时节自觉地加入到义务保护母亲湖的行列。

鸬鹚在撒满朝阳的竹筏上,看着湖里鱼跃的水痕,和渔夫一样饱含深情地回忆曾经的岁月。

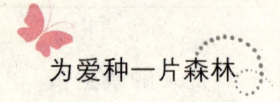
为爱种一片森林

母亲

  晨风中，一位母亲蹲在湖边，正聚精会神地洗着一家人的衣服。这位年近花甲的老人，头发早已花白，额角爬满了深深的皱纹。只见她双脚踏在清澈的湖水里，脚丫子像猫爪一样紧紧地黏在水下那块光洁的石板上。个头不高、人挺精瘦的她一边机械地重复着那些洗衣的动作，一边眯缝着眼睛朝湖的深处眺望。

  从前，她一直拖着两条乌黑的辫子，与自己的男人在这片液态的土地上过着耕云播雨的生活。一张网、一条船、两个人、一个心愿，日子清淡抑或清苦，心里却仿佛很甜蜜、很淡定。

  洗完衣服，老人抬起脚细瞧，怎么也不相信自己的脚板竟会那么粗糙、那么宽大、那么具有黏性了。站在风雨的船头，她年迈的身躯曾经是那么娇媚和纤弱，结满老茧的双手曾经是那么光滑和细嫩。

  老人就是眼前的湖，一生都在为自己身边的人付出。

  借着湖的光影，老人用手摸摸鬓角的散发，搓搓皱褶的脸庞，别上了那枚新买的发夹。也许老人希望在人们眼里重新绽放久违了的美丽。

新枝

  湖边，有一棵阔叶树被之前横扫过湖面的狂风吹折了，留下一人多高的树干。树干的伤口处残存着它在那一刻挣扎、抗衡，最终被击垮并撕裂的印记。

  风平浪静，断开的树梢被风卷走，碗口粗的树干却依旧立在湖岸。

  几个月后，我来到湖边，猛然发现这棵看上去似乎枯死的树干的树梢上竟然长出几根新的枝桠来。这些新枝看上去青春勃发，充满生命力。

  住湖边、与我同行的朋友踮起脚尖，伸出长臂试着将部分多余的新枝去除，只留下粗壮的一枝让它生长。看着它，我感觉又回到春天了，可是当时已经是盛夏。

朋友说，沐浴着阳光雨露，鄱阳湖又迎来了第二个春天。湖畔，春潮涌动，春雨潇潇，捷报频传。环鄱阳湖生态经济区建设的号角吹响，枯木也逢春了。

这春意就像温暖的阳光映在湖区县市的版图上，映在毗邻而居的人们脸上，映在迎着朝阳刚刚长出的新枝上。

脚步

徜徉在湖边，隐隐听到一阵清脆的鸣笛声传来。原来是几辆大巴载着一群生龙活虎、朝气蓬勃的中学生来这里参加夏令营活动。

车到湖边停下了，他们在一面大旗的引导下，浩浩荡荡地向湖的深处进发。这些来自湖区周边县市的一群爱湖、爱鸟、爱自然，有理想、信念和作为的孩子，就如同参与鄱阳湖新一轮经济开发的大军，正迈着整齐的步子，唱着同一首歌，怀着同一个目标走到一起。

环湖的江西人把鄱阳湖作为舞台，或作就工业兴县的锦绣文章，或搭建文化唱戏的金色鹊桥，或依托青山绿水做大低碳产业。色彩有不同、音符有高低、气韵有舒缓、旋律有跳跃，但是合唱的主题一样，终极目标一致，那就是让喷涌乳汁的鄱阳湖更加年轻，更加美丽，更加有所作为。

湖边，静听这脚步声，的确让人兴奋，让人酣畅淋漓。

听戏

一方水土养一方人。

在鄱阳湖湿地看鸟的时候，耳畔忽然飘来一阵悦耳动听的江西地方戏的旋律。

定神细品方知是赣剧《牡丹亭》中的精彩唱段。

游客中有一位中年妇女，过去曾在县赣剧团待过。她主演的赣剧在湖区几乎家喻户晓，耳熟能详，一些在湖上打鱼的老汉都能哼上几段……

鄱阳湖水孕育了多个地方戏剧种，千百年来，它们亲切的语言、独有

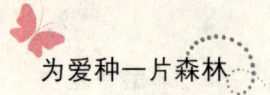

的表现形式和亘古不变的主题在江西这块红色的土地上深深地扎下了根。地方戏丰富了百姓精神生活,同时也让人们学会了辨别忠奸善恶,懂得了知恩图报。

  作为地域文化隐形的地标,江西地方戏植根于脚下的土地,就像一位忠贞的妇女,无论怎样诱惑,她还是那样笑不露齿,杏不出墙。正是脚下这方厚土,孕育了千古绝唱《牡丹亭》《邯郸记》《紫钗记》和《南柯记》……这些赣剧、抚州采茶戏等地方戏经常演绎的故事在鄱阳湖畔流传,优美的旋律在赣江大地上回旋萦绕。

  勤劳智慧的江西人凭借这些熟悉的旋律唱出了时代的新曲。

好事尽从难中得,少年勿向易中求。

——李成用

探幽神农宫

进入洞中,顿觉凉爽至极。在各色景观灯的映照下,洞内似乎并不让人觉得幽暗和郁闷。游人沿着洞内开凿的石径小道一步步前行,各种姿态、各种造型的石笋、钟乳石都一一呈现在游人眼前。

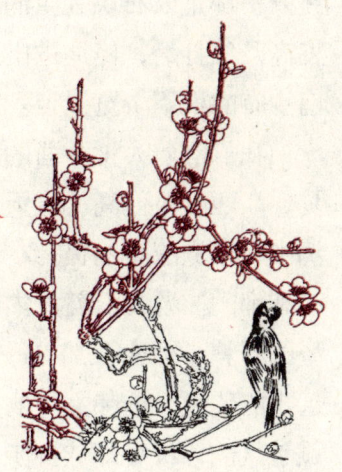

　　位于万年和弋阳交界的溶洞游览地——神农宫,乍一看肯定会让你失望。

　　这是赣东北山区的一个极为普通的小村,至今也只有三四十户人家,村民的房舍稀稀疏疏地建在穿境而过的公路两侧;这是一座看上去并不高耸也不伟岸的山,山上没有茂密的丛林,山下也没有流水潺潺的小河。如果没有立在路旁的宣传牌提醒,谁也想不到这里竟然是万年神农宫旅游景点所在地。即使你走进景点大门,你依旧觉得这里似乎没有什么可以观赏的景物。抬头仰望山顶,只见上面稀稀拉拉地布满一些灰白色的石块,远远看去就像寒冬未曾融化的残雪。然而,钻进地下溶洞,在阴凉的地下溶洞里绕上一圈,你就会领略到洞中的千古奇观和异样的风情,继而探究其深含的底蕴……

　　驱车从万年县城出发,沿新修的、通往市府上饶的盘山公路东行20公里路便到了神农宫景区所在地——万年县大源盘岭。神农氏的大名几乎家喻户晓,可是作为"宫殿"似乎有些夸张。因为这里除了正在兴建的景区牌楼和旅游基础设施之外几乎没有深宅大院、楼宇殿堂。后来才知道，神农宫其实只是一条为盘岭村排水的地下河，由于地下河水的反复冲刷，在几乎都是以石块为主的岩洞中形成了形态各异的钟乳石。近年来，经开发商几经打磨，修通进出的路径，新增各色观景照明彩灯，便成为这一江南少有的地下游览景点。

　　我们沿着人工开凿的隧道下行百余米便进到了地下河的位置。今年初夏，江西气温偏高。这天天气晴朗，下车时大家都觉得闷热。没想到进入洞中，顿觉凉爽至极。在各色景观灯的映照下，洞内似乎并不让人觉得幽暗和郁闷。游人沿着洞内开凿的石径小道一步步前行，各种姿态、各种造型的石笋、钟乳石都一一呈现在游人眼前。就如同所有的风物景观都依据远古的传说，依赖文人的文字加工，依仗观赏者的肆意想象，加以命名和赋予气韵，最终却依据游人的心情、境界、阅历的不同而形成不同的感悟和收获一样。神农宫的钟乳石、石笋也被赋予生命力，而且是那样的鲜活和灵动。看过之后，不免觉得这里的景致在心中产生了强烈的震撼力。人们常说大自然鬼斧神工，造物主法力无边，可是在这样一个不靠大海，不近江河，更不属于名山大川的地方却莫名其妙地生出这样一个神秘、深邃和美丽的地下溶洞，多少让人难以理解。

　　神农宫究竟有多深，没有人知道。已经开发可供游人观赏的部分大概有一两公里。

　　期间，除了千奇百怪的石笋和钟乳石还有一个可供游人乘船览胜的小型码头。洞内有一条小溪在悄无声息地流淌着，溪上可行舟，游人盘腿坐在小舟上能感受一番"人在舟中坐，景在身边流"的异样风情。聪明的开发商截取一段溪流垒起一个微型水坝。坝下自然是一道瀑布，虽然落差不大，精明的开发商却无限夸张地给它取了一个响亮的名字——西沙哈拉大瀑布。就冲着这响亮的名字，还真有不少俊男美女在那里煞有介事地拍照。

　　洞中原本就是一个微缩了的世界。在世事纷扰、人心不定、真假难辨的当今，恐怕就只有父母给自己取的名字是真的。因而在虚虚幻幻的忙碌过后，从相互遮掩的网聊中，从尔虞我诈的麻将桌上溜出来，到据称需经亿万年才能形成的溶洞中游走一番，感受滴水穿石的恒心，观赏栩栩如生的景致，体味终生寂寞的淡定，探究自然的奥秘，实在是一件温馨而惬意的事情。置身洞中，就如同走进一个光怪陆离、虚无缥缈的童话世界，任思维和想象的翅膀肆意飞翔。洞穴的形成，暗河的走向，在那一刻，你就是一个超凡脱俗的思想家，是天马行空的孙行者。用这种心态看什么都觉得生动逼真，都觉得赏心悦目、心旷神怡。

穿石缝，过拱桥，登云梯，踩石墩，一路走来，眼前美景变换、目不暇接。踩在镶嵌了卵石的小径上脚板酥酥痒痒。移步期间，看头顶千姿百态的钟乳石，听脚下潺潺作响的流水声，读深情优美的故事，心情无比舒畅。溶洞中有无数个小洞，且高低、大小、深浅都大相径庭。最高的钟乳石足有三四十米，最宽的洞穴可以容纳上千人在一起聚会。其中，以神农造像和神农大殿最为壮观，也是该景点的亮点所在，置身其中，的确有曲径通幽和峰回路转的新鲜和惊诧。

在一方草地中，一群动物王国的使者正在浩浩荡荡地出行，昂首阔步走在前面的分别是大象、山羊、麋鹿，它们正向前方一个浅浅的水池悠闲地走去。这景致如果是天然的，那就是其他溶洞景点无法原汁原味复制的。

为了不留下遗憾，也为了让没有机会出游的家人和朋友分享，我每到一处都尽可能把看到的景物拍摄下来。不过最为壮观的还是位于开放区末端的神农殿，这里景致集中，场面恢弘，空间宽阔，影像造型逼真。只见"神农"端坐其中，眼前是一片青山，山上峰峦起伏，怪石嶙峋，身后流淌着一条深不可测、凡人无法到达的暗河，与幽暗、静幽的溶洞一起延伸到更远的地方。

好文章都给读者预留了一个或多个想象的空间，这些空间往往能吊起品文者的胃口，因而一个悬念就是一种诱惑，一种冲动，一种尝试，一种收获。神农宫全长7000多米，目前开放游览的只有1600米，其余5000多米被设为"原生态溶洞探险区"，仅对国内外探险家开放。据介绍，英国著名探险家曾独自一人深入其中探险，在深入3500米后，前方仍然没有尽头……

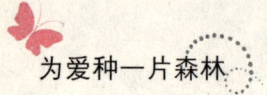
为爱种一片森林

  亲近神农宫不仅可以近距离地观赏质地清纯、色泽如玉的钟乳石，同时还可以感受千年地下河特有的凉爽和神奇。神农宫像晨雾中披着薄纱起舞的少女，给人一种朦胧的美，一种神秘的美……这种美深藏洞中上千年，甚至亿万年，就如同我们的思绪一般久远而深邃。

一个羞赧的失败比一个骄傲的成功还要高贵。
——纪伯伦

多姿多彩入眼帘

被斜阳映照在山间林梢上的金黄吸引,被层层叠叠散落的瀑韵惊叹,被与瀑水相随相依却只能恒立的巨石感动,被山谷弥漫的轰鸣震撼,被文友动情的歌声熏染。这便是我新近与文友同游奉新萝卜潭瀑布的印象。

被斜阳映照在山间林梢上的金黄吸引,被层层叠叠散落的瀑韵惊叹,被与瀑水相随相依却只能恒立的巨石感动,被山谷弥漫的轰鸣震撼,被文友动情的歌声熏染。这便是我新近与文友同游奉新萝卜潭瀑布的印象。

2007年深冬的一个双休日,我们江西一群小小说作家应邀来到离省城南昌差不多一个小时路程的奉新召开小小说创作笔会。奉新曾经孕育过大科学家宋应星,有着1800余年历史,文化积淀深厚。笔会期间,主人特意安排我们一行20余人去离县城20多公里的萝卜潭看瀑布。

车子在山间一块稍开阔的地方停下,眼前呈现的是夕阳映照着的山色。时值深秋,轻霜已将固有的绿色褪去,山上各种灌木的叶子都尽情绽放着各自不同的颜色。尤其是山中那新植的一棵棵梧桐,枝干瘦挑而密集,叶子金黄而鲜艳,在山间赫然点缀出一种热烈的色彩,这是久居城里的人眼中的异景。过萝卜潭景点大门,俯身沿台阶而下,几分钟行程便来到瀑底。这儿四面环山,瀑布位于靠南的方向,寻着轰鸣的瀑声望去,一股洁白的水柱从山腰倾泻而下,在形似萝卜的深潭里稍事驻足,而后又马不停蹄地通过一座木桥匆匆地向南远去。

站在那儿，感觉人在山谷，瀑从天降。山涧巨石中，瀑布像一条翔云的龙向游人俯冲下来。瀑底的深潭，呈圆弧形，宽两丈余，深不可测。瀑布从十几米的高空落下，颇有气势和力度。今年江西境内遇百年未见的夏、秋、冬三季连旱，不少地方河井枯竭，奉新的山中竟有水势这么大的瀑布，出乎我的意料。这里的瀑布呈多级分布，不仅整体落差大，而且各有姿态和神韵。匆匆地惊喜了一会儿，就被主人呼唤着踏上了逆水而上的台阶。台阶靠瀑布的右侧，依山凿岩，向瀑顶上升，每上一级，都是观瀑的不同角度，每上一段都能看到瀑布不同的雄姿。这洁白的山泉时而在长满棱角的山石上弹唱迸溅，歌声洪亮悦耳；时而在光洁舒缓的石面上滑过，细腻而声微；时而分成大小不等的几绺，仿佛要展示个人独有的魅力；时而牵手汇集，相邀在窄窄的石缝里穿行，无形却有声；时而在不很宽的小潭里留恋盘旋，依依不舍。每到一处景点，均有石径下达，都有不同的景观可入眼帘，像有一只无形的手拽着游人的衣衫，有一双温柔的眸子拉近游人的性情。同时让人惊叹的是，那儿的巨石，经亘古未变的瀑布的冲刷侵蚀，依旧棱角分明，不改本色，且形状各异，质地特别坚硬。一块石头上刻有"玉印"二字，赫然立在瀑前，形态也很逼真，无论从哪个角度看，都有皇家圣物的威严。一块巨石上，玄妙地留有两个晕圆的巢洞，两洞相依，一大一小，酷似一对情侣，在寂寞的山间不离不弃，静静聆听汩汩的水流声……

随着台阶的上升，脚下的瀑布在岩石上生出的树枝中，在观瀑亭的飞檐边，在游人惊叹的目光中渐渐下沉。瀑声渐渐远去，而游人的兴奋、欣慰和深情却愈加浓烈。突然，人群中有人亮出嗓门唱起了地方味极浓的民歌。这位自称经历坎坷却才气十足，写过几千篇小小说的小伙子，唱起民歌来有板有眼，极富表现力、感染力、穿透力，动情处催人泪下。他的歌声赢来一阵阵掌声。途中小憩时，他意犹未尽，连唱了十余首民歌，使江西小小说作家们的游兴达到了又一个高潮。

是啊，我们有缘相聚，了却了彼此的仰慕和期盼；又因为这份美丽，拉近了彼此之间心的距离。文学应该是圣洁的，但也是清淡的。我们因为

 第一辑 触景生情

文学而结缘，风景因为文学而美丽，文章因为风景而精彩。相信每一位同行的文友都和我一样，因此情此景而陶醉，我们的友情就如同离开萝卜潭瀑布时仍向山里绵延的瀑流在夕阳里定格一样，深邃而久远。

溪水可以顺势坠落远去，而曾经护卫和依恋过的山石却依旧在那儿坚守。

曾经有过的亲近和爱依旧，就如同我们的这次相聚，身影已经离开，笑声、记忆却在迎面扑来的通红的斜阳里永恒。

一个人失败的原因，在于本身性格的缺点，与环境无关。
——毛佛鲁

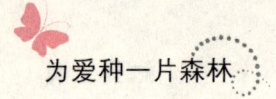

冬季，在"城市鸟林"里看鸟

在新的一年都有鸟的鸣叫，都有看鸟人兴奋的笑声。鸟儿，我们不能没有你，就如同我们不能没有情趣相通、彼此珍爱的朋友一样。

一个冬季的一天，我们到位于英雄城东南角的"天香园"看鸟。

细细的雨、冷冷的风戏谑着在红绿灯间小心翼翼前行的租用大客车，同时也压抑着40多颗期待的心。

天香园的名称对我们这些来自各县（区）的作者来说多少有点陌生，但在这里栖息、云集、欢乐的白鹳及鹭鸟，我们在电视里曾经见到过，且有过儿时课文《鸟的天堂》的熏陶，有过孩提时捕鸟乐趣的记忆，甚至有过80年代应聘全国鸟类环境志愿者的经历。于是，对于鸟，尤其是临近鄱阳湖、跻身于大都市的"天香园"的鸟有着同样的喜爱。

走进天香园，的确有步入山林、园林的感觉，这感觉便是一步步与我们亲近的、从别的地方移栽过来的六百多棵据称有上百年树龄的古树，一处处用篱笆或是水泥栅栏围圈起来的水池、盆景园、茶楼及一座座仿古亭台回廊带给我的。可是，遗憾的是，除了几只蜷缩在灌木枝下的老龄白鹳和偶尔才见到的一两对在浅水里游弋的鸳鸯之外，很少见到成群的鸟。随

行的同伴和我一样都发出了"鸟的天堂"怎么见不到鸟的感叹。

这时，那位热情开朗且喜欢开玩笑、套近乎的年轻女导游通过手持的扩音器道出其中原委：这里虽然是"鸟的天堂"，但在冬季，这里的鸟也还是很少，想看到20多万只鸟云集的奇观，只有等到明年春天、夏天。

听了这一席话，几乎所有人都一脸的失望，好在导游小姐的笑声把我们给感染了。大家一路机械地跟着她走进气宇轩昂的观鸟亭，走过悬挂着上百张白鹳、白鹭、小天鹅、丹顶鹤栖息和嬉戏的照片的厅堂……

著名摄影家宫正、叶学龄先生一生与鸟结缘，用真诚的心与鸟对话，向鸟敞开心扉的同时，也把自己对鸟的忠贞、挚爱诠释在鸟的一举一动、一情一趣、一顾一盼上。有人说，即使是在春天、夏天，即使是在天香园、鄱阳湖，你也难以领略或感悟到摄影家镜头里鸟的那种憨态可掬、姿态优美和相互心语的一瞬间。这么说来，这些照片多少弥补了未见真鸟的一丝遗憾。

感谢"天香园主"余高安先生一闪念的决定，感谢英雄城慷慨腾出的这方圣地，感谢省农村信用联社和《致富快报》老总与读者、作者的心缘，让我们亲近了这据称全国都为数不多的"城市鸟林"。

风景是静止的，但我们的思绪却随着照片中鸟的腾起而飘远。鸟类是人类的至亲，它们给树木、旷野以活力和生机，给热爱生活、热爱自然的人们以向往与憧憬。可是在令人难忘的2005年，它们却背上肆虐全球的禽流感病菌传播者的嫌疑，与曾经叫人诚惶诚恐的"非典"的"果子狸"相提并论。于是，我担心人类的至亲至朋也将遭受家禽一样的厄运，至少受"果子狸"的一样的株连。

打开电视，经常可以看到戴着洁白口罩的"勇士"在拼命地追赶惊慌失措的鸡鸭，更有手持鸡首猛拧鸡脖子、手持木棍狠敲鸡头和用推土机集中掩埋感染病毒鸡的悲壮场景，抑郁的同时不免对现实的家禽生出一份爱怜。

惩治是必须的，但不可矫枉过正，更不可谈禽色变，否则就会殃及无辜。这么说来，这几年的家禽真的是生不逢辰，命运悲惨。忧虑家禽的同时，更忧虑飞鸟，忧虑人们期望值很高的"天香园"。希望不断听到解除疫情消息的同时，更欲欣闻彻底攻克这一难题、消除人们心头忧患的佳音。

好在春天不久后就要来临。在回程的路途，在遐想的世界里，我曾经驻足的天香园，还有毗邻的象山森林公园、南矶山湿地、鄱阳湖，乃至丹顶鹤的故乡、老舍笔下的"鸟的天堂"，在新的一年都有鸟的鸣叫，都有看鸟人兴奋的笑声。

鸟儿，我们不能没有你，就如同我们不能没有情趣相通、彼此珍爱的朋友一样。

富贵不淫贫贱乐，男儿到此是豪雄。

——程颢

第二辑

梦回故乡

临窗凝望，听到雨的故乡仿佛就在弥漫着雾霭的远山背后。吹过故乡的湿湿的风迎面扑在我的脸上，让我多了一份对故乡的爱恋。

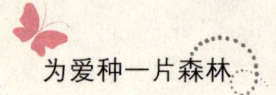

为爱种一片森林

古道沟痕

我常想,每一个人其实都希望自己心灵里曾经有过的美好能够永恒。这么说来,故乡的古道上曾经有过的故事和记忆委实应该在心里回味,在梦里怀想……

多少年了,我还忘不了童年在故乡曾经听过的独轮车在青石板道上的吱呀呀的鸣唱。

我生活了多年的小村名叫杞桐源,因房前屋后遍布枸杞和梧桐又四面环山形似垄源而得名。以前有一条可通资溪山里乃至闽浙沿海的古道从中穿过。如今,枸杞不多见,梧桐也只有为数不多的几棵,它们漫不经心地在夏天开着一树的花儿;由于新修了浙赣线公路以及摩托取代了步行,那条古道早已废弃。近年来,附近的村民大多外出务工,灌木茂盛而人迹罕至的古道于是被淹没在大山之中。想要亲自走完那一段古朴幽深的石板古道已经很难,唯有通过偶尔暴露在外的几块饱经风霜的石板,以及石板上一道道深深的沟痕,你才能被它的沧桑、圣洁所折服和惊叹。

印象中的古道蜿蜒在村东头的半山腰,古道宽约1米、两边有排水沟,道路中间连续铺砌了长短不一、宽一尺左右的青石板。每一块看上去都那么坚硬,上面发出清幽的光泽。青石板中都有一道独轮车碾出的深达两寸的沟槽，凹口光洁、润滑。期间，有多少车毂辘曾在沟槽中碾过委实无法知晓。一双双皲裂、粗糙的脚板踩在青石板上，是那么坚实、沉稳、紧贴。骄阳下，一滴滴汗水从古铜色的、布满胡须的脸上嗒嗒嗒嗒地往下掉，痕迹一直在古道上延伸。

古代，东乡、进贤方向的不少商人到杭州进丝绸、去福建贩盐巴、到资溪取柴火、进武夷山买木材、上瑶圩河家渡购瓦罐都得经过我们村这条古道。村子的东面有几座蛮高的山，古道就从山的隘口穿过。直到20世纪50年代修筑浙赣公路前，大部分物品也只能靠独轮车在这条古道上运送。

夏天，西斜的骄阳映照在古道上。车夫们埋着头、弓着腰、双脚踩在石板道上推着独轮车往高高的隘口上行的时候，俨然茶马古道上的马帮、戈壁滩上的驼队，所不同的是这里没有弥漫林间的铃响、没有遗落金沙的驼粪。但是，在这儿，在那一刻，他们谁也不出声，只一个心眼儿往上攀。于是，空旷静寂的山谷便传来一声紧接一声的车轮声："吱呀吱呀……咔嚓咔嚓……"——那是车轮在沟槽里穿行时发出的美妙的音符，远远地就能听见。若是靠近与他们同行，你还能近距离地聆听到车夫们急促的喘气声，以及浑圆的腿肚儿踏着青石板的铿锵的脚步声。钉了铁棱的车毂辘在深陷的沟槽里滚动。车夫们的身体仿佛都很结实，一个个推着几百斤货物往坡上移。到了隘口，大家便不约而同地歇息起来。

这时，他们脱了结满盐霜的上衣和早已湿透了的围裙，就留一条裤衩坐在地上，大口大口地喘着粗气。隘口固有的习习凉风吹在他们的脸上，让每一条皱纹都是微笑的。缓过气后，车夫们纷纷来到路边一口脸盆大的山泉边，双手顶地、双腿跪下、撅起屁股，趴在那儿一口一口地吮吸着山涧流出的清凉的甘泉。之后，一边用自己的那顶破草帽扇着风，一边粗鲁地用他们都听得懂的方言相互戏弄。

初上路的后生推着瓦窑买来的两口大缸上坡时腿脚不稳，架势把握不当，一不小心车毂辘斜插在青石板中的沟槽里，独轮车一个趔趄拽着人摔了一跤。好容易走了大半路程的一车瓦缸转眼之间便面目全非了。后生爬起来拍拍屁股,蹲在地上,手握瓦缸的残片,一脸的迷惘。这意味着他得走回头路,还得自己掏钱再买几口瓦缸。可同伴没有同情,反而刻薄地对他挖苦、嘲弄了一番,毕竟他们也是这么走过来的。

晌午,那些运盐巴、购瓦罐的车夫进了我们村,那些独轮车挨挨挤挤地停在村里的晒场上,车夫们掏出竹制饭桶,随便在路旁找根柴棒当筷子和着腌菜吃起饭来。还是孩子的我们好奇地围着他们,看他们津津有味地嚼着冷饭。车夫干的是力气活,每个人的饭量都很大。一尺来高的竹筒至少可以装一斤米饭,眨眼工夫就被他们狼吞虎咽了。有时,我们也应他们的要求从家里舀一勺凉水给他们喝。喝过之后,他们都夸我们懂事。我们村的那口井,水质优良,一年四季清澈见底。井里的水冬天微热,到了夏天清凉甘甜,古道上过往的人口渴了都在那儿舀水喝。

70年代,搞大集体时,山那边十几个村子的农民都得推着晒干了的稻谷,翻过这个坡到公社的粮管所缴公购粮。那段日子,古道上人来车往,热闹非凡。浩浩荡荡的车队在古道的斜坡上蠕动,汗水在每个人的脸上流淌,喜悦在每个人的心间弥漫。那一刻,散落在古道上的车轮声像是一串经久不息的美妙音符,随风飘远。

这些年,我几乎只有春节或是有事的时候才回老家,去了也只是待一下就回来。那熟悉的古道据称已经被柴草淹没,古道上留有车辘辘碾压出的沟痕的青石板更是难以寻觅,从前汩汩喷涌的山泉早已干涸或是淤积。

一个春雨后的日子,我独自一人想重走一回这段古道。可是由于山色迷蒙、灌木茂密,没走几步就已找不到古道的踪影。曾经人来人往、热闹非凡的古道就这样悄然隐退,悄无声息地深藏于山林之中,淡化于浓绿之中,取而代之的是浙赣铁路复线、梨温高速公路及从东乡境内穿过的京福高速公路。古道虽存却人迹罕至,心生感叹的同时也欣慰社会的文明进步。

好在故乡的山是亘古不变的,掩映其间的古道和古道上的余韵自然长

第二辑 梦回故乡

存,就如同我们那份未曾泯灭的童心。

我常想,每一个人其实都希望自己心灵里曾经有过的美好能够永恒。这么说来,故乡的古道上曾经有过的故事和记忆委实应该在心里回味,在梦里怀想……

>>>
成功就是当洋溢的生命力突然冲决堤坝而汇入一条合适的渠道。
——何怀宏

为爱种一片森林

初上金峰

金峰是一个充满诗意的名字。现在,它还像一位土气的、未经粉饰的少女,没有妖冶的媚态,却有山泉一般清澈的心灵,她澄净的目光里蕴含着娇羞的期盼和渴望。

"数群归鸟望中明,重叠青山晚更青。松叶唤风陪客语,夕阳过雨眷蜩鸣。已思在己不穷事,况有怀人无限情。便欲吟诗涤尘界,不知新月上高城。"唐宋八大家之一、北宋杰出的改革家王安石这首名为《金峰晚坐怀古》的诗作写的就是他的家乡——江西东乡境内的最高峰——金峰。

金峰因相传其山巅寺庙的佛座下藏有十块金砖而得名。从县城出发沿原浙赣公路东行 15 公里到王桥镇,再沿着通往松林的村级公路行进 6 公里便来到了群山怀抱的上位村。海拔 498.8 米的金峰就坐落在上位村的东北角。

国庆长假的第四天,经文友相约,我和东乡以及部分南昌的作家、编辑一大早便驱车从县城向金峰出发了。不到一个小时便来到了金峰脚下的上位村。

站在村口,借着雾霭和在山那边喷发出的阳光,仰望耸立在群山中的金峰主峰,顿觉苍翠挺拔,山上的灌木更是郁郁葱葱。远远看去的确是青山重叠,耳畔传来群鸟噪鸣的热闹气氛。浅浅的峰顶如同斧凿刀劈,颇有气势，在晨雾中显得陡峭而迷茫。

在村干部的带领下，我们开始徒步登山。刚到山脚下便发现进山的路都被杂草藤蔓给遮掩了，有几位中年妇女手持砍刀在除去山道两边的蕨藜和柴草。她们头扎毛巾、穿着旧衣，踏着露珠忙碌着，衣衫也被沾湿了。当时，我们也没有在意，只在邂逅时相互用微笑打个招呼。

没走多久，便发觉我们走的是一条铺了零碎石块的古道。带路的说："这条古道少说也有千年，你看，上面的石头都磨平了。"我们细看真的发现山道上的石头都成灰褐色了，缝隙之间结满青苔或是残存着枯槁的青苔。

这是一条不少名人走过的山道。金峰所在地黎圩为千年古镇，在这块厚重的土地上曾经孕育了宰相王安石、清官涂官俊等历史名人，他们和其他乡贤——明末清初才子艾南英，明朝开科状元吴伯宗，清乾隆时期的著名诗人、画家吴嵩梁及他的画家妻子和妹妹一样都是东乡的骄傲。名臣雅士大多亲近山水，他们一定与好友结伴登临过自己家乡的金峰。宰相王安石就曾两次登上金峰，并留宿山顶的"金峰寺"，为的是早起看日出、暮色看夕阳，透过诗意感叹人生的同时吟唱友情的可贵、家乡的景美。

踏着乡贤走过的古道，在山间寻觅他们的足迹，意在传承他们爱乡、重情的魂灵。走在这古道，顿觉步履坚实、思绪蹁跹。这条道上曾经洒落过他们忧国忧民的感叹、论文品诗的激情、亲民爱民的思索和对文学与艺术执着的追求……

这些年，通过旅游和创作笔会我曾登临过不少名山，上金峰却一直是一个夙愿。四年前，与抚州小小说作家群的多位朋友就来过这里，由于不认识进山的路而遗憾折回。这回算是了却了一个心愿。

在家乡的山里行走，总觉得格外亲切。每上一个坡，眼前便是一道熟悉的风景。当周围的山岭低伏在你眼前的时候，你的自尊和自信就会有所升华。

在有陡峭而又舒缓的山道上，我们有说有笑地攀爬着，差不多1个小时便到达了山顶，大家的心情格外舒畅。脱去衣衫，吹吹初秋的山风，头顶漫天经久不散的"鱼斑云"，俯视山间稀稀疏疏的村落，以及盘踞山间的稻田、庄稼，自然神清气爽、思绪辽远。

与志同道合的朋友结伴而行，在高山之巅比肩而坐，心中隐存的那份卑微和烦忧荡然无存。人生如同天宇的浮云，有的悠悠行走，有的急骤而行。唯有心无贪求，闲无杂念才无忧坦然。这一刻，所有的话语都是真诚的，所有的微笑都是本真的。

喝着村干部背上山的矿泉水，看着那些为我们开道的村民挂在黧黑的脸上的灿烂笑容，我们内心有着一种莫名的感动。他们都是上位村的村民，年纪大多在50岁以上，这天都是义务出工为我们开路的。在他们的思维里不是很清楚作家的实际含义，只知道有人能走进他们的村子，走进他们的大山，就是他们应该欢迎的。

山里人的朴实真是含金量很高的品质。

金峰是一个充满诗意的名字。现在，它还像一位土气的、未经粉饰的少女，没有妖冶的媚态，却有山泉一般清澈的心灵，她澄净的目光里蕴含着娇羞的期盼和渴望。

村干部说："早知道你们要来，我们应该将通往虎岩和几处有景物的地方的山路疏通。让你们去看看，然后做个宣传，让更多的人来金峰游玩，让更多的人爱上金峰。"

作为东乡境内的最高峰，这里森林茂密、空气清新。其时，山上已重修了寺庙，并有进香的信众。山那边的路仿佛很通畅，建寺的砖瓦都是从那条路上挑上来的。我想，脚下的金峰若是细细雕凿、精心打造，的确可以成为经济发达、富甲一方的东乡的一个绝好的旅游景点。

我虔诚地期待着。

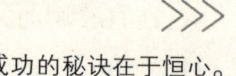

成功的秘诀在于恒心。

——迪斯雷利

绿色的"大觉山人"

在满眼的绿色中,我们的思绪难免飘远。然而,我要歌颂的还是这群绿色的"大觉山人"。

走进资溪,第一感觉便是路陡、山高、林密……

漫山遍野的翠竹,连绵起伏的原始森林,川流不息的小溪,仿佛处处弥漫着永恒的浓绿。伫立在大觉山顶,你会感觉这里的绿是那么幽远空旷;置身于峡谷漂流的皮艇上,你又会发现这种绿又是那样生动而活泼。在满眼的绿色中,我们的思绪难免飘远。然而,我要歌颂的还是这群绿色的"大觉山人"。

一

何先文是江西大觉山旅游发展有限公司总经理助理,这位看上去斯文、浑身充满书卷气的中年汉子,口才和记忆力令参加大觉山笔会的20多名作家折服。在先期进行的资溪县情暨大觉山景区推介会上,他就资溪的历史文化及大觉山的旅游资源、品牌、前景一口气讲了近1个小时。唯恐遗漏,在餐桌上,在游览的间隙,他还把他所知晓的旅游区建设和发展的设想和打算，以及近期、中期、远期目标和盘托出。在他的心目中，大觉山现在还只是一个围着小肚兜、扎两条冲天小束辫的小女孩。在不远的日子里，将成为一名风姿绰约、神采迷人的纯情美少女。而这一切，只是地处崇山峻岭之中的资溪人建设生态旅游大县的梦想之一。何先文作为徜徉在浓绿之中的 12 万资溪人中的一分子，对资溪旅游充满信心。何助理说起大觉山的基本概况、产品特色、未来愿景及相关传说典故真是滔滔不绝，绘声绘色。

资溪峦叠苍劲，峡溪迂曲萦回，素有"华夏翡翠，人类绿舟"的美誉，被世人称为"生态王国"。近年来，资溪把建设大觉山旅游区，全力打造绿色生态旅游品牌作为主攻方略，并以此带动其他相关产业，从而使全县人民共同富裕。这个思路令参会的作家们佩服。宣传、发掘、利用、保护原生态的自然资源和愉悦人的心灵的同时为地方创造财富，远比靠出卖仅有的地皮，或是追求"只见厂房不见人"的"招商手段"要强过十倍、百倍。仅凭此，人们便不能再用"山里人"的称谓与标签去评价新时代的资溪人，他们的梦想早已与绿色中国、绿色世界接轨。作为近邻，我由衷敬佩资溪人超前的意识。何先文先生用他几乎烂熟于心但同时又是朴实可信的语言对这一切进行了具体的、深层次的注释：打造四 A 级旅游景区，重新修复海拔 1200 多米的大觉寺，在大觉山主峰修建长 100 余米的太空步廊，在马头山自然风景区铺设全长 10 公里的架空单轨缆车道。将资溪建成赣东，乃至华夏东南隅具有吸引力的生态旅游王国是资溪人共同的梦想，也是前来投资的广东客商李启明先生努力的目标，这个梦想和目标是充满绿色的。

二

顺着大觉山峡谷逆水而上，来到峡谷漂流的起点。在这里除了能见到一组用于休闲、候漂的木质亭楼回廊仿古建筑之外，矗立于峡谷之间的大坝也让人眼前一亮。这座仍在往上攀升的大坝陡峭雄伟，顺着大坝内设置的天梯可通向坝顶，其结构甚为巧妙。这里是通向大觉寺的唯一通道。站

在坝上，只见高山之间一湖绿水，大觉山主峰及附近的莲花山在湖水中荡漾，在蓝天里飘移，谓之"天湖"并不为过。

后来，我才从何先文先生的介绍中得知，这天湖的高坝、候漂的仿古亭，乃至整个旅游区主要建筑的设计规划者是来自广东的余家毓先生。看上去稳重、矜持的余先生对事业、对生活充满激情。他不仅在旅游设施、品牌定位、相关建筑设计上有很高的造诣，同时对传统乐器也有浓厚兴趣。何先生告诉我们，余先生拉得一手娴熟的二胡，他苦练二胡8年，仍远不及余先生的技艺。何先生的话让我觉得不可思议，这位余先生不仅能拉二胡、唱京剧，同时乐感极好，舞劲十足，在东道主为我们安排的歌会上，他手舞足蹈、劲头十足，一腔一调，一板一眼，身、手、臂、眼，精、气、神表现得活灵活现。我由衷地佩服他对歌曲的旋律和词句蕴含的灵魂的理解。其间有情歌、颂歌，有少数民族地区（如新疆、内蒙古）的民歌，他表现得惟妙惟肖，令场内掌声不断。最不可思议的是他打呼哨的声音是那么响亮和动人心魂，久久在歌厅里回旋、颤鸣，一个年近五旬的男人竟这样充满活力、充满朝气、充满青春气息，足以说明他的内心拥有一团永恒的绿。

三

莲花山大觉寺位于海拔1200多米的大觉山中，被称为佛、道、儒三教合一的宗教朝拜胜地。寺外有"聪明泉""双乳石""吕洞宾读书岩""神女石""双乳峰"等多个景点，可是要登上大觉寺得爬上数千级台阶。我与参加笔会的近30名朋友穿林海、过小径、上坡顶，一路气喘吁吁、小心翼翼地攀爬着。台阶有的极窄、极陡，中间甚至只有一两块未完全稳固的石块垫脚，踩在上面不仅脚会打滑，身子也晃动。好在每上一个台阶，便有一层风景，有一股林间清新的空气，让人在喘气挥汗的同时精神清爽。我们去时，刚好下过雨，路好像是新修的，踩在上面泥还沾鞋。在过第一个山门的一条峡谷里，我们见到一群正在拓宽山路的村民，有男有女，大多是上了年岁的本地农民。他们腰间别着一把柴刀，手执一把锄头，在忙碌着。踩着蓬松的泥土，听着他们彼此间交流的乡音，看着不断向前延伸的新路，我觉得大觉山的村民也在进行着从身份到观念、到地位的质的改变。在他们的眼前那条数百年，甚至上千年留下的不足一尺宽的羊肠小道，通过他们的双手转眼之间成为宽一米有余的"大道"。

在这条大道上同样吭唷吭唷地走着的是几位30多岁的农民，他们正挑着细沙、水泥到山巅的大觉寺去。那天天气挺热，但他们的脚步却沉实、飞快，这些类似泰山挑山工的村民走累了，便用一根拄手木棍支着扁担一头靠在山上歇一会儿。村民说，他们每天挑一两次东西上山，工钱在70～100元。问他们累不累，他们操着当地土话说："习惯了，不觉得。"就在看风景的时候，转眼工夫，他们却在返程的路上超过了我们。见了我们还不忘给我们一个山民所特有的朴素的笑。

旅游公司的总经理、大觉山旅游项目的投资人李启明先生说，大觉山旅游不仅使资溪的知名度提升，同时也让当地大觉山村村民的收入有所提高。不少村民成为旅游公司的员工，他们积极参加景区的各项基础建设，配合公司做好各项服务，为大觉山旅游发展作出了贡献。但由于山林多年的封闭，一些村民的思维方式和观念还有待更新。不管怎么说，他们的根是绿色的，目光是绿色的，与所有"大觉山"经营者的心是相通的。

"大觉山人"是充满活力的，"大觉山人"的事业是青春的、绿色的。因此，大觉山乃至绿色的资溪的明天一定会更加美好。

要想成功，就千万不能忽视任何事情……他必须对一切都下功夫，那也许还能有所收获。

——屠格涅夫

乡间听雨

我常常觉得城里的雨似乎只下在天空、下在窗台、下在双休日的间隙;而乡间的雨却总是温馨而悄无声息地落在夜里、飘进梦里、弥漫在记忆里……

南方,下雨的时候特别多,倚门或是凭窗听雨是一件温馨、诗意的事。

我常常觉得城里的雨似乎只下在天空、下在窗台、下在双休日的间隙;而乡间的雨却总是温馨而悄无声息地落在夜里、飘进梦里、弥漫在记忆里……

进入雨季,城里也常有大雨降临。但是,下了许多次,总也没有刻意地去关注、去体味。因为忙于生计,人总在吆喝声、喇叭声和挨挨挤挤的人群里穿梭,在近乎"一线天"的小巷、在不断迂回的楼道上气喘吁吁地爬行。只有在大风刮走店铺前的招牌、暴雨砸响窗户上的玻璃、豆大的雨点横扫在阳台玻璃钢的雨篷上并叮咚作响的时候,才仿佛让人觉察下雨了。雨完全停了,人们才推开窗户,或是走上窄窄的阳台,看天空中残存的一丝灰暗。

这常常让我想起从前一家人在乡下的日子。那时候,生活虽然艰辛和苦涩,但山的浓绿、水的澄净,都令人陶醉、心旷神怡。入夜,似乎从墙角或床底传出的虫吟就像催眠的旋律，那境界是许多身居都市的人无法感知的。

一场骤雨来了，可以看见山尖涌来乌云，天渐渐地黑下来、风呼呼地刮过之后，乌云被随之而来的耀眼的白色替代。转瞬之间，那雨就要下了。村里的女人从庄稼地里气喘吁吁地跑回家收衣物、安顿孩子，帮不在家的邻舍收拾晾在外面的东西……男人赤着脚，手抓着斗笠，从雨里钻进屋里。早已衣衫淋淋的男人说："这场雨真大啊！柳树吹歪了，屋上的瓦片震得沙沙作响。我的妈啊，闪电和雷声把我吓傻了。"女人听了就憨憨地笑，然后急急忙忙地从衣柜里找出男人要换的衣服……

春上，细雨蒙蒙时，仿佛听不到下雨的声息，唯有屋檐下许久才凝集的水滴有节奏地跌落。农闲时节，待在家中，看邻家屋上一行行铁青色的瓦片，注视长满青苔的屋檐，平心静气地等待雨滴形成，最后看着它们依依不舍地离开、下坠，那情景别有一番情趣。

这时候，在庄稼地里，农夫光着膀子干活，不知什么时候衣衫湿了。入夜，静听那一两滴水滴恰好落在有水的器皿里发出的"咕咚咕咚"的韵律，伴随着屋前沟渠里缓缓流淌的水韵，让人顿觉全身轻松，纵使劳作了一天也可飘然入梦。

持续下雨的日子，是乡村最热闹和温馨的时刻。村民相互串门，凑在一块聊天，天南地北、道听途说、家长里短，或逗趣、或挖苦、或戏弄，都只为了嘴开心、心舒坦、情融洽。说的、听的都很尽兴投入，甚至在被戏弄时还有人动粗。情境算不上高雅，甚至有些粗俗，但氛围总是那样和谐。从前，村民大多在家时，大家还常常几家合伙出糯米打糯米糊吃。这是赣东最流行的一种民间美食，是大凡新居上梁或是娶亲嫁女时必须给客人享用的。我们住着的村子不大，就四十来户，若有几伙人同时搞这项活动就差不多热闹了半个村子。

吃过沾着芝麻和白糖、又软又柔、大如拳头的圆圆的糯米团之后才发现，池塘里的水又满了，门前的山岭被雨水冲刷得干干净净。远远看去，山岭仿佛离我们更近。空气是那样清新，随风飘散的新叶、花草及泥土的芬芳沁人心脾。再出门，道路泥泞，每走一步都留下一个脚印。村里的孩

 第二辑 梦回故乡

童不怕脏，光着脚丫三三两两在水里、泥里折腾，大人见了少不了打他们屁股。

乡村听雨，其实就是在传承一种土色的文化：聆听乡音俚语，亲近真诚与淳朴，感染热情和率直。乡村的雨声，其实就是汩汩流淌的溪水，就是隐隐入梦的细雨落在瓦上、滴入盆中的悠扬韵律，就是在一片红花草中头戴斗笠、身披蓑衣、手持哨鞭赶着牯牛犁田的老农的吆喝声，就是桃花林中为丰收声声吟唱的蛙鸣……

临窗凝望，听到雨的故乡仿佛就在弥漫着雾霭的远山背后。吹过故乡的湿湿的风迎面扑在我的脸上，让我多了一份对故乡的爱恋。

在一个崇高的目的的支持下，不停地工作。即使慢，也一定会获得成功。

——爱因斯坦

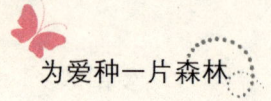

为爱种一片森林

谁家新燕啄春泥

面对远处的群山,仰望晴朗的天空,坐在门前,看燕子在池子里喝水,在稻田里觅食,在微风里低飞,在阳光下飞翔,最后在自家栖息,实在是一种温馨,一种享受。

"几处早莺争暖树,谁家新燕啄春泥。"

对于燕子的印象是从儿时便开始有的。"小燕子、穿花衣,年年春天来这里……"这首家喻户晓、人人耳熟能详的童谣几乎每个孩子都能唱出来。小学课本里的《燕子》更是让中国所有的孩子都认识了燕子,记住了燕子,喜欢上了燕子。黑色的羽毛,轻盈的身体,加上一条剪刀似的尾巴,停在电线上像五线谱;晴朗的日子,它低飞着在稻田里逮小虫子,或是扑腾一下扎进池塘里取水,然后轻捷地飞回它寄居于农家的窝里,迫不及待地为饥饿干渴的孩子喂食、喂水。几只未长齐绒毛的小燕子挤在家门口朝妈妈叽叽喳喳地叫唤,一个个伸长了脖子在焦急地等待。母亲和孩子都互相张开嘴巴,彼此衔接。那一刻不就是母爱最集中、最真切、最伟大的诠释吗?

"旧时王谢堂前燕,飞入寻常百姓家。"黄嘴巴、天生就爱呢喃的燕子仿佛对南方情有独钟,同时对故土、家园以及寄居栖身的人家和主人有着深深的眷恋。燕子的家极富特色,它没有木梁横柱,没有落叶枯枝,它的窝巢是用泥巴垒筑起来的。这与别的鸟类完全不一样。孔雀因为高贵常常有人替它把家建在游人如织的棚舍,翠鸟因为羽毛光滑且以食鱼为生则将窝搭在湖边茂密的芦苇上,麻雀的生活方式简单随性,它的居所则是选择一个墙洞,然后在里面塞上苇絮枯草,也有在小灌木上建巢的,则精雕细琢,把窝巢打理得结结实实、光光溜溜。唯有燕子爱与人类亲近,总是把栖身的场所搭建在屋檐下、客堂中、门梁上,其优点是挡风避雨、温暖安全。

早春晴朗的日子,燕子便双双飞回"老家"。它们先是在屋里绕几圈,作为对老东家的问好和寒暄,之后,便开始衔泥垒窝。其间,燕子每天几乎要来回飞上几十趟。它们的唾液就像天然的黏合剂,靠嘴巴一趟一趟衔来的一小撮泥巴,被燕子小心翼翼地粘接起来。一项没有任何工具、看起来似乎进程十分缓慢的工程,在不经意间竟然就那么快地完工了。那个完全用泥巴垒砌起来的窝巢,有的呈半圆形且上方敞口,有的像一座碉堡只有一个进出的隧洞。无论哪一种模样,看上去都是那么生动,因为每一个细节都凝聚着燕子的智慧和辛劳。

燕子是怀旧的鸟类,尽管每年都会离开,春暖花开时,它又会归来,且选择的大多还是老地方,有的还是继续使用那间住过的旧屋。燕子有的是时间,它会拆掉洞口继续把窝建大、加宽。有的窝最后竟达一尺来深。由于同住一个屋檐下,又一直住到深秋,主人和燕子都彼此熟悉了,凭呢喃的声音和夜归飞行的姿势,主人都可以猜出是哪一只燕子了。

燕子给主人家带来了热闹,也带来一些烦恼。比如排便弄脏了地方。于是主人家便将燕子费了九牛二虎之力垒起来的窝给捅了。见燕子不开心地埋怨着离开的时候,家里的老人家总是这样唠叨:"两只脚的鸟千万种,就只有燕子肯住进屋里。它们不揩你的油,不借你的盐,就占点地方过半年,你怎么就不能给它们方便呢?"这样说了,捅窝的人便一脸的愧疚。再有燕子来做窝时他就会开开心心,热情接待。有时为了方便和安全,还找来一块薄薄的木板用钉子钉在窝下支撑着。燕子见了,心里十分感激,用它们认为真诚的话语叽叽喳喳地表达着谢意和心语。

"旅食惊双燕,衔泥入此堂。"能有燕子光顾的总是好人家。面对远处的群山,仰望晴朗的天空,坐在门前,看燕子在池子里取水,在稻田里觅食,在微风里低飞,在阳光下飞翔,最后在自家栖息,实在是一种温馨,

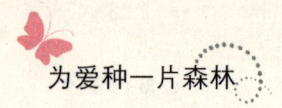

为爱种一片森林

一种享受。

如今，那份温馨却只有靠回味和浮想了……

在城里住了这么多年，我突然想起了燕子。想起燕子是因为现在在城里几乎看不见它们的踪影。春上一个洒满阳光的日子，我领着几个小孩子去乡下的老家，准备去看燕子。没想到，山上的花多了，山上的灌木稠密了，上山的小道被淹没了，可是，却没有见到燕子的踪影。村里的老人说，这些年，村里人都外出谋生了。新建的房子门窗紧锁，破旧的房子风雨飘摇，稀稀拉拉的几口人让小村显得寂静荒凉。没有了人气，燕子都搬家了。

我试着走了几家，还是没有见到燕子，更没有见到燕子新垒的窝巢。只有残存在断垣残壁上的燕子泥窝的痕迹在静谧中诉说着那份曾经的热闹和祥和……

没有了燕子，再唱那首脍炙人口的童谣似乎有些怅然若失。孩子们在大人缄默和沉思的时候，突然嚷嚷起来："我看见燕子了。"我们随着孩子稚嫩小手的指引细瞧，不免觉得好笑。因为那不是燕子，是一只或许是饿极了的黑色蝙蝠竟然在白天出来觅食了……

在纠正了孩子的错误之后，我们有些惆怅：人去楼空或许只是燕子出逃的原因之一。急功近利、唯利是图、巧取豪夺致使青山被毁、良田无存、蓝天变灰、江河着色，燕子怎能安家？

南唐诗人李中有诗这样描绘过燕子："豪家五色泥香，衔得营巢太忙。喧觉佳人昼梦，双双犹在雕梁。"刘兼也这样吟诵燕子："多时窗外语呢喃，只要佳人卷绣帘。花间舞蝶和香趁，江畔春泥带雨衔。"白居易更是不忘以诗示人，吟诵了燕子衔泥、捕虫喂食、为儿献身的品行。燕子的可爱可见一斑。

这么想着的时候，心里盼望着燕子的复归，且这种心情尤为迫切……

成功＝艰苦的劳动＋正确的方法＋少谈空话。
——爱因斯坦

捕兽记

大自然就是这样，枯荣有序，循环往复。热爱她，亲近她，就能顺其自然，享受其乐；否则，就要受到自然的惩罚或是遗弃……

深秋的早晨，太阳才刚刚从东方的山的隘口懒洋洋地爬出来，我们已在弥漫着雾霭的羊肠山道上兴致勃勃地赶路了。斑斑驳驳的浓霜粘在泛黄的枯草上，是那样的乳白和洁净。阵阵寒气扑面而来，让人不免感觉有些寒意。可是走不了多久，身上便热乎乎的。和城里热爱晨练的人不一样的是，乡村装弓捕兽的人每一天心里都充满期待，都渴望收获。

我的老家在离东乡县城20公里的王桥镇大塘村，这个叫杞桐源的小村只有四十几户人家，坐落在一个山洼里，村民去稻田或是庄稼地干活常常得爬坡过坎。村里七沟八垄都是一块块面积不大的、依山势蜿蜒的梯田。春耕时，满山杜鹃映红了天空，红花绿叶之间，在一块荡漾着微波的梯田里，一位耕夫头戴斗笠、身披蓑衣、手执响鞭，赶着牯牛在劳作。他们在稻田里每移动一步，一圈圈的涟漪便向四周漫延，最后在窄窄的田埂边消失。

由于在山边的沟沟坎坎里种了庄稼，便有许多种野兽在山里生活。有温顺可爱、憨态十足、肉质鲜嫩的野兔；有一身锦毛、成群结队的野鸡；有皮毛柔顺，貌似猪、狗和浣熊的各种獾子；还有野猫、野猪，以及好多叫不出名字的怪模怪样的小家伙……它们日里夜里出没，有的还肆无忌惮地糟蹋庄稼。村民便用竹子做成弓，在弓里套一根绳索，再在野兽经常出入的路口挖一个小陷阱，将弓和绳索掩藏在陷阱里。夜里野兽经过，一旦踏入其中，便束"脚"就擒了。

村里不少人都会用这种办法捕获野兽。父亲退休后曾经以此为乐，堂兄更是一直爱好做这事，且每每有收获。在他们的影响下，我也学着跟他们制作竹弓。然后，像他们一样傍晚出门，在村前村后的山旮旯里寻找野兽的踪迹，然后选准适当的关口，挖陷阱、下竹弓、虚掩现场，一切工序完成之后，便等着收获猎物了。

装弓捕兽一年到头都可以进行，但是以春天和初冬为佳。盛夏和寒冬，竹弓坚硬或是受冻，容易失去韧性。春上雨水多，野禽与野兽喜欢走正道，竹弓能保持韧性和弹力；初冬，树叶枯黄，野果吃完，野兽不得不下到庄稼地觅食。野兽都挺机灵，加上陷阱毕竟很小，有时它们从那儿经过，也奈何不了它们。有经验的人便在陷阱上设机关或是多弄几个外形相同的、假的陷阱迷惑它们。几经设计之后，再精明的野兽也难逃罗网。第二天一早，捕兽人从竹弓上拿取猎物，心中的喜悦溢于言表。一家人在餐桌上美美地品尝野味，从口里甜到心里。尤其是野兔、野鸡，肉质鲜美、营养丰富，更是桌上的珍稀佳肴。

那时候，我还在离家五里多路的一所乡村小学当老师。每天早上骑着自行车去学校，傍晚骑车回来。责任田都在去学校的途中，夏天放学早，便顺道在农田里干一会儿活，然后回家再出门装弓捕兽。我从小就胆子小，村里又多山沟，一到天黑，山间寂静，怪鸟凄鸣，让人胆怯。可是，为了那份希冀和乐趣，还是一个人勇敢地在山沟里走着。

乡间捕兽的生活真是充满情趣。阳春三月，杜鹃盛开，放眼望去，一片火红。山坡上，油菜花开得金黄；清明时节，小河淌水，稻田里红花草开着紫色的花，花引蝶来，满畈飘香。这时节，最是捕获野鸡、野兔的时机。下雨了，兔子、野鸡身上被南方密密麻麻的梅雨沾湿，行动不便，出入都只好走山道。有时我们冒着细雨刚装下竹弓，再从别的地方装完其他的几把弓之后返回时，前面装的弓上就有收获了。一只活蹦乱跳的野鸡不

停地在那儿拍着翅膀,它的一条腿被绳索束缚住了,一餐美味到手了。

深秋,山上的枫叶被浓霜染过,一簇簇的红艳。一天早晨,我来到一个山坳,远远地就发现,虚掩竹弓的柴草挪位了——这是捕兽人最兴奋的,至少说明有野兽经过并张开竹弓。我兴奋地一路小跑过去,却不见竹弓。这时,心里更是踏实,就怕弓在不见猎物。当时,稻田里的红花草长得茂密,间植其中的萝卜枝叶拔节了。我顺着竹弓在红花草中移位留下的痕迹,一路找了近百米,最后,在一个沟旮旯里找着了竹弓。当时,弓弦还是弯曲的,却不见猎物。原来,狡猾的家伙已钻进了洞中。我和另一位一同出来巡逻猎物的人,拽着竹弓费了好大的劲才将它拖了出来。仔细一看,是一只猪獾,重十多斤,全身乌黑,长着稀疏的鬃毛,细看之下发现头、脚、嘴巴与猪一模一样。这家伙野性十足,一时不肯就范。它见逃脱不了,就急得要咬人,我和同伴用手持的铲棒轮番击打都无济于事。

最后,铲柄断成两截,才总算让它束手就擒。那天,我很幸运,一天收获了几只猎物,回来的时候,村人都羡慕极了。第二天,正好是我女儿的生日,大半个村子的村民都来我家吃饭同贺。吃着野猪、兔肉,大家都觉得自己很有口福。亲情、乡情洋溢在每一个人的脸上。

当然,也有野兽逃脱的时候。有时竹弓被野兽拖走了,几个小时也找不到。或是绳索崩断,竹弓散架,野兽跑得无影无踪。也有找了几天,最后在山间、地头才找到猎物的,那肯定是一个大家伙。凯旋后,捕兽人见人就滔滔不绝地讲述找寻的经过。最后,捕兽人分出一部分,让邻里分享他的喜悦。

有一段时间学校的事特别忙,我一大早就出门去学校了。出门时,便叮嘱爱人去一个她知道的地方看有没有捕获到猎物。爱人忙完家务,直到中午才去了。傍晚,她告诉我竹弓不见了。我想可能是砍柴、放牛的小孩路过时无意踏坏了,我也就没有在意。过了几天,我再去那儿,顺着痕迹找到了竹弓,竹弓上逮着一只足有4斤的老母兔。由于时近端午,天气闷热,兔子都开始腐烂了。我把它提回家交给爱人看,爱人一个劲地后悔自己的疏忽。

有得有失原本就是生活的本真,何况得失之间常常蕴藏着乐趣。

如今，离开故乡已有十多个年头了，装弓捕兽的情形却老在梦里萦绕。回乡的时候，听村民说，如今村里装弓捕兽的少了，野兽便大增，尤其是野猪，白天都大摇大摆地出来糟蹋庄稼。山沟里的稻子颗粒无收，大片大片的良田被它们搅得荒废了，村民只得半夜里起来敲锣、放鞭炮驱赶。野猪有时还到村里溜达、吼叫，把小村留守的老人、小孩搅得不安宁。

原来这些年，村民外出务工，庄稼地荒废了，山上的树木疯长，一些过去几乎光秃的山头都披上了绿装，进山的路也被荆棘和灌木淹没。没想到，生态优化了，野兽却猖獗了。

大自然就是这样，枯荣有序，循环往复。热爱她，亲近她，就能顺其自然，享受其乐；否则，就要受到自然的惩罚或是遗弃……

从不获胜的人很少失败，从不攀登的人很少跌交。

——惠蒂尔

永远的龙舟赛

十几条龙舟,十几号响鼓,十几个手持木桨的汉子翻天覆地地在河里闹腾;河两岸彩旗招展,人声鼎沸,吆喝声、呐喊声、鼓掌声此起彼伏。人群涌向河边,龙舟挤在河面,浪花溅向空中,吼声挤满河道,鼓声传到天外。

嚓嚓嚓、嘿嘿嘿、咚咚咚!

嚓嚓嚓、嘿嘿嘿、咚咚咚……

端午将至,我突然想起儿时看过的龙舟赛。十几条龙舟,十几号响鼓,十几个手持木桨的汉子翻天覆地地在河里闹腾;河两岸彩旗招展,人声鼎沸,吆喝声、呐喊声、鼓掌声此起彼伏。人群涌向河边,龙舟挤在河面,浪花溅向空中,吼声挤满河道,鼓声传到天外。

又一轮竞赛的哨声一响,一字排开的龙舟像离弦的箭击水而出。那一刻,几乎一条河里的水都被搅动了,波浪不时地从河底翻涌出来。舵手扭着身躯,手里的舵像一把锐剑在水里划出一道深痕;鼓手撅起屁股,双手弹出的鼓点惊心动魄、震耳欲聋;龙舟上的汉子袒胸露腹,齐刷刷地舞动着肌肉结实的臂膀,前后摆动着身躯,和着节拍一桨一桨地划着,那架势仿佛浑身有使不完的劲儿似的。转眼间,他们身上仅有的一条红裤衩也被水浸透,站在岸上实在没法看清哪个是自己熟悉的身影。

几乎每一条龙舟都想在奔腾的河水里尽情地展示自己的实力,斗智斗勇,争先恐后,勇往直前。一年一度的龙舟赛,赛的是忠贞的传承,赛的是浓浓的情缘，赛的是太平的笑脸，赛的是磅礴的气势。

几十年前的记忆仿佛如昨，耳畔似乎仍旧传来声声呐喊、阵阵鼓鸣。

如今，当我回到阔别数年的 M 镇，当我的脚步不经意地来到那曾经赛过龙舟的河边时，再也看不到河堤上的人山人海，再也看不到河里的千朵浪花，再也听不到那一阵阵震耳欲聋的声响。

流过 M 镇的那条河依旧在流淌。河对岸却不见了稻田和村舍，取而代之的是林立的高楼，纵横的店铺。河水似乎变得很浅，时至端午，也只有河心那些许的溪水在漫不经心地流着。洗衣、洗菜的妇女踏着一串垫脚石就能到达河心。宽宽的河滩上露出大大小小、千奇百怪的卵石。蒿草在那儿肆无忌惮地疯长，水柳一丛一丛地用它繁茂的根的触须占据着河道。迎着西坠的斜阳远眺河的上游，是那么苍茫和干涩。

从前，站在临街的河堤上，可见河对岸的牧童在沙滩上嬉戏，牛羊在河滩上甩着尾巴嚼草。远处稻田成片、由绿变黄，村村寨寨炊烟四起。河里渔舟唱晚，鸬鹚欢歌，满河清水，微波荡漾。小船在岸柳中飘过，渔翁在细雨里取钩。如今，这一切，都只能是回忆。老渔翁的打鱼舟腐烂在院落，鸬鹚早已辞别主人去了远方。

曾经因一年一度的龙舟赛而远近闻名的 M 镇，为了贪求眼前的利益，让依恋她、亲近她的河水大部分改了道，河两岸的商住楼徒有"临街傍水"的虚名。没有盈盈河水，自然也就没有龙舟赛的盛况了。

在不少地方沽名钓誉、巧立名目吸引人气的当今，M 镇却有河无水、舟置高阁，这不能不说是一种悲哀。

住在河边的赛舟人，端午节时品着粽子的美味，闻着艾叶的馨香，抚摸干涩的木桨，驻足在沾满灰尘的龙舟旁，常常思绪万千，感慨良多。

沉寂中，鼓声仿佛在他们心头响起，逐浪搏击的记忆似乎总也无法抹去。

一年一度的龙舟赛，在赛舟人的心里不仅仅是一个节日、一项活动，更是村与村、邻与邻以及那些倚水而居的人的心语的交汇；诠释的是一种质朴的、纯真的、无需转述的情感，体现的是一种积极向上、齐心协力、勇往直前的民族精神。

 第二辑 梦回故乡

在这个弥漫着浓浓乡情的节日里，四面八方的村民都不约而同地像潮水一样向 M 镇涌来。憨厚的小伙子被人拽着前来相亲，腼腆的大姑娘穿着新衣挤在摩肩接踵的人群里，偷看一眼意中人之后就满脸羞涩，眼帘低垂……

赛龙舟的日子让他们把许多的美好都铭刻在心里。

思绪轻轻地在河边漫步，不免让人莫名地生出一种感慨：一种精神、一种氛围的丢失也许是一时难以找回来的。中华民族要实现伟大的复兴需要龙舟赛那股磅礴的气势，那坚定的信念，那争先的勇气……基于此，我一直希望故乡的龙舟赛有朝一日会重新，并且永远出现在我眼前……

届时，久违了的擂鼓声又将震撼人们的心灵。

快乐活在当下，尽心就是完美。
——林清玄

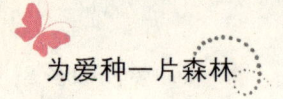

洪水退了，心放晴了

> 日子就应该这么过，别老是记着不愉快的事。打开心窗，阳光才会在你梦里灿烂……

2009年6月20日上午，东乡县城异常热闹。不少市民都不约而同地往位于龙山路、恒安路交汇的街心花园方向赶，为的是要亲眼看看那儿的积水究竟有多深……

天空还是那么混浊，灰色的云团缓慢地蠕动着。头顶上不时地飘下雨点，空气潮湿并夹杂着丝丝的霉味，可这丝毫不影响大家看稀奇的兴趣。以街心花园为中心，北门桥西边的舒同书法陈列馆、气象局，东边的文化馆、国税局，街道两边几乎是人山人海，看水的、说水的、戏水的、拍水的，应有尽有。一位扎着头巾、拄着拐杖、背有些驼的老人家自言自语：哎呀，真涨这么大的水啊，这辈子还没见过呢！一对年轻的夫妇抱着孩子看得入神，水浪溅湿了鞋子都不知道。孩子们更是无比开心，他们挽起裤脚在浅水里相互追逐，直到后脑上被大人冷不丁地揍了一拳才咧着嘴歪笑，不情愿地离开。

2009年6月19日，江西东乡县境内遭遇百年未遇的特大暴雨。倾盆大雨从早上8点半一直下到下午5点。由于穿城而过的那条小溪太过狭窄，上游佛岭水库、幸福水库不堪重负突然泄洪，傍晚6时左右，县城临汝河一带相继被淹。县二中门口涌出来的污水和县邮政局大院涌出来的浊流在县城主要街道——恒安路（原迎春路）东路的县新华书店一带交汇，积水一米左右。新华书店对面有一条巷子叫土桥巷，这里住着几十户市民，那条小溪就流过土桥巷。由于地势低洼，这一带居民家中的积水平均有一米多。

后来市气象局发布了气象预警：这天东乡的日降雨量均在240毫米以上，其中王桥镇达370毫米。该镇许家、牛村、中溪、蔡湾等村被洪水围困，县城里有亲戚在这些村里的人都牵肠挂肚，一夜难眠。

第二天上午，雨势稍微小了一些，我决定到恒安中路街心花园拍摄一些水情照片留作资料。到了那儿才知道，从文化馆到北门桥，几乎成为深潭，夹杂着菜叶等漂浮物的洪水从农贸市场的一条巷子里涌出来。一米多深的水路中，不时有装载车、大卡车来回地运送着有事过水和没事看水的人们。

有胆大的便光着膀子从水里横过，水面挨着肩膀，当然也吸引了不少人的目光。

据县志记载，1949年以来，东乡境内曾发生过几次特大暴雨。1953年8月17日至18日，东乡连降暴雨，雨量累计达553毫米，造成2人死亡，13人受伤。位于县城西边、龙山脚下的古建筑"会龙桥"被水冲垮，1967年6月16日至20日，东乡连降暴雨，雨量达383毫米，冲倒桥梁43座，倒塌山塘水库133座，解放后首建的佛岭示范水库库坝被冲垮。另外冲毁房屋593间，因灾死亡16人。20日，上殊源水库土坝倒塌，驻地335部队两百多名战士投入抗洪抢险，其中5人受伤，刘维玺等11人壮烈牺牲并长眠于附近的青山翠柏之中。最近的一次特大暴雨发生在1982年6月14日至22日，近一周的暴雨接连不断，最高降雨量达490毫米。马圩、岗上积、瑶圩等5个乡镇受灾。

但是，东乡县城大面积积水且这么深却实属罕见。这天，东乡又一次成为新闻焦点。中央电视台、全国各大报纸均报道了东乡遭遇暴雨的消息，汛情也牵动了在外东乡籍乡亲的心弦。我在我的新浪文学博客中上传了部分东乡雨情的照片，两天之内，就有 600 多人点击，有人在博客里留言要求继续上传相关图片，以获取家乡灾情信息。

庆幸这次暴雨没有夹杂狂风和雷电，因而除了水淹住户和店铺之外，没有大的人员伤亡。

21 日中午，我再次到浸水的街道绕了一圈，并用镜头记录了当时的情形：在恒安中路东乡最繁荣的商业街，几乎家家都在打折促销、廉价倾销，因此每个店铺门前都人头攒动、热闹非凡；东抚路两旁，晒满了浸过水的塑料桶、饲料袋、电动车；北门桥上挤满了男女老少，他们趴在桥栏上朝河里看，原来岸边有不少人在撒网捕鱼。几十张新添的渔网此起彼伏，不时地出现惊喜。走近，才发现就在捕鱼的现场还有人出售刚捕捞上来的新鲜鱼儿。

最难忘和可敬的是那些上了年岁的清洁工。他们身穿黄背心，脚踏长筒胶鞋，在铲路旁淤积的泥沙，疏通堵塞的下水道。街心花园王安石塑像旁，一位个头特别矮小的中年妇女手执铁钳，在花草中找寻水退后残留的纸屑污物。

那些被洪水浸泡了店铺、浸湿了衣被的人在那儿默默地忙碌。忙碌的同时，独自呢喃着什么……土桥巷有一对新婚不久的夫妇，新房浸水一米多深，小夫妻正忙着清理房里的泥浆，结婚照上，他俩的微笑是那么真诚和甜蜜。土桥巷，一个古朴而富有诗意的名字，希望千年流淌在身旁的那条小河不再浸湿年轻人幸福的梦境。

好在洪水很快就退了。第二天，太阳出来了，许多人藏匿心间的哀怨不知不觉就淡忘了。两个开店的在街头相逢，一个说："揪心啊！一万多。"另一个伸出三个指头说："我是这个数，也不像你那样唉声叹气的。"说完，两个人都笑了起来。

人民公园，两个中年男子坐在湖边的围栏上悠闲自在地下着象棋。两

 第二辑 梦回故乡

个小伙子弓着腰看得比下棋的还入神。步行街,像往常一样,随处看见三三两两前来购物的妇女,她们脸上写满的惬意,似乎让你忘掉了曾经下过的那场暴雨,忘掉了街心花园曾经滞留的洪水。

日子就应该这么过,别老是记着不愉快的事。打开心窗,阳光才会在你梦里灿烂……

>>>
今天扫完今天的落叶,明天的树叶不会在今天掉下来,不要为明天烦恼,要努力地活在今天这一刻。
——林清玄

为爱种一片森林

夜上吉和塔

与友同行是一种默契和友情，与景致亲近是一种境界和涵养，与佛结善缘是一种心态和寄托。有缘结识、有意深交、有情长久……
在寂静的塔楼，倾听佛塔的铃响、附和朋友的笑声、感受大山的幽静，心境自然悠远。

2009年的夏天似乎格外的热，各大商店生意清淡，只有空调火爆热销。

7月21日傍晚，刚吃过晚饭，我的好朋友、也是同事的凌波两口子邀我和荣国去爬"吉和塔"。本来我是另有约的，但为了与兄弟们保持一致，还是二话没说就答应了。没多久，我们连同荣国的小宝贝一行5人驱车出发了。在通红的落日映照下，行驶了大概3公里的路程，很快就到了位于县城西南角的"西隐寺"景区。景区主体大雄宝殿已落成一年多，由于曾去过多次，加上新砌起了围墙，我们就没有去山下的寺庙，而是直奔主题——爬塔。

开始登塔时，夜幕已徐徐降临了。身旁有微微的山风吹过，在吮吸、品味野草和灌木清香的同时，我们开始往陡峭的登山台阶上走。由于台阶陡峭直升，一开始就让人觉得吃力。当时跟我们一同上台阶的荣国的小儿子才4岁，人也精瘦，却能独立攀爬，很令我们惊叹。

应该说登山台阶选择在景区靠东、紧邻群山的方位是恰当的,但登山台阶的设计显然不够专业。台阶高度不一,走起来别扭,且持续上升较多,中间缺少迂回缓冲,上了年岁的人走起来很是不便。本来,台阶完全可以设计成一样的高度,并在每一段间留一个平台让游人跺跺脚。我到过三清山、庐山,去庐山的三叠泉有几千级台阶,由于设计合理,行走其间,有舒有缓、有松有弛,几乎感觉不到累。这里的山其实不高,也就千余级台阶,走完全程20分钟,但走的人都觉得累也就是这个原因。

不过,到了山顶,见到了吉和塔,站在塔基那宽阔空旷的平台上,沐浴迎面吹来的阵阵凉风之后,那份疲惫和埋怨也就很快被淡忘了。到目前为止,上吉和塔已经十多次了,但晚上来还是第一次。东乡的地形基本上是东高西低的,站在吉和塔上向东看,是连绵起伏的座座群山,包括我的故乡在内的数个山村自然地掩映其中;往朝南的方向远眺则一马平川,那里就是著名的"赣抚平原",一马平川之中,村舍、田园尽收眼底;向西俯视,东乡县横卧眼底,一览无遗,纵横交错的街道、高耸的建筑依稀可辨。近年来,东乡日新月异,城市化建设有目共睹。

站在吉和塔的方形平台上,在清脆悦耳的塔铃声中,借着夜色远眺县城那些曾经与我们朝夕相处的星星点点的街灯,回首夜幕下依稀可辨的群山的轮廓和它的朦胧与宁静,顿觉身离喧嚣的凡尘,心在清幽的山里,心静如水、欲望全无,为生计的忙碌抑或为名利的烦恼这一刻似乎都烟消云散。

有火车经过的东乡县城,如果启动所有的景观照明,夜景还是蛮壮观的,毕竟人口有八万多,加上近几年房地产商云集,城建规模在不断扩大,汝河改造,环城路延伸,东抚路公路拓宽升级并与黎温高速衔接,火车站广场扩建,东乡的都市化已初具雏形。

明月高高地悬在吉和塔的飞檐旁,习习的晚风摇响铃铛发出悦耳的叮当声。平台的一角放了一口硕大的铜钟,我们用手拍击了一下,顿时发出雄浑、深沉、庄重的钟声,钟声伴随着塔铃听起来让人宛如进入一种新的境界:忘我、飘逸、坦然与大度……

这时,塔上的景观灯渐渐地亮了。橘黄色的灯光映照着每一层回廊,绿色的条形灯管在飞檐翘角上蜿蜒。整座塔在夜幕的衬托下，高大雄伟、金碧辉煌。我们与其他游人试着爬了几级塔，在回廊上凭栏远眺，整个身体似乎镀上了一层金光。

纳凉消暑是一种需要和本能，与友同行是一种默契和友情，与景致亲近是一种境界和涵养，与佛结善缘是一种心态和寄托。有缘结识、有意深交、有情长久……

在寂静的塔楼，倾听佛塔的铃响、附和朋友的笑声、感受大山的幽静，心境自然悠远。

身在凡尘，就希望世间一切美好。对于景点、名胜本来就不多的东乡来说，西隐寺、吉和塔就显得举足轻重。取名"吉和塔"或"千佛塔"的塔底，供奉着一尊弥勒佛。这座镇塔笑佛乃为地方商贾捐赠，据称是沉积海底3000多年、价值280万元的名贵硅化木经大师雕刻而成。除此之外，万佛殿内还安放了大小不一、姿态各异的近万尊观音佛像。竣工以来，来西隐寺、上吉和塔的游人渐多，拜佛者甚众。

吹过塔畔来自北方的凉风、心底盈满叮当的铃响、萌生一番不着边际的怀想之后，我们开始下山。期间，大家相约，有月的夜晚再结伴而来……

成功与失败的分水岭，可以用这五个字来表达——我没有时间。

——富兰克林

醉客的杨梅酒

有朋友来访,离开时送过他一瓶用玻璃瓶装的杨梅酒。出门时朋友握在手里翻来覆去地看,我知道他是在掂量我们之间醇似杨梅酒一样的真情……

东乡人好客。

家里有客人,特别是珍贵的客人上门,主人一定要捧出家藏好酒热情招待,其敬酒、劝酒的方式也不一样。上了餐桌,客人连说三遍不胜酒力或是根本不会喝酒,主人还是不信,无论如何都要蛊惑你喝上几杯。若是看出你有酒量,会喝酒的主人便甩开膀子与你同斟共饮、一醉方休;不会喝酒或是酒量不大的则邀来堂兄内侄、同学好友上门陪酒。总觉得唯有这样才算尽了主人之谊。

很多人招待客人按例会进宾馆、酒楼,并以高档美食款待以示对客人的尊重。其实,去本地的高档餐馆大多吃不到当地的特色菜。如若是私人招待且来的是真心朋友,应该去有一定特色的中低档餐馆。那儿虽不怎么高雅气派,却风味地道,经济实惠。这些餐馆上菜及时,分量十足,且无须担心被那些稀奇古怪的菜名忽悠。那些老喜欢光着膀子、肩搭一块毛巾的餐馆小老板若是看见稍微熟悉又知道酒量的客人上门了,立刻就会晃荡着一副日渐发福的身躯,踱着八字步远远地迎上来,一边眉开眼笑地为您倒上一杯茶，一边鼓着腮帮、屁股一扭一扭地为你端来一箱啤酒，同时为你舀来一大碗当地民间酿酒师酿制的谷酒。这时，请客的对老板说："啤酒先放这里。把你店里珍藏的杨梅酒搬出来，我和我亲家喝个痛快。"店家老板腰一扭："好嘞！"随即一坛色泽深红、里面还盛着一颗颗杨梅的杨梅酒便端上桌来。

客人茶刚喝了一半，菜便一道道上了桌……

俗称"赣东门户"的东乡县南靠江南粮仓赣抚平原，北临国内最大的淡水湖鄱阳湖，地势东高西低，东部境内多为山峦丘陵。山不高，海拔均在500米以下，却都长有灌木，远远看去山势连绵、郁郁葱葱，其间多有板栗和杨梅等分布。端午节前后，杨梅成熟，山里男孩子、女孩子还有村妇就手挎篮子成群结队往村前屋后的山里摘杨梅。南方的五月是雨季，雨停了，杨梅也就悄悄地成熟了。上山采杨梅的人都得沾上一身灌木上的雨水。

这些年，村民都外出务工，山上的灌木疯长，基本上连上山的路也没有了。好在杨梅树的方位大多记得，进了山依稀寻找，手上划了几道口子，屁股摔了几跤之后，终于来到了杨梅树下。看着一粒粒拇指般大小、红得鲜艳夺目的杨梅，一个个争先恐后地往树上爬。树上惊喜与热闹的笑声在山下的小村里都能听见。

本地山中野生的杨梅个头都不大，颜色有红、白两种，口味差不多，熟透了才酸中带甜。杨梅七成熟时直接从树上一颗颗摘下来，可以放几天慢慢食用，也可以用甘蔗糖熬煮，待干糊后取之长期存放，食之开胃生津。用杨梅浸泡的本地谷酒色泽深红，烈性减弱，口味独特。喝了除能舒筋活络之外，据称还有化瘀止血之特效。所以不少人家中都备有杨梅酒，城里中小餐馆这种酒储存得更多。因为客人，尤其是需陪客又无海量的人都点名要这种酒。于是，乡下的杨梅成了抢手货，价格比外来的、个头比土鸡蛋还大的杂交杨梅还高。杂交杨梅少了一分酸涩，可是用它泡制谷酒，口感和本质与乡下杨梅就有明显的区别了。近年来，东乡也有杂交杨梅出售，天一热，放不了多长时间就变质了，放在谷酒里有时还有形似小米虫一样的东西冒出，看了叫人生畏。小瓶装的外来杨梅酒在货店里也有

售，却让人担心含色素和防腐剂，琢磨着还是本地的喝着放心。冲着这一点，家住城里、有心泡杨梅酒的人都往乡下老家打电话。餐馆老板大气，挺着个浑圆的鼓肚，一手叉腰，在电话里吆喝着："兄弟，山里杨梅熟了吗？叫几个人帮我摘杨梅，上山的20块钱一个，你帮我论斤收购，5块钱一斤。下午我开车去拉。"挂了电话，他对在旁戏称他财大气粗的朋友说："兄弟，那就是银子呀！没有杨梅酒，我生意要减少一半。"

我一般是不喝酒的，但不是对谁都不喝。真朋友面前，所有的顾忌都要抛却，固有的真诚都得奉献。酒量小，过程不能省，细节得在乎，所以只得硬着头皮、眯缝着眼睛不情愿地往肚里灌。最后还得清楚明白地揽着朋友的肩膀一脚高一脚低地出餐馆的门。为了防止酒伤身体，折中的办法，或者说是自我保护的途径便是选用杨梅酒。既是参与、同乐，又让朋友觉得你淳朴依旧、友情尚在，回报你的是蕴含了千言万语的两个字："兄弟！"

这年头能被人纯洁地称为"兄弟"的不多，我知道就因为我豁出去喝了几小瓶杨梅酒。有朋友来访，离开时送过他一瓶用玻璃瓶装的杨梅酒。出门时朋友握在手里翻来覆去地看，我知道他是在掂量我们之间醇似杨梅酒一样的真情……

在一个崇高的目的支持下，不停地工作，即使慢，也一定会获得成功。

——爱因斯坦

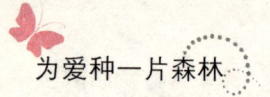

为爱种一片森林

乡村月光曲

皎洁的月色将四面环山的若岭村笼罩在一层轻纱里,从山的隘口吹过来的晚风飘到身上舒缓而凉爽。一群萤火虫闪烁着尾灯在孩子们的头顶上飞来飞去。月光下,孩子们玩得正欢,村头巷尾都晃动着他们的身影。

入了秋的夜也不那么燥热了。皎洁的月色将四面环山的若岭村笼罩在一层轻纱里,从山的隘口吹过来的晚风飘到身上舒缓而凉爽。一群萤火虫闪烁着尾灯在孩子们的头顶上飞来飞去。月光下,孩子们玩得正欢,村头巷尾都晃动着他们的身影。

乡村的夜原本是宁静的,但有了草坪上孩子们的游戏和村东头那栋四面墙围起来的老屋里飘出的笛声之后,似乎变得热闹和富有活力了。吹笛子的是我堂兄阿庆。当年,我和伯父两家合住在一栋有些年头的房子里。房子分前后两进,中间开一扇天窗,屋里冬暖夏凉。下雨的时候,雨水从天窗里流下来,形成几道雨帘;入夜,盈盈的月光从天窗钻进来,把屋里照得明晃晃的。

这时候,堂兄阿庆便摸出爷爷留下的那根竹笛哆来咪发地吹起来。堂兄只读了两年制的初中,曾一心想开拖拉机。可是,伯父就他一个孩子,怕开车出车祸,伤人害己,所以死活不依。兴许是为了释放那份压抑,有月的夜晚他便吹起竹笛。起初,笛声刺耳,五音不全。折腾了一阵子之后，便能吹奏当年广播里播放的经典名曲《在北京的金山上》《浏阳河》了，再后来连《沿着社会主义大道奔前方》这样难度较大的曲子他也吹得纯熟。

我是听着他的笛声长大的，曾经觉得笛声似乎成为有月光的小村的一部分。三伏天，大人们顶着烈日在骄阳下劳作了一天之后，沐浴着盈盈的月光坐在屋檐下乘凉时，听着那笛声顿觉疲惫全消、神清气爽。

除我之外，村里那些孩子仿佛体会不到笛声的悠扬，也感觉不到大人们脸朝黄土背朝天、头顶烈日汗流浃背的辛劳。一到有月光的夜里，他们便草草地扒几口饭争先恐后地聚集在往村前的草坪上，然后借着明晃晃的亮光做着各种各样的游戏。

他们玩的那些逗趣的游戏大多是我教他们的，而教我的则是我的堂兄阿庆。

开始做"母鸡下蛋"的游戏了，堂兄阿庆双手叉腰站在我们这帮孩子跟前，摆着生产队长的架势认真地交代了游戏规则后，让我们手牵手屁股朝外围成一个大圈各自散开下蹲。这时，扮"母鸡"的堂兄双手合拢握一个小石块当作"鸡蛋"，只见他煞有介事地猫着腰在圈子的外围一圈一圈地走着，嘴里还不停念叨"母鸡咯咯要下蛋"之类的话语。然后，找准机会不动声色地把"蛋""下"在某个人的背后。整个过程中大家都不能回头看，只能凭感觉或自己伸手往后面打探，顺着方向看见了的人不能声张。下"蛋"后，"母鸡"得继续绕一圈，如果背后有"蛋"的玩伴还没有发现，他就得受惩罚。如果知道背后有"蛋"马上捡起来追赶"母鸡"，将他赶上并抓住则由做"母鸡"的人受惩罚。整个过程都是在斗智斗勇。受惩罚的或唱一首歌，或说个故事，歌唱不了、故事说不了，那就得挨揍。无论哪种惩罚，大家都乐意接受，有时尽管觉得头上生疼，但事后都咧开嘴笑着。因为笑过之后，便轮到他扮"母鸡"了。惩罚过他的人当然要特别谨慎。堂兄揍过别人，自然也挨过别人揍。游戏都是公平的，看别人受惩罚是一种乐趣。女孩子唱歌嗓门大，唱歌的模样可爱，扮"母鸡"的就老喜欢把"蛋""下"到女孩子的身边。

我烂熟于心的好多童谣、故事都是那时候听到的。因为这些故事和童谣,我成了堂兄游戏的传承人。

南方出西瓜,夏天吃西瓜能解暑。到了夏天,我便教伙伴们做种西瓜的游戏。游戏是依据瓜农种瓜的过程进行的。月下,孩子们排成方阵一个一个蹲在地上,参加游戏的人两人一伙轮流做着种瓜的动作,如挖坑、播种、施肥、除草、收获。蹲在地上的人得配合着做出各种手势。比如,种子发芽,你必须双手抱拳伸出两个大拇指;藤蔓生长,你必须张开双臂往两边舒展;西瓜施肥,你必须张开大口作接收的模样;最有趣的是收获时节,一些大孩子伸出右手,一个个在他们头上轻轻地敲,蹲在地上的则发出类似西瓜成熟与否的各种声响,凭着声音摘瓜的得判断这个瓜有没有成熟,如果都"表示"没熟,摘瓜的还得继续来回找。来回走了几趟若是不耐烦了,他便挑瞎起哄的使劲敲他的头。敲疼了,蹲在地上的才发出"成熟"的声响。"摘瓜人"趁势把他拽起来,自己蹲下,由别的孩子继续这个游戏,直到把"瓜"摘完。

融融的月光下,晃动着的是我们的影子。宽阔的草坪上,传出的是我们欢乐的笑声。

到了深秋的夜晚,月色更加皎洁。大人怕露水和寒霜冻着孩子,老是吆喝着孩子回家,有时叫了几遍孩子还是无动于衷。大人生气了,拿了根荆条藏在身后,在孩子正聚精会神地做着游戏的时候,冷不丁在孩子的脚上抽打起来。这一招真灵,游戏很快就被停止,大家瞧着哭鼻子的同伴心里窃笑着散去。

当然,第二天游戏还得接着做。那年头,哪个孩子没挨过打?

兴许是对乡间月光的印象太深,兴许是觉得童年生活的难忘。几十年过去了,我总觉得月光真是乡间的明亮。小村四周的山是幽暗的,房子是古老的,然而在明月的映衬下,却是那么朦胧和美好。

这些年,进城后,街宽了,楼高了,灯亮了,可孩子们却不再聚一起玩这样的游戏了。

日前,我因事去了一回老家,并在老家住了两个晚上。其时恰逢秋日,清风送爽、月明星稀。可是,却不见有孩子捉萤火虫,也不见有孩子做游戏。

第二辑 梦回故乡

村民都背井离乡出门务工去了。如今若岭村留下来的不足20人，且都是一些老人和孩子，其中包括我的堂兄阿庆。他已经60岁了，岁月在他的脸上刻下了沧桑的印痕。我独自一人在村前草坪上行走的时候，听不到他的笛声，没有了孩子的笑声，顿觉小村出奇的宁静。

夜还不是很深，堂兄和村民便迫不及待地关上房门。而从前，到了夏夜，村民几乎都三五成群地待在屋外乘凉。半夜三更，无论男女老少，一张竹床，一条凉席，挨挨挤挤地摆放着。大家有说有笑，相互逗趣，最后不知不觉地进入梦乡。

挂在天上的还是那一轮明月，而许多美好的东西却只能靠回忆了。

美丽应该是永恒的，就如同这乡村的明月，无论世道如何变迁，总与我们不离不弃。我们也应该有这样一个博大的胸怀啊！

我们必须有恒心，尤其要有自信！我们必须相信我们的天赋是要用来做某种事情的，无论代价多么大，这种事情必须做到。

——居里夫人

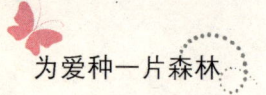

又闻桂花香

作为人类我们不能像花一样把香味喷放,但可以通过我们的努力将花的馨香传得更远。但愿桂花的芳香永远温馨在我们的心里……

"桂子花开,十里飘香",说的是桂花盛开时花香随风飘散继而芬芳远播的情形。此话虽多少有些夸张,但桂花沁人心脾的馨香的确让人难忘。假如你没有亲自见过、感受过,真的无法体味。每到桂花盛开时,我上班的单位便浸泡在桂花的芬芳之中,以至于下班回到家中,衣衫还留有余香。这是因为单位大院栽了一棵硕大的桂花树。住在单位大院里的同事都说,若是不关窗户,是要被满院的花香熏得睡不着觉的。

我生活的东乡县城如今虽有不少人家都在自家院子里栽了桂树,但个头都不大,即使开花也不多,而位于城西龙山北路东侧、县联社大院的这棵桂树却独树一帜。它原本是一棵桂树,但在出土的地方却分成两枝,它们形体相同、相依相随,像一对恩爱夫妻,各自撑起半边天地。每一棵树干的腰围都在3尺以上,冠高30多米,整个看上去合二为一,形如一把撑开的巨大雨伞,遮盖了好大一块地方。树上枝桠清秀,质地厚实的叶子终年不落。

2009年初春,东乡遭遇百年不遇的冰灾,这棵桂树同样经受劫难。但由于深藏院内，又有人及时将树上凝结的厚厚冰凌用竹竿小心翼翼地敲掉了，所以，除部分枝桠受到损伤之外，整体没有多大影响。春去秋来，桂树的枝叶新添了些许。可就在大家担心今年的桂花是否还能再开的时候，有人一夜醒来，忽闻一股扑鼻的芬芳。寻香至树下，只见这棵硕大的桂树上挨挨挤挤地开满了桂花。一朵朵金黄色的小米粒般大小的花儿爬满枝桠，一簇挨着一簇地绽放在叶子之间，浓稠的桂花把向上伸展、旁逸斜出的嫩枝都压弯了腰。黄的花、绿的叶，一股股馨香从树间溢出，随风飘远……

这棵桂花树是单位领导 2003 年左右从本县瑶圩的乡下移栽过来的。为了确保成活，在移植过程中先后动用了挖掘机、大型吊机和大功率拖车，十几名民工折腾了好几天才完成。今天看来，虽有所花费也算做了一件大好事，让更多的人，更多的城里人品味了它的芬芳。兴许是得到了大家的关爱和精心呵护，这棵桂树这几年都开满了花，有时一年开几次花，花香弥漫了半个县城。起初，大家都只闻其香，不知香从何处来。

桂树早先只在野外自然生长，后来才逐渐被人移栽在景区和庭院。它一般不容易成活，可一旦扎根则生长期长，有的可活上百年，甚至近千年。由于桂树树龄长、花奇香，大家都喜欢栽种。现在人们生活水平日益提高，居住环境改善，加上园艺水平精湛，市面上各种珍稀苗木颇多，桂树自然也成为人们争相选购的品种之一。虽然，桂树的需求量越来越大，但其繁育的方法据称还很传统。那就是：将桂树的枝桠下压，用一个盛了土的器皿接着，将枝桠上的节芽用沃土掩盖、固定。一两年后，枝节部分生出须根、长出新苗后，将盆内的部分从树枝上剪下连土移栽就大多能成活了。这是花农的经验，也是我朋友的体会。

桂树应该是广西桂林最多，南方均有栽植，故而常能见到。北方、西北可能少些。最近，就有一个陕西做编辑的朋友在听了我对桂花的介绍后，对桂花产生了浓厚的兴致。她说她至今没见过桂树，也没闻过桂香。

为了满足朋友的好奇心，我第一时间将刚开的桂花采来一部分，用信封装好通过邮局寄给了那位朋友。由于浓香透过信封弥漫出来，邮局做业务的女孩接过信封便闻到花香。她说，她做业务多年，为朋友寄桂花的我

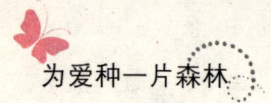

还是第一个，按理是不能寄的，碍于我对朋友的真诚也就破例了。

我说，所有的花开出来都是给人闻的，桂花也不例外。就如同我们对待朋友，关爱和情谊凝聚在点点滴滴之间。有时，一些事只需我们举手之劳，他人就可以获得快乐，何乐而不为呢？

几年前，我朋友送我几株桂花树苗，我留了一棵用盆栽了放在阳台上，其余的都栽在几十里外乡下老家的房前屋后。几年后它们都长到1米多高，过几年就可以开花了，到时新旧邻居都能闻到花香，我会觉得十分开心。

作为人类我们不能像花一样把香味喷放，但可以通过我们的努力将花的馨香传得更远。这道理与单位领导当初费尽周折把这棵桂树从乡下挪到城里，与我帮朋友千里寄花以及写这篇小文让更多的读者一同分享这棵桂树的花香是一样的。

但愿桂花的芳香永远温馨在我们的心里……

只有执着追求并从中得到最大快乐的人，才是成功者。

——梭洛

徜徉在抚州文化的港湾

抚州自古钟灵毓秀，人文荟萃，山川壮美。抚州文化更是源远流长，积淀丰厚。从古至今名人辈出，灿若星河。

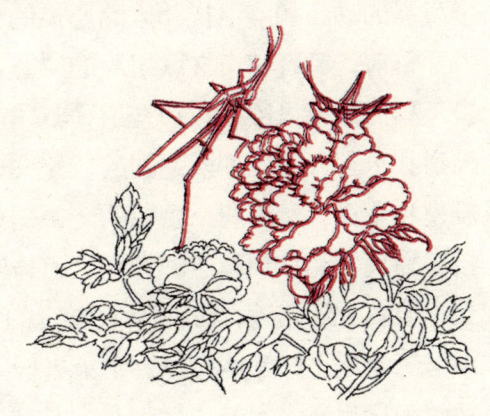

"邺水朱华，光照临川之笔。"这是著名文学家、诗人王勃在其千古名篇《滕王阁序》中盛赞"才子之乡"——抚州的佳句。

抚州自古钟灵毓秀，人文荟萃，山川壮美。抚州文化更是源远流长，积淀丰厚。从古至今名人辈出，灿若星河。在这块肥沃的土地上，曾经孕育出晏殊、晏几道父子，曾巩，王安石和汤显祖等众多蜚声中外的大文学家，他们用"临川之笔"写出一篇篇不朽之作，为灿烂的中国文学增添了奇异的光彩。

为传承和弘扬抚州文化，打造生态文化名城，2006年抚州市委、市政府决定在新城区辟地200余亩，计划用两年左右的时间，兴建抚州文化园，并把它作为抚州新一轮市政建设的"一号工程"，列入全市"十一五"社会事业发展规划重点建设项目。其中包括汤显祖大剧院、博物馆、图书馆等几大主体工程。目前，文化园工程已基本竣工，正以它的傲人雄姿出现在世人面前。它的建成结束了我市文化设施落后，一些文化单位租房办公的历史。它不仅承载着抚州名人文化、历史文化、戏曲文化精华的集中展示、收藏、研究的功能,更主要的是它将成为弘扬抚州优秀文化、展示抚州文明进步的窗口,成为激励、教育后人尊重知识、尊重人才、科学发展的动力和陶冶抚州人的心灵的精神家园和绿洲。

日前,笔者和市文联组织的"赶超发展,感受发展"全市城市重点建设工程作家采风团的成员一道,驱车前往位于抚州市迎宾大道以南、赣东大道和玉茗大道延伸段之间的抚州文化园参观采风。徜徉其中,无不使人震撼和欣喜。穿过两只金色的、振翅高飞的凤凰雕塑,绕进新拓修的、连接东临大桥和京福高速的迎宾大道,转眼之间便来到即将全部竣工的抚州文化园。驻足园外,首先映入眼帘的是四支形神兼备的巨型毛笔的雕塑,由于高耸矗立,笔体如椽,看上去极具气势,它集中地诠释了抚州文化的精髓和抚州文化园的主旨定位。位于笔雕左侧的汤显祖大剧院气势雄伟,姿态端庄,造型新颖。据介绍,其建筑面积为1.7万平方米,楼高31米,剧场内设1300个座位,舞台占地面积1500平方米。按相关指标规定,它应该属于国家大型剧院,目前,在全国地市级同类剧院中名列前茅。剧院内还同时设有汤显祖艺术展廊。工程全部竣工后不仅可接纳国内外大型艺术表演团体的演出,同时成为抚州市重要标志性文化设施之一。届时,市民不仅可以在"新时代的'玉茗堂'"里重温汤翁不朽的经典《牡丹亭》,欣赏来自他家乡的土生土长的、情趣浓郁的抚州采茶戏,也可以品味国粹京剧和昆曲、越剧等中外多种形式的高雅经典艺术。

文化广场西侧是建筑面积为9000多平方米的市图书馆和建筑面积为1.26万平米的市博物馆。两座建筑设计独特,馆内各项设施齐备,多种功能凸显。整体看上去,和汤显祖大剧院一样大气、端庄,彼此毗邻,相映生辉。各主楼之间,统筹规划为文化艺术广场,设有大型露天舞台一座,配置有大功率音响和户外灯光,此外还有大型音乐喷泉。设立生态园林式的名人苑,内置若干个各具特色的雕塑群。置身其中,让人感受新文化、新知识、新艺术的同时,也浸润着"文化之帮"抚州的传统文化,熏染了"才子之乡"的厚重底蕴。

笔者除坚持文学创作之外,也热爱中国的戏曲艺术。近多年,通过《戏剧频道》和戏剧光盘让我欣赏了多部经典戏剧作品,对京剧和全国各

地不同剧种的唱腔特点略知一二，尤其对抚州采茶戏更是情有独钟，并为抚州采茶戏的传承发展吟唱和呼吁。汤显祖是明代的一位杰出的戏剧大师，他的《牡丹亭》《南柯记》《邯郸记》《紫钗记》合称《临川四梦》，至今仍是舞台经典。他塑造的多个活生生的人物还在现时的舞台上醒悟和感染着人们。近年来，在戏剧大师的故里，抚州的戏剧工作者也先后推出《一对凤凰鸡》《县官下乡》《王婆婆骂鸡》等一大批地方气息浓郁、表现形式活跃、唱腔地道动听的抚州采茶戏精品。借助汤显祖大剧院这个平台和随之配套的激励机制，相信抚州采茶戏这朵奇葩会展露她魅人的光彩。同时，在这个以大师命名的艺术殿堂里，我们会欣赏到更多用独特的艺术形式来演绎的大师的经典剧种。期待在抚州这块红色的土地上诞生更多、更经典的戏剧新作，塑造出更感人、更具时代感的舞台形象。

身为文学爱好者，我们为抚州文化园的建成倍感欣慰，同时深感责任的重大。作为抚州小小说作家群的一员，我愿意用手中的笔为抚州更美好的未来涂抹一点新绿。

抚州文化园是抚州人民一个温馨的精神家园，一个修身养性的港湾，一座绽放心声的舞台，一方滋润心灵的绿洲。

抚州将以无限的激情舞动那支如椽巨笔谱写出"才子之乡"的新文化的精彩乐章。

千磨万击还坚劲，任尔东西南北风。

——郑板桥

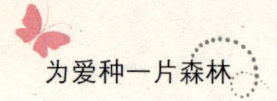

为爱种一片森林

油菜花开满坡黄

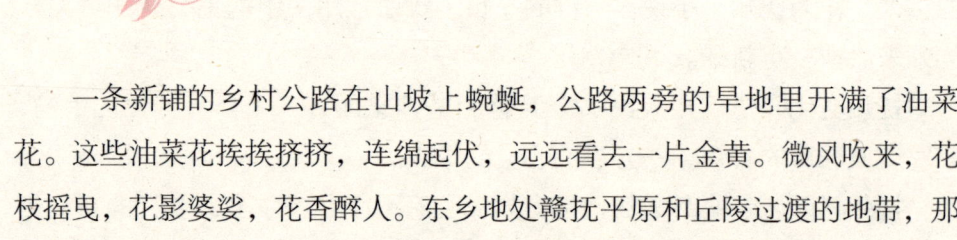

公路两旁的旱地里开满了油菜花。这些油菜花挨挨挤挤，连绵起伏，远远看去一片金黄。微风吹来，花枝摇曳，花影婆娑，花香醉人。

  一条新铺的乡村公路在山坡上蜿蜒，公路两旁的旱地里开满了油菜花。这些油菜花挨挨挤挤，连绵起伏，远远看去一片金黄。微风吹来，花枝摇曳，花影婆娑，花香醉人。东乡地处赣抚平原和丘陵过渡的地带，那里不少乡村的荒坡上，到了初夏几乎都开满金黄的油菜花。

  那天，我走在一条开满了油菜花的山道上，只见道路两旁的油菜地里围了不少篱笆。篱笆大多由松树、杉木用铁丝固定而成。透过篱笆，不时地有壮实和调皮的花枝伸展到篱笆之外。阳光下，油菜花、树篱笆、蜿蜒的乡村公路，公路上穿着花衣裳正上学的女孩，山坡下的小村，共同构成一幅美丽的图画。

  阳春三月，正是南方油菜花开的时节。春分后的一个双休日，我约了几个文友去占圩一带的乡村看油菜花。吃过早餐，一行五人驱车出发。一路上，就看到有零星的油菜花开放，这时，有人就有下车的冲动。车子来到一个红土坡上时，眼前一片金黄，这里集中种植了几十亩油菜，正开得茂盛。于是大家迫不及待地下了车，顿时闻到一股浓郁的花香。踏着花间

小道，我们跻身花丛，只见一束束的花枝层层叠叠地盛开着，有勤劳的蜜蜂正趴在花心上采蜜，更有蝴蝶在花间飞舞。它们悠然自得、无拘无束，似乎没有觉察到我们的到来。

面对眼前的景致，文友似乎都按捺不住心中的那份激动。有人拿起相机为蜜蜂、蝴蝶拍照，有人钻进花丛摆着各种姿势留影。激动、兴奋和欣喜的心情写在每个人的脸上。蓝天上，白云悠悠；蓝天下，菜花金黄；花丛中，欢声笑语。

一位老农正在他家一块开得鲜艳的油菜地里忙碌。也许在他眼里，这只是一种庄稼，一种可以榨取植物油的原料。花开得鲜艳、开得浓烈，只是意味着他的收成良好，因为在他心里，开花对庄稼来说只是过程，而我们在乎的是花的色彩和开花的声音……

老农对我们说："这年头，城里人都怕胖，怕多吃油，而精炼油又可能掺假，所以菜籽油显得珍贵，吃着也让人放心。"

我说："花开得这么鲜艳，今年恐怕要大丰收了。"

老人眯着眼睛微笑着说："这话不能说得太早。你别看它现在花开得很好，收获要到手才算。"

我们听了觉得疑惑。老人是这样解释的：油菜这东西，大多是春夏之交开花、结实、收获。这时候也是南方的雨季，如果连续下几天大雨，花开得再多也结不了果实。再就是，这个季节刮大风的时候多，有时风吹倒了结实的秆子，甚至会被晒干，再突然来一阵风，本来要到手的菜籽也会被风吹走了。有一回，他顶着阳光在一个坡上压打菜籽，刚完成了一半，西天突然飘来一片乌云。乌云来时，一阵狂风将他用来采收菜籽的竹垫、簸箕、箩筐都卷走了，他只得一脸无奈地站在雨中。

我们听了，心里都酸楚楚的。是啊，油菜原本是一种随遇而安的植物，无论在田间地头，甚至任何一个角落，它都能成活、开花、结果。它的籽可以榨油，它的秆可以用作柴火，它的花可以用来观赏。

油菜花色泽金黄，隐隐散发着芳香。有油菜花的地方就有无限的风景。现代人眼里似乎都缺少一些色彩，因而总希望亲近自然、亲近田野、亲近鲜花。文人甚至把出门赏花作为修心养性、愉悦心身的途径。

2002年春上，我在《金山》文学杂志社短暂地工作过一段时间。一天，我从江苏镇江的杂志社乘车到下属的丹阳市去采访。一路上几乎都是密密麻麻的油菜花。那一带地势平坦，放眼望去，蓝天下几乎都是一种色彩。就连流经其中的小河河堤上也全都种上了油菜，几十公里的路上几乎找不到一块没有油菜的空地。那景致也让人震撼，让人难忘，让人回味。丹阳是富裕的地方，那里农民的勤劳可见一斑。十几年过去了，那一幕还时常在眼前浮现。

有朋友刚从一个以观赏油菜花为主的旅游景点回来。他抱怨说，那儿的油菜花远远没有当年多，许多原本种油菜的地方都被撂荒了。地里长满野草，或是改种其他作物了，甚至被开发建房。市场经济，农民不能白让旅游公司锦上添花、涂脂抹粉。当他觉得种这种庄稼没有外出打工合算而又不能从公司老板那里得到安慰或补偿时，他会义无反顾、身无牵挂地选择放弃。

农民可以脸朝黄土背朝天地为收成付出，哪怕三伏天里挥汗如雨，但是不可以无限度地、无节制地、廉价地被他人利用和戏谑。一位景区的农民这样说。

同样是生于斯、长于斯的油菜花，一旦被功利玷污，色泽就灰暗了。我想。

好在身居江南，到了春天还是能见到曾经灿烂在心底的油菜花的。只是觉得这种花似乎在一年一年地减少。加上天天为生计忙碌以及心灵被空气污染，因而常常生出要出门看风景、出门赏花的念头。

邀三五好友，轻车简从出门看看亲切的油菜花实在是一件开心的事。这年头，友情和真诚像没有被加工的菜籽油一样珍贵。朋友之间，一边赏花，一边逗趣，亮堂了心窗的同时，拉近了彼此的心距。

在冷不丁就受气被骗，冷不丁就吃了地沟油的今天，要寄存一份平常

第二辑 梦回故乡

心,要让人不浮躁、不堕落,唯一的方式就是趁着阳光出门,到开着油菜花的山坡上席地而坐,抛开世俗杂念,屏住呼吸静听油菜花开的声音。

唯有这时候,你的心里才百花鲜艳,你的眼里才满园春光……

>>>
工欲善其事,必先利其器。
——孔子

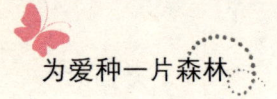

为爱种一片森林

谷砻谣

> 这位专做谷砻的手艺人姓张,他今年已经65岁,人精瘦精瘦的,身上穿着一件褪了色的旧军装,脚上的解放鞋露出两个洞眼。

一天,闲暇无事路过一家精制米厂,耳边隐隐传来机械传动的轰鸣。院外,堆满大米的卡车正准备出发。见此情形,不由得让我想起了儿时曾经听过的砻谷声……

一首脍炙人口的《悯农》道出了耕夫种粮的艰辛,一曲娓娓动听的《捣米谣》唱出了碗里米饭的来之不易。由长壳的稻谷变成白花花的大米,在今天早已由粮食加工企业采用全自动生产线就能实现。然而,在20世纪60年代,我生活的老家却只能使用土制谷砻来对稻谷脱壳,且这种稻谷脱壳工具在民间使用了很多年。现在,这种谷砻几乎绝迹了,能制作这种工具的乡村手艺人大多已经老去。然而,在我的老家,东乡王桥一个叫作杞桐源的村子里竟然找到了一位曾经做过谷砻的老人。

这位手艺人姓张,他今年已经65岁,人精瘦精瘦的,身上穿着一件褪了色的旧军装,脚上的解放鞋露出两个洞眼。那会儿,他刚从庄稼地里回来。村里人说,他的这身衣服和这双鞋子就和他一口参差不齐、黑不溜秋的豁牙一样成为了他的标志。由于没了当门齿,加上年纪大了,原本有些结巴的他如今说话更加不利索了。

108

老张 20 岁时，跟余江县春涛乡礼港湖村一位名叫缪文生的师傅学制砻手艺。缪师傅人高马大，为人随和，是一个乐观豁达且待人真诚的人。40 多年了，老张还记得师傅当年的模样。老张用手比划着缪师傅的个头，还学了几声师傅当年说话的口音。我们听起来觉得蛮地道的。

说起制砻的手艺，老张打开了话匣子："我学的是短命的手艺。离开师傅后，还没做两年就被淘汰了。如今，几乎都忘了。那些工具也丢到了九霄云外。这年头，谁还砻谷碾米？现在的年轻人恐怕没有见过用谷砻碾米，更别提谷砻了。"

"那你当年是怎样想起要学这门手艺呢？"有人问。

老张笑着讲了一段故事：

那年夏天，张师傅的母亲到余江赶集，碰到一个娘家姐妹。两人许久未见，说话投机，一聊就是几个钟头。眼看太阳当头了，其母突然想起家中没有米吃了，便对姐妹说："不聊了我得赶紧回家舂米。"之前，村里没有谷砻，都是把晒干了的稻谷放在石臼里挤压，然后用牛拉的石碾一个劲儿地碾。一担谷重 150 斤，舂出糙米得花一天的工夫。

姐妹听了，嫣然一笑，说："你别急，我给你推荐一位师傅，他会制一种砻米的家什，砻一担谷不要一个时辰。"张妈不信，姐妹说："师傅现在还在我们村里制砻，完了我带他上你家，就两块钱工钱，管六餐饭。"姐妹说这话的时候，张母也没在意。

没想到，几天之后，这位姐妹还真的带来一位师傅。他就是老张的师傅缪文生。听说缪师傅要替张家制砻，村里人都觉得稀奇，因为大家几乎都没有见过那东西。

缪师傅一早走了十几里山路，鞋帮湿了，满头大汗。吃过早饭，他便开始干活。缪师傅把砍来的毛竹劈成荆条，把取来的土捣碎压稠。把从后山砍来的一种质地坚硬的树木锯断，有的做成谷砻的支架，有的被精细地切成两寸见长的片板，然后用细砂在锅里高温爆炒，最后炒成铁灰色，拿在手里像南方的炒薯片，干爽坚硬，用它作为谷砻的锯齿。缪师傅坐在一把小竹椅上，熟练地将破开的竹篾围成两个圆形竹框，再在里面塞进黏土，用一人多高、上下各有一个大小不一的圆形槌子的木制工具反复压紧，再将爆炒后的片板呈纹理状楔入其中。这样，经过人力推动上面的转盘，与固定在下面的磨盘一交错，带壳的稻子就脱去了谷壳。

两天后，谷砻制作完工了，大家才发现：谷砻的结构和工作原理跟石磨差不多。所不同的是石磨为石质材料所造，而谷砻则由毛竹、树木、稻草和黄土制成。缪师傅造出的谷砻一个小时可以砻出稻谷100多斤，效率是石臼砸压的好几倍，经谷砻脱壳再经石碾碾过之后，大米便润滑无疵，吃着不噎喉咙了。

兴许是师傅人随和，且手艺精巧而大家又确有需要，缪师傅在一个只有30来户的杞桐源村一鼓作气做了一个多月的手艺。那时候，有一门手艺的人就像城里有工作的工人一样，在乡下还挺吃香的，找对象都容易许多。

缪师傅在老张家干活时，才20几岁的小张看得特别仔细，有时还乘机帮缪师傅一点儿小忙。缪师傅也喜欢他这个孩子，就跟他套近乎。母亲见孩子跟缪师傅投缘，就想让他跟缪师傅学做这门手艺。缪师傅用家乡方言说："我这是个讨饭的手艺，挣的是卖力气的钱。若是真学，我可以答应。这孩子人老实，又勤快。"母亲一听师傅同意收孩子为徒心里挺高兴，就真的让孩子向他拜师学艺了。

拜师的过程很简单，不收拜师的礼金，也没有什么仪式。师傅按他自己学徒的规矩约定老张必须无报酬地跟他做完180副砻。满180副砻后可继续跟他干活算工钱，不跟他则自己独立门户。两厢情愿，小张挑了个日子就跟师傅出门干活了。饭是吃主人的，活儿没完也住在主人家。

做一副谷砻缪师傅一人要两天，带徒弟后，一副砻必须一天完成。起初，因为要指点徒弟，师傅怕完不了工主人得多管饭，就极力抓紧时间，哪怕三伏天中午也不歇息。看着缪师傅额角上冒着汗，老张很感动，学手艺也特别用功。

那时候，学手艺有个规矩：饭前要端水给师傅洗手洗脸，要帮师傅盛饭；桌上吃菜不能专挑鱼肉等荤菜，要在师傅放碗之前先吃饱饭。有学手艺的不懂事、不听话的，师傅故意吃快一些，或是挑个机会少吃一碗，让学徒的只得饿着肚子干活。老张的师傅通情达理，也爱护徒弟，总是关照着徒弟。有时半晌午吃稀粥,怕徒弟烫着喉咙总是放慢速度。师傅们都是当徒弟时练出来的,再热再烫的粥汤他都能稀里哗啦地喝下,这也是从前乡间手艺人容易得食道疾病的原因。见师傅这样关心自己,老张都记在心里。干完活,晚上得回师傅家,不管路程远近,也不管是刮风下雨还是披星戴月,他总是规规矩矩地将那装满工具的沉甸甸的担子一个人挑回家。夏天,天刚蒙蒙亮,他就悄悄地起床帮师傅砍柴、挑粪……该出工了,他匆匆地抹一把脸又挑着担子出门。路上有沟渠山道,还不时地照应着点师傅。师傅看着明事理、有孝心的徒弟心里十分高兴,甚至一度萌生了要徒弟做上门女婿的想法。

缪师傅膝下有个女儿,长得像她娘,眉清目秀,温婉可人。师娘几次拐弯抹角打探这位徒弟的婚事。后来她和师傅知道徒弟早已有了对象,这事也就作罢。

40多年后,老张还在一个劲地说师傅、师娘的好。老张说:"我跟师傅做完180副砻后,师傅送我几件他用过的工具,并鼓励我独自开业。"那时候,东乡这边,包括金溪、资溪等山区从事做砻这门手艺的人很少,大家觉得用谷砻砻谷快捷省时,他的手艺很快便做开了。四乡八邻都找老张做砻。两年内,他做了几百副砻,最远的手艺做到了武夷山脚下的资溪饶桥。

谁知,好景不长。20世纪70年代初,一种用柴油机做动力的小型碾米机诞生了。那时还是大集体,集体力量大,大队部几乎都购置、使用了这种动力碾米机,它功效高、脱壳更干净、用时更节省。就这样,老张一门心思学来的手艺几乎一夜之间便被淘汰了。当时,师徒俩还为此抱怨过。可事情就是这样,没有市场,英雄无用武之地。

老张做砻的手艺就这样荒废了,就像之前农村妇女学纺纱织布一样,纺车束之高阁,织布机在老屋的角落里沾染灰尘,几经岁月,最终散架消失……

乡间曾经有许多农具、工具在千百年来发挥着它们独有的作用。在制作这些农具、工具的过程中,一些乡村手艺人身怀独门绝技,名声远播。如今随着社会的发展、科技的进步和文明的深化,这些农具、工具日渐被

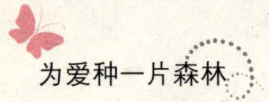
为爱种一片森林

机械替代，以至于它们的模样都被人们遗忘，就像蓑衣、斗笠、独轮车、龙骨水车、禾斛，都渐渐淡出人们的视线。随之而去的还有乡间手艺人学徒的规矩、尊师的风尚……

当我对老张谈起做砻、谈起谷砻和制砻工具时，老张呵呵一笑："哎，别说了，我学错了手艺，那些工具怕早也当废铁卖了。不过，你这一提起，还应该找得出来。木棒槌、篾刀、凿子应该都还在，回头我是要找找。谷砻恐怕没有了，40年了，有也不多。有空我去村里村外看看。这东西留着有意思，有意思。"

说到师傅，几十年后，他还能清楚地记得他的名字、长相，以及师傅的村子和家里的模样。老张说："不做手艺了，我还去师傅家拜过年。我父亲去世时，缪师傅还来过我家。师傅生病我也去看过他。由于距离100里地，后来联系也就少了。师傅去世，我也没有得到消息，更没有去送师傅一程。"说到这里，老张沉默了一会。

这沉默是对师傅的怀念，是对乡间手艺人不寻常生活的追思。

张师傅做砻的手艺已经走到了尽头，老张也即将进入古稀之年。有多少这样的手艺、这样的手艺人需要我们去传承、去记起？这才是我们该思考的，包括传承的方式与途径。

作为民间手艺人的老张，梦里听一听谷砻砻谷的声音应该是他感到最为温馨的事情。我想。

博观而约取，厚积而薄发。
——苏轼

第二辑 梦回故乡

山这边、山那边

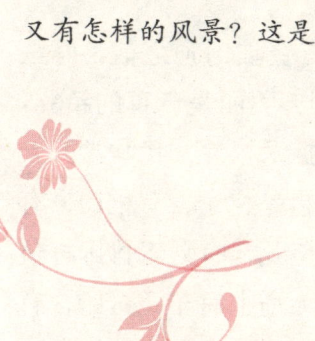

山这边是我的村庄，山那边是田野，还是河流？
又有怎样的风景？这是我童年时一直想知道的。

　　山这边是我的村庄，山那边是田野，还是河流？又有怎样的风景？这是我童年时一直想知道的。

　　我的家乡若岭村四面环山，村里四十几户人家挤在一块不到半平方公里的凹地里。正前方便是一座陡峭而且长着茂密的灌木的高山。由于东西两侧都是山岭，太阳要到八九点钟才能照到村里来，而且早早地就下山了，夜似乎特别漫长。20世纪六七十年代，中国的广大乡村几乎都还没有通上电。晚上，家家户户都靠煤油灯照明。漆黑的夜，一丝亮光在昏暗的屋里摇曳，大人们神情专注地估算今年的收成，安排明天的活计。灯光下，他们被太阳晒得黝黑的脸越发显得憔悴。耐不住寂寞的小孩子草草扒了几口饭，便早早地聚集在村中央的晒场上，他们要乘着月色、借助星光做做游戏，蹦蹦跳跳。吆喝声划破了山村的夜空，搅乱了山乡的宁静。

　　我是20世纪60年代初期出生的。由于父亲一直在外工作，家中的老房子在离若岭村不到半里地的地方，山旮旯里就剩下孤零零的一栋房子，太寂寞了，于是我们和伯父两家都搬到若岭村居住。印象中，我们家一直

113

是租用村民的一间房居住，厨房则与主人共用。一栋屋里同时住着四五个家庭，除了一张床、一个衣柜、一张饭桌就什么也没有了。于是，这晒场便成了我童年快乐的家园。

没有玩伴的日子，孩子们都只好手托腮帮坐在门槛上发呆。他们或是看看树上的小鸟，看看村前的高山，看看山里的树影；或是抬头仰望蓝天，看白云在山顶上飘过，又在山的那一边消失。

山那边究竟是什么？在没有爬过那座山、没有登临山顶之前，好些年，这个疑问一直在我心头萦绕。童年都充满幻想，美丽是童真的希冀。那时的我总是猜想山那边是一个神秘的世界。为了探求根底，我常常问大人或是比我们大一截的孩子。有人告诉我，山那边也是村子，有稻田，有高山；有人告诉我，山那边有河流，河里有水草、鱼儿，有划着竹排打鱼的渔人；上了学的大孩子说，山那边有一条大道，大道上有车子奔跑，有人群过往；更大的孩子说，山那边是一座大城市，那里有高楼大厦、商家店铺，到了夜里楼上楼下灯火辉煌。他们一回回都说得那么动人和妙曼，让充满好奇的我萌发要爬上山顶亲眼看个究竟的冲动。可是，还是小孩子的我要翻一座海拔两百多米的山是多么艰难的一件事。希望就这样被搁浅，好奇心却随着年纪的增大越发变得强烈。

当个头长高了些许，再次向人问及山那边有什么时，大人逗趣说，山那边有一个村子，村子里住着许多漂亮的女孩。还说那里的女孩淳朴可爱，善良纯情。她们牙齿很白，辫子很长，眼睛很大……说得我怪不好意思。

到了可以上学，可以上山砍柴的时候，我们终于发现，山那边的确有田野，有村落，有公路，有车子在奔跑。可是却怎么也不见河流，不见站着鸬鹚的竹排，不见披着蓑衣的渔翁。

再后来，我们才知道：沿着村口的那条小道往前走，便可以看见一条公路，上了公路便可以通向县城，才能走近离我们最近的一条河——泸溪河……

站在村前的山顶，只见群山连绵，白云悠悠。蓝天下，梯田成片，小村遍布，炊烟袅袅。村民在田间劳作，小孩在荒野放牧。眼前就像一幅

画，田园风光尽收眼底。

更为有趣的是，我们在上山砍柴、田头放牛的时候，常常不经意地与山那边的女孩邂逅。这些农家女孩一个个都那么水嫩、秀气，她们或放牛、或采蘑菇、或结伴上山砍柴。尽管晒着太阳，吹着山风，每个女孩的脸上却都挂着笑容，一双双大眼睛忽闪忽闪的，看上去非常纯朴可爱。她们大多是我在学校读书时就认识的，几次邂逅之后彼此熟识，便相约下一个礼拜天再相聚。可惜的是那个年代不懂谈情说爱，加上女孩都比男孩成熟早，不少女孩没上乡里的初中就通过相亲嫁人了，而我们这些毛头男孩却还一脸的稚气，甚至在同龄女孩面前会局促不安。

多年后，我还是觉得在那个年代，山里的那些女孩的确质朴可爱，那是一种天真无瑕、毫不掩饰的天然的美丽。尤其是山那边的村子里，女孩一个个都出落得亭亭玉立、活泼可爱，其中有好几位都嫁到了城里。这在当时的确像一个童话故事。

基于此，到了谈婚论嫁年纪的我也幼稚地产生过要找一个山那边的女孩谈恋爱的想法，且有过机缘，但最终还是没有实现夙愿。有人说婚姻都是前世注定的，阴差阳错与人邂逅往往就在不经意之间。那些曾经有过好感的女孩如今都天各一方、早为人母了，好在不少的记忆还留在心间。若干年后，若能重逢，或蓦然回首，或重叙旧事，或深情感叹……

那些人，那些事都成为山那边的风景。

时光一晃已是 40 多年了，蜗居县城的我早已人到中年。当那些在城里长大的孩子问及老家乡村有什么风景时，我每每这样回答：山里有野果子，比如杨梅、猕猴桃、山楂、板栗；山里有野味，比如兔子、山鸡、野猫、獾子；山里有野菜，比如蘑菇、栀子花、小竹笋；山里有风景，比如竹林、池塘、落日、彩虹。当然，更主要的是山里有真情：谁家有客人来，左邻右舍都进来凑热闹；谁家过个寿，全村人围在一起划拳喝酒；谁家孩子病了，左邻右舍都上门嘘寒问暖、献计献策；谁家有客人登门，若是主人不在家，邻居就会满村满畈地帮客人找……孩子们听了都觉得稀奇，继而对充满浓情蜜意的乡村有了向往。

其实，人们心中都曾经有过许多的美好，只是那些美好如今仿佛一夜

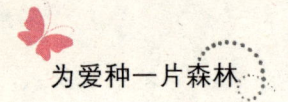

之间便荡然无存。因而，一些微不足道的举动也往往能让人感动。

当年，山里人因为贫穷闭塞，生活单调，都一门心思想往城里跑。如今，世风没落，百食浸毒，人情冷漠，有良知的人都希望在远离喧嚣的角落找个清静的地方让烦躁的心灵驻足。

面对群山，伫立在弥漫雾霭和炊烟的村头，朝东方看那一轮通红的、久违了的朝阳，是那么亲切，那么神清气爽。

村民为了生计都背井离乡，故乡留下的是没有父母在身边的孩童和身躯佝偻的老人，是他们用孱弱的信念支撑着亘古不变的风情。新修的楼房的确不少，但一栋栋都门户紧闭，悄无声息。

进村的路虽然依旧是那么泥泞，可怀恋故乡的那份感情却随着时间的推移越发变得浓郁。那是因为我熟悉的山还在，我饮过水的那眼井还在，那些也许曾经拌过嘴、斗过气却依旧淳朴热情的村民还在。

这些都是城里长大的孩子们所不曾感受到的。写下这些文字是希望他们心里长存山一样的传统，山一样的精神，山一样的情怀，山一样的爱恋……

海纳百川，有容乃大；壁立千仞，无欲则刚。

——林则徐

故乡的芋头

日前,又有文友来电话,说要到我这儿吃"棕包芋",我觉得这是一种荣耀,也是一种幸福,因而也就为这份幸福和荣耀企盼着,准备着……

我的故乡——东乡王桥的芋头如今算是很有名气了,这是因为曾经有人把它卖到了日本,挣过不少外汇。其实,芋头这一统称是不妥帖的,严格说来应该有芋籽与芋头的区分。一般外销和上桌的是"花芋"的芋籽,而"花芋"的芋头不怎么好吃。不过,家乡的另一种专门吃的芋头——"棕包芋"其实更好吃。

专食芋头的"棕包芋"成熟早,个儿大,表皮薄,去皮后肉质乳白细嫩,切丝入锅小炒,易熟易烂,吃起来脆嫩、清爽、略带黏稠,极富口感,无论色、香、味都比红烧莲藕丝更胜一筹。我从儿时就喜欢这道菜,妻子、儿女也和我一样喜欢。

曾经有外地文友,在我家吃了我炒的"棕包芋"后赞不绝口。其实,我知道他们夸的不是我的手艺,而是其根本——我故乡的芋头。

昔日在老家时,我家每年都要栽上几十头"棕包芋",但由于功夫不到家,种出来的"棕包芋"个儿不大。每到农历七八月,村里邻舍便送上一些大个儿的给我们做菜。后来,我离开了故乡,进了城,但还是一直惦记着这道菜,且三五年后在街上买菜时都留一个心眼儿,可却总难觅见它

117

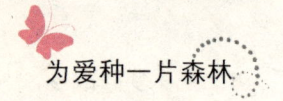

的芳踪。

用心企盼总有惊喜的收获。有几回,我在街上买到了"棕包芋",回到家去皮、切片、下锅,一阵爆炒之后,香喷喷地端上桌,顿时开启了原本挑剔的孩子们的胃口。吃过之后,孩子们说,下次多买点,确实好吃。

有一回,一位自称是我们邻乡的老农带了十来个"棕包芋"在那儿卖。当时,时近晌午,我刚下班,绕道去了菜市场,见了之后,我对老农说,这是"棕包芋"吗?老人说,"不是,是槟榔芋"。他大概是认为"槟榔芋"的知名度更大,好卖些。其实,"槟榔芋"虽然也是芋头,但形状与我家乡的"棕包芋"不同。"棕包芋"几乎接近晕圆,而"槟榔芋"晕圆而伸长,像一截圆柱。里面的肉质也不像"棕包芋"一样清纯、乳白,而是夹杂着丝丝的红筋。至于味道更是天壤之别,"棕包芋"脆嫩绵粘,"槟榔芋"寡淡青涩。观其外表,我知道这应该是"棕包芋"。在老人声称是嫁到王桥的女儿给了他这芋种的情况下,我一古脑将老人卖了大半天也未卖出的十来个芋头全买了下来,谁知,上桌品尝之后,才知道口感味道都不一样。

我爱人说,这些"棕包芋",为什么煮不烂,吃起来也没有那种味道?

我告诉她,可能是水土不同。我的观点后来得到了印证。我曾经买过另一个地方的乡邻出售的所谓"棕包芋",无论它外表如何相像,其质地多少有点不同。

于是,我再买"棕包芋"的时候,便多出一道程序,也就是先问一问他是不是王桥人,只要是王桥人,且能说出一些我所知道的人和物,我就放心买,这样每次买回的都是正宗正味的。吃过正宗正味的之后,我便叮嘱他们下次再带些来,并郑重其事地约定时间。再碰上的时候,那人说,难得你还记得我们这些老家的人。

这句话,不知怎的,仿佛说到了另一层意思。我这人迂腐古板,离开家乡十多年,皱纹频添,衣衫不改,见到家乡人总觉得亲切。每次回乡,都要在劳动过的山间田野走走,拍些熟悉的风景扩印装框并挂在厅堂。闲来细品,倍觉神清气爽,以至于梦里缠绕的都是上山打柴、下田插秧的事,眼前映叠的总是儿时的伙伴、曾经共事的朋友,耳旁回荡的总是乡音

俚语、旧闻趣事。任世俗易变，心志未移，思乡之情依旧，痴迷并向朋友们推介故乡的"棕包芋"尤见一斑。

日前，又有文友来电话，说要到我这儿吃"棕包芋"，我觉得这是一种荣耀，也是一种幸福，因而也就为这份幸福和荣耀企盼着，准备着……

会当凌绝顶，一览众山小。
——杜甫

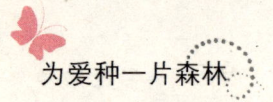

为爱种一片森林

锦绣东乡

在美丽的鄱阳湖畔,在高耸的金峰山下,在蜿蜒的汝水河边,有一个充满生机和活力的地方,它就是被誉为"赣东门户"的东乡,它就是有着500年历史,曾孕育过北宋杰出改革家、政治家、文学家王安石和当代著名书法家舒同等一大批文化名人的东乡。

朝阳从晨曦中升起,东乡从梦境中醒来。在疾速驶来的列车鸣笛声中,我们又迎来了充满阳光和希望的一天……

一

在美丽的鄱阳湖畔,在高耸的金峰山下,在蜿蜒的汝水河边,有一个充满生机和活力的地方,它就是被誉为"赣东门户"的东乡,它就是有着500年历史,曾孕育过北宋杰出改革家、政治家、文学家王安石和当代著名书法家舒同等一大批文化名人的东乡。

位于江西省东部、毗邻赣抚平原的东乡县,始建于明正德七年,建县之初取"临东之乡"的本意定名为东乡县。迄今已走过500个春秋的东乡总面积为1275平方公里,现有人口45万,年财政收入达10亿元,在全市名列前茅。

放眼东乡,无限风光:千子湖畔,微风拂面,垂柳依依,碧波荡漾;文化广场,乡贤云集,底蕴丰厚,气势恢宏;汝河两岸,高楼林立,店铺比邻，人来车往；步行街上，人头攒动；精品屋内，顾客满堂；车站广场，夜灯齐放，休闲健身，乐声飞扬……

生活在这片热土上的东乡儿女勤劳朴实、精明能干，这是因为他们心里流淌着抚河的血液，骨子里存留着才子的灵魂。多少年来，他们满怀激情紧握手中那根如椽巨笔，饱蘸浓墨，在东乡的版图上写出了气势磅礴、文采飞扬的诗行，画出了山水相间、满眼锦绣的美妙风光……

廖坊灌区绕城而过，为生态东乡增添萌动的新绿；工业园区宏图大展，为富裕东乡注入发展的活力；鄱阳湖生态经济区建设的融入为东乡开启了又一个施展拳脚的舞台。高铁在东乡驻足，既拉近了东乡与世界的距离，也向世界敞开了东乡这个经商宝地、创业福地的大门。

是谁用一双纤纤玉手，饱含深情，一针一线绣出这般美景？是谁敞开心扉，用真诚的乡音为故乡的一山一水、一草一木动情地歌吟？是谁紧锁眉头，手托腮帮，为衣食无着、寝食难安的乡民彻夜思索？是谁身居庙堂、忧国忧民、几经遭贬，却信念永驻，未改性情？让我们穿越时空，返回曾经的岁月，找寻东乡先贤的足迹以及他们的心路历程吧！

二

东乡山清水秀，人文卓著。走进黎圩镇，仿佛走进了东乡的名人文化园，走进了东乡的乡风民俗馆。这里峰峦叠嶂，溪水潺潺，民风淳朴，乡贤辈出。被列为省级文物保护单位的浯溪村就坐落在黎圩境内，这里紧靠石笋风景区，是一个有着大量明清建筑并且保存相对完好的古村。站在村口，远远看去，小巷纵横，庭院深深，飞檐翘角，古色古香。沿着痕迹尚存的"状元路"走进古村，一座高大气派的门楼便展现在眼前。穿过门楼，脚下踏着的是青石板，耳畔听到的是溪流声。驻足小巷深处，细看门楣上的石刻，仰望墙瓦上的青苔，让我们顿觉走进远古、走进记忆。倘若有心轻敲斑驳的木门，摇响木门上锈迹斑斑的环铃，你会感觉到一份少有的宁静，心灵顿觉清幽至极。这是浯溪的绣花楼，为儒士王士柏未婚妻李氏所居。相传，家住金溪合市的李氏少年时与王士柏订婚，王在临近婚期

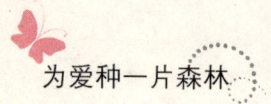

时进京赴考，行至南京时暴病而亡。李氏父母按封建礼教仍将16岁的女儿在原定吉日嫁到王家。为了恪守妇道，她终生未再婚，天天在绣花楼上穿针引线、描红绣花，直到花甲之年因病老去也不曾出过这个楼院。当朝皇上得知此事后，特许地方为其竖立贞节牌坊一座，以旌表其贞节。这座建于道光年间、历经160余年风雨的贞节牌坊依然昂首挺立在浯溪村口，它和绣花楼一样还在向人们诉说着一个厚重凄美的传说。

上池村是11世纪改革家、文学家王安石的故里。北宋时期，位列宰相的王安石忧国忧民，曾上书朝廷要求变法革新，富国强兵。后由于保守派的极力反对，他的变法主张屡遭阻力，最终，他被罢免宰相贬为江陵知府。其间，王安石曾几度回乡，散步瑶田、登临金峰，留下多首脍炙人口、饱含浓浓乡情的诗章。多年后，他心愿未了，仍希望在春绿江南时重回庙堂以实现自己的梦想，一片忧国忧民的诚心明月可鉴。时光绵延千载，其思想依旧散发着光芒。

三

黎溪涂家村是清光绪年间名垂青史的县令涂官俊的家乡。光绪二年（1876年），涂官俊考取进士后，被发往陕西咸阳下属的富平、宜君、泾阳等县担任县官。其间，他废寝忘食清理积案，大兴私塾亲临授课，号召农户种桑养蚕，率领县民凿渠引水。荒地得以灌溉，粮食丰收之后，他上门动员民众储粮备荒。后陕西遇三年大旱，涂官俊开仓济粮，使县民逃过一劫。由于亲民爱民、事必躬亲，几年下来终于积劳成疾。卧病在床时他仍旧强打精神料理县衙公务，甚至倾其所有资助因灾受困的孤儿寡母。涂官俊去世后，泾阳一带的黎民百姓悲痛欲绝，自发为其送葬的队伍绵延百里，地方和乡绅捐资为其立祠五座，以示纪念。涂家村至今还保留了他的旧居，上门凭吊，心中忽如吹入一阵荷花的清香，心净犹如一片蓝天。

红光新田是东乡一个普通的山村。清晨，炊烟袅袅、百鸟欢鸣。这里是明朝开科状元吴伯宗和晚清西江诗派、著名诗人吴嵩梁的故乡。吴伯宗文才出众，为人温和厚道。一次，皇上出题让吴伯宗赋诗，他援笔立就，且诗意高洁，深得皇上喜爱，受赐金锦衣一件。吴嵩梁天赋聪敏，倜傥不羁。其诗作激宕悱恻，享誉神州，流传海外。除诗作之外，吴嵩梁的画作也十分有名，他的妻子蒋徽、妹妹素云都是当时有名的画家，画作多被世人珍藏。

明万历十一年出生在岗上积镇段溪村的艾南英7岁能文，才华出众，其著作收入《四库全书》。与临川的陈际泰、罗万藻、章世纯并称为"抚州四大才子"的艾南英常与友结伴而行，游戏权贵。他在文昌桥头与抚州知府斗智巧谏的诙谐故事至今还在广泛流传。

"龙山师水总难忘。"这是年逾八旬的舒老在北京见到东乡老乡时的即时赠言。字里行间，无不蕴含着这位东乡儿女怀念故土、眷恋家乡的浓浓深情。

从县城梧桐巷走出来的革命家、书法家舒同是中国书法家协会的创始人以及协会第一任主席。他独创的"舒体字"是当代书法艺术的瑰宝。毛主席曾称赞为他"党内一支笔""红军书法家"。如今，舒同先生虽已故去，他独创的舒体字却通过电脑传遍了大江南北、长城内外……

日前，东乡县因书法艺术喜获"省民间文化艺术之乡"的美誉，这是对"一代宗师"的肯定，也是对舒同故里书法人才辈出的鼓励。

四

"留客听山泉""洗耳听天籁"。东乡钟灵毓秀，人杰地灵。位于县城西南一里的会龙山，形似九龙戏珠，因而得名"龙山"。龙山东南的石窦中有一股清泉经年不绝地流淌，此为"师水"。龙山师水乃东乡早年最为著名的景点，虽经岁月的变迁和汝河几次的治理，这里仍旧可以找寻出旧时的痕迹。从县城往北出行，远远地便可以看见苍茫的天底下，一峰独秀，它就是东乡佛教名山——雄岚峰。置身其中，远眺鄱阳湖若隐若现，丝丝凉风宛若鄱阳湖的涛声。坐落在黎圩甘坑与徐源村的金峰岭，海拔498.8米，是东乡境内最高峰。北宋文学家王安石曾两上金峰，并在山中的一座仙观寄宿，留有《金峰晚坐怀古》和《再宿金峰》的诗作。攀上

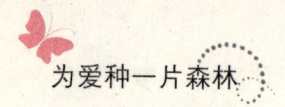

金峰，只见古木参天，涧水长流，日出日落，半天红霞。"已思在己不穷事，况有怀人无限情。"一代丞相所思所想、所感所叹，全在诗中释然。

东乡地处赣东丘陵与鄱阳湖平原的过渡地带，亚热带湿润气候不仅孕育了这里的绿水青山，而且催生了丰富的自然资源。这里有世界分布最北、被水稻之父袁隆平称为"植物中的大熊猫"的"野生稻"，它的存在对研究水稻的起源、进化和改良具有极其重要的作用。如今，这里已经被中科院列为南方野生稻重点保护区域。

东乡山清水秀、风光旖旎。瑶河两岸，炊烟袅袅，舟行波间，渔歌唱晚；麻溪石塔、笔村永镇塔，历经数百年巍然耸立；幸福水库、佛岭水库隔城相望，不仅为东乡市民的生命之泉，也是人们休闲览胜的绝好去处。漫步库区，只见山水相映，宛若画屏，置身其间，心旷神怡。新近修建的西隐禅寺静卧山间，香客不断，梵音袅袅。登临吉和塔，丝丝凉风扑面而来，凭栏远眺，只见群山连绵、绿如粉黛；田野广袤，绵延天边。在清脆悦耳的塔铃声中向塔顶拾级而上，细听寺院传来的梵音，顿觉心灵纯净，心绪辽远……

五

终日为名利奔波，为生活算计，难免身心疲惫。挑一个假日，带上家人或邀一伙朋友在东乡境内来一次"红色一日游"，不仅可以愉悦身心，同时可以陶冶性情。1932 年 6 月，赣东北赤色警卫师师长祝荫龙在小璜下湖战斗中壮烈牺牲，当地群众冒着生命危险从敌人手中夺回尸首并将其悄悄下葬，珀干革命烈士纪念碑和祝荫龙烈士陵园记载着这一段可歌可泣的故事。1933 年 1 月 12 日，方志敏、邵式平率领红十军进驻瑶圩万塘村并在此驻防五天。至今，在村里这栋"红军楼"里还留着弥足珍贵的"红色标语"。抗日战争爆发后，东乡人民同仇敌忾。1942 年 7 月，一群日寇从县城经过赛阳关准备去往黎圩骚扰，当地民众得知消息后，与抗日武装设下埋伏，在此与敌人激战一昼夜，一举歼灭日寇近百人。走进满畈稻香、满山翠竹的赛阳关屏息伫立，静谧中仿佛耳畔还传来嗖嗖的枪声、声声的

呐喊……怀念是因为崇敬，有信仰，才有追求。重温那段光荣历史，让人精神回归，力量倍增。

自然就像乡间一位未经粉饰的纯情少女，从轻纱薄雾中带着浅笑走来，眸子是那么水灵，微笑是那么真诚，腰身是那么纤细。桑园里、蚕房中、木薯林、橘树旁，到处都有东乡女子俊俏的身影，她们在深情的土地上奉献青春，收获希望。

每当黎明来临，晨曦微露，体育场、人民公园便出现了成群结队的晨练者，他们的步履是那么轻松，身躯是那么矫捷。生命在于运动，健身让人充满活力、充满激情。早在2000年东乡就获得"全国体育先进县"这一殊荣，农民运动会、工人运动会、老年运动会等各类体育赛事异彩纷呈。小璜镇农民组建的罗汉灯融舞蹈、体操、杂技和武术表演于一体。由于其极富游戏、健身和观赏价值，已入选省级非物质文化遗产名录，2010年小璜罗汉灯还受邀到上海世博园进行了多场精彩表演，受到中外游客的称赞。东乡采茶戏是土生土长的大众艺术，曾演出过《回门》《这山望着那山高》等许多优秀的、深受东乡人民喜欢的地方戏剧目。如今，在辖区的乡镇、集市、街头巷尾还经常可以看到他们的演出。采茶戏为我们奉献精神食粮的同时让中华民族的传统日渐回归。

六

东乡是一座灵动的城市，走在县城的大街小巷，每天你都有新的发现：街道变宽了，楼房变高了，河水变得清澈了，关注民生的多项工程一个个都竣工了，人们的穿衣打扮变得更时尚了。每个人的脸上都写满惬意，每一个人的笑声都那么甜蜜。

东乡是一座豁达的城市，这里交通畅达、瞬息万变。320国道、沪昆高速、杭（州）—南（昌）—长（沙）高速铁路、浙赣电气化铁路复线均从东乡穿境而过，且在东乡设有站台。东乡人走南闯北，条条大道可通向远方。由于见多识广、观念时新、心胸开阔、思维新颖，东乡经商氛围极为浓厚。加上区位优势良好，东乡不仅成为抚州的东大门，同时也是赣东货物运输的中转站。南来北往的客人不仅带来了商机，也带来了最新的商贸信息和最新的生活理念，东乡因此成为经商福地、创业天堂。精明的东乡人通过招商引资、回乡创业和自主创业，使东乡工业园区的版图渐扩，园区经济快速发展。海峡两岸、祖国各地到东乡投资兴业的不计其数。

　　东乡民风淳朴、人民勤劳。你来到东乡，热情好客的主人一定会捧出红彤彤的杨梅酒让你一醉方休；你来到东乡，极具地方特色的风味小吃一定会让你啧啧称赞、流连忘返。当然，你离开东乡，你的朋友肯定要送你一份"伴手礼"，这里有获得全省旅游纪念品品牌的"美尔丝瓜络"系列产品，有纯天然缫丝加工制作的"蚕丝被"，有闻名全国的"绿壳鸡蛋"……

七

　　龙山亮出雄浑的歌喉，吟唱东乡和谐发展新曲；金峰张开宽阔的胸怀，笑迎东乡更加阳光灿烂的明天。

　　近年来，东乡县委、县政府以科学发展观为指导，围绕"现代工业新区、商贸生态名城、特色农业大县"的目标，依托"鄱阳湖生态经济区建设"的契机，全力当好抚州经济发展的"排头兵"。通过积极营造"亲商、安商、护商、富商"的良好氛围，使东乡成为投资热土、旅游胜地。热忱欢迎社会名流和各界朋友来东乡投资兴业、旅游观光。

　　充满灵气的东乡、充满动感的东乡，是你我共同的家园。为了她更美好的明天，我们去思考，我们去创造，我们去付出，我们去微笑……

　　锦绣东乡，风光无限。

质朴却比巧妙的言辞更能打动我的心。

——莎士比亚

第三辑

人来人往

在红杜鹃盛开的山坡上，在长满油菜花的金黄的田野里，在枫叶红遍的深秋，在骄阳似火的盛夏，生活在抚河边的人们经常可以看到一位年纪五十开外，骑着一辆摩托车，来自城里却衣着朴素、说话随和的男子。

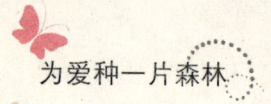

馨香如兰

> 一头絮雨如丝的秀发，一身紧身时尚的衣衫，一声真诚甜蜜的问候，一个依依不舍的回眸，一次充满期待的挥手，这便是文友如兰在我心中的形象。

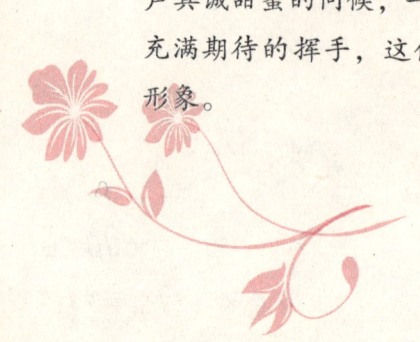

　　一头絮雨如丝的秀发，一身紧身时尚的衣衫，一声真诚甜蜜的问候，一个依依不舍的回眸，一次充满期待的挥手，这便是文友如兰在我心中的形象。在一个桂花飘香的时节，我们有缘相识。

　　记得第一次在灯光闪烁的汝河边与这位名字很优美、性格颇为温婉的如兰悠然轻步时，我便觉得我们应该是彼此投缘的朋友。位于城北的汝河在秋季里几乎只有细细的涓流，静谧得让人感觉不到它在流动。这条河原本就不宽，由于河两边新辟为景观大道，河堤设置了护栏。灯光下，新建成的绿化带颇具景观效果，依依垂柳之间有一条碎石小径绵延，一路有各式造型的彩灯在闪烁。徜徉其间，只见竹影婆娑，新枝蹁跹，绿草菁菁，让人感受到自然恬静的气息。木棚亭栏里让人小憩的长条座椅随处可见，由于入夜且附近住户稀少，经过和驻足小憩的人不多。我们置身其间，聆听秋虫呢喃，享受静寂与深幽，心境倍感悠远。

　　晚风中，清瘦高挑、黑发飘拂的兰和我一同沐浴着，彼此同行。兴许是之前品过椰岛醇酒，她恬静的脸上漂浮着两朵霞云，透过依旧存留着童真目光中所蕴含的清纯给人一份温馨和美丽。亲近那份温馨，让人仿佛品味那份如同其名一样的芬芳。

思绪相随，我们的话题由眼前的景致到文学作品中对郊外的宁静的描述，从生活的经历、生活的态度到为人的品性、坦然与真诚。有文学细胞、显然看过不少名著的她无论身心都受到圣洁的陶冶与浸染。

驻足河边，凭栏凝望，在我们眼底悄悄流动的溪水中，我仿佛闻到一股扑鼻的馨香。从山间汇聚的山泉，曾经沐浴抑或滋润过杜鹃和幽兰的灵魂，因而是那么清澈、洁净。此刻，它正载着馨香为了热爱和亲近它的人而欢唱和诉说。

就这样一路走过，没有戏言，没有狂妄，没有热烈，也没有缄默，有的只是彼此交融的心语和相互交织的清澈的目光。尽管渴望和期待渐浓，但在夜色中依旧保持了那份率真与坦然，唯有心底泛起的阵阵涟漪在渐渐地波及堤岸……

美丽不是低俗、娇艳；真诚不是依偎、暧昧；钦慕不是用一种特殊的物质去粉饰，去张扬。就如同生长在乡间深山幽谷的一丛兰花，虽然身躯不高耸、不伟岸，且屈身在灌木底下和野草之中，以至于人们一时很难目睹她的芳容，但是凭借浓郁的芳香一路追寻便很快能找到她的踪影。山洼里，小路旁，哪怕只开几朵，也能幽香四散，让人闻之神清气爽。

矜持但却真诚，稳重而不乏热情，爱运动，嗜读书，善解人意，乐观豁达，独立自信，凝结成一种庄重、内秀的美，这种美如她率真的微笑，蓦然回首之间，让人感染和回味。清纯如少女的矜持，逗趣似孩童的天真，灵秀同清泉的目光让人常常怦然心动。

那一天，我突然接到兰的电话，说她想给乡下的表哥买一双鞋，因为他曾经有恩于她，并要我帮她试一试大小。我说就算个头差不多，脚也有大小。她坚持让我挑样式和颜色，试过之后还坚持说是给她表哥买，并在出门后拿起电话说要叫她表哥过来拿鞋子。她煞有介事地拨了一通之后，我的手机响了。我一看是她的号码就迟疑了。她眨着眼睛调皮地说："你接呀，傻瓜！我的表哥就是你呀！"我一脸的迷惑。

其实，我们之间什么故事也没有发生，只是有一些细节值得回味，都希望静如止水的交往多一份感动、存一份激动、少一份冲动，让彼此心中隐藏的那份美丽延伸到各自的梦里。

醒来时，天已微明。朦胧中，有一串轻盈的脚步声从远处传来，又向前方逝去。有一股芬芳弥漫在空中又驻留在心里，就像一朵清瘦的兰花，在眼前掠过一个苗条的身影，绽放一个迷人的微笑。

晨曦中，凭一袭随风飘散的秀发便能清晰地辨认出她的倩影。在那条通向城郊景区的小道上，重复了无数次的足迹缠绵到了我的心里。

每天，她迎着晨曦、晃着秀发、迈着轻盈的步子朝着一个新的目标跑动的时候，其实，我的心绪还在沉睡⋯⋯

感谢你，一位名字也让人迷醉的朋友。因为你的出现，让我对一种曾经觉得暧昧的色彩有了希冀。期待又一个约定，用灵犀拥抱，用真诚完美。

臣心一片磁针石，不指南方不肯休。

——文天祥

父亲的二胡

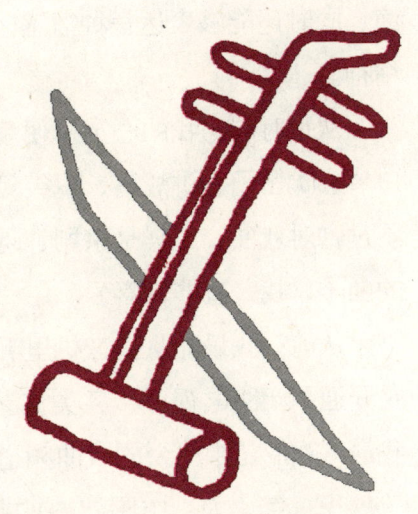

父亲从他工作的县城回到老家时，只要一有空，便坐在一把小竹椅上，有板有眼地拉起二胡来。农闲时，村民一个个都围坐在父亲的周围，毕恭毕敬地"欣赏"着……

家中珍藏着一大一小两把二胡，一把小的为京胡，是专为国粹京剧伴奏用的；一把为普通的二胡，可以演奏各种二胡曲子。它们都是父亲从前的挚爱……

记得小时候，父亲曾用它们拉过许多曲子。父亲从他工作的县城回到老家时，只要一有空，便坐在一把小竹椅上，有板有眼地拉起二胡来。农闲时，村民一个个都围坐在父亲的周围，毕恭毕敬地"欣赏"着；孩子们蹲在地上，手托腮帮、歪着脑袋凑着热闹。那时，父亲拉的大多是《东方红》《浏阳河》和《咱们的领袖毛泽东》等大家都熟悉的歌曲，有时也拉戏曲唱段，如京剧《沙家浜》中的《智斗》、抚州采茶戏、现代戏《回门》等，大家听了都拍手叫好。

而我当时想得最多的则是：那小小的竹筒里怎么就能哼出曲子？那些光着脚丫子的村民为什么会被这些曲子陶醉？通过父亲那把二胡拉出的旋律，为什么大人们几乎都能跟着哼起来？

后来，我才知道，二胡是我国独有的一种乐器。二胡是一门艺术，通过它不仅能演奏京戏、拉出二胡所特有的旋律和韵味，进行二胡曲的表演，同时还能够表达一种情感，传递一种信息，架起一座桥梁，绵延一种精神。

从那时起，我的心灵里便萌生了爱好文艺的幼芽。上学后，我喜欢吹口琴、吹笛子、讲故事、说笑话，当然也想过拉二胡，只是一直没学会。不过，对戏曲，尤其是京剧、越剧、黄梅戏、抚州采茶戏，以及二胡演奏的曲子，我一直非常喜爱。

从前，我只能从收音机里听剧曲的录音剪辑。后来，买了电视，特别是开通了闭路电视后，各类文艺节目的频道越来越多。在文艺类节目中，我最喜欢的是中央台的戏曲频道，里面播放的都是戏剧精品。

我一直认为，中国戏曲的经典剧目在歌颂真、善、美，净化人的心灵，激发爱国热情，弘扬中华文化，传承民族精神和保持华夏灵魂等方面的功能是最直观、最突出、最有效的。基于此，戏曲在中国大地还是具有旺盛的生命力的，也是人民群众喜闻乐见的艺术形式之一。

近年来，随着改革开放，一些腐朽、丑陋和庸俗的东西充斥着中国的文化市场，各类腐蚀人的信仰、撕毁人的道德、泯灭人的本性、毒害人的灵魂、污染人的思维的所谓"文化"从四面八方涌来，泥沙俱下，严重地污染着国人的心灵。好在已有人发现了这一病态并开始找寻医治的良方，也许文化的春天真的即将到来。抚州不愧为"文化之邦、才子之乡"，在城市化抚州的同时，文化事业的建设也正在齐头并进且成效显著，汤显祖剧院、抚州博物馆、图书馆等相继落成，抚州采茶戏这一传统艺术在一帮热心人的推动下也得到了快速恢复和发展。抚州采茶戏演出队伍不断壮大，民间剧团不断增加，一大批采茶戏传统剧目得以恢复演出，并陆续刻录成光盘在民间出售，使抚州采茶戏在赣东大地的大街小巷传唱。抚州境内的不少二胡爱好者晚间在公园、广场、街巷、社区拉的都是抚州采茶戏的曲子，而听众则常常围了个里三层、外三层……

# 第三辑 人来人往

在高清电视、数字电视、MP3、MP4 和电声设备可以播放各种民族乐曲的今天，二胡仍有它独特的魅力。正是这种魅力让父亲至今还保留着这两把二胡，且常常用它拉奏出美妙的音符。同时，这两把二胡也激励着我在文学艺术创作的道路上不断前行。

博观而约取，厚积而薄发。
——苏轼

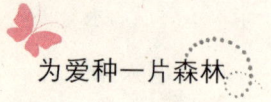

为爱种一片森林

想起夏阳这个人

古渡口光溜溜的台阶上,端坐着一位肌肤黧黑的汉子。他脚穿一双旅游鞋,上身套着一件藏青色的皮夹克滑雪衫。此刻,他双手搭在膝盖上,眯着一双小眼睛,目光看上去是那样深邃和苍茫……

泸溪河在古老的上清镇悄无声息地流淌着。

镇上一个古渡口光溜溜的台阶上,端坐着一位肌肤黧黑的汉子。他脚穿一双旅游鞋,上身套着一件藏青色的皮夹克滑雪衫。此刻,他双手搭在膝盖上,眯着一双小眼睛,目光看上去是那样深邃和苍茫……

这位汉子就是小小说作家夏阳。

这天(2008年12月20日),我和夏阳、雪弟、刘国芳等人到离我家不足70里路的江西鹰潭龙虎山一游。我们乘车从抚州出发,穿过金溪县城,大概1个多小时就到了。龙虎山,我们已来过很多次,但次次都有不同的惊喜。龙虎山景区的景点比较分散,除核心景区之外,大部分景点你就是买了门票也看不到多少,所以我们常常是不买门票来个"免费自由行"。这样既可省钱,又可根据景观特点和喜欢的程度及当时的心境随心所欲地安排逗留的时间。

夏阳的老家丰城离抚州不远,相距也就百里路程。由于一直在外漂泊,忙于事业发展,他待在丰城的总体时间并不多,来龙虎山据说是头一次。

一行6人坐着夏阳的私家车,在一路嘻嘻哈哈的闲聊中很快就进了景区。

龙虎山的最大特点是山水结合。清澈见底的泸溪河从悬崖峭壁、奇形怪石中穿过,岩影在水中晃悠,水痕在峭壁上荡漾,游客在竹筏上漂浮,笑声在河面上跳跃。更有天下绝景"玉女献花""一柱擎天"和道教祖庭上清宫、天师府可供一游。

一路走来,我们驻足在仙水岩竹筏游的终点——与正一宫隔河相望的四家村一带。这里一面临村,村掩林中;一路靠河,河宽滩平。对面是几座斧劈刀削、高耸巍峨的绝壁。密密麻麻的竹筏来往穿梭,穿着黄色救生衣的游客在河里闹腾嬉戏,一个个一脸的兴奋、一脸的阳光……

在那条景观道上,我们一边聊小小说,一边看迷人的风景。当然,也成为别人的风景。路旁,有不少卖旅游纪念品的小摊,有卖根雕的、有卖奇石的、有卖古董的,我们也都和别的游客一样只是围着看看稀奇、凑个热闹,就合当有个插曲。

在一个主人仿佛昏昏欲睡的古董摊位前,我们的主人翁夏阳,敞开了那件灰色皮夹克的衣襟,一手夹着根烟,一手握着手机没完没了地打电话。当然,抽烟、打电话的同时他没有忘记欣赏此间美景,也没有冷落一旁的古玩摊。

也不知是跟电话那头的老乡,还是趴在摊位后的摊主,反正夏阳说了一句什么。说了什么我们都没有听清,但是有一个突如其来的、不正常的响声蹦进我们的耳朵里。

第一时间,我们都看见:一个灰色的茶壶盖"咣当"一声掉地下了。于是,大家的反应便是惊诧、茫然,眼睛都齐刷刷地看着夏阳,看着摊主。

夏阳依旧打着电话,用已经渗透了深圳口语的丰城地方话与电话里的老乡正儿八经地说事,好像这件事与他无关,或是根本就没有事发生。

摊主依旧趴在摊位后睡觉,甚至继续发出鼾声。

只有傻子才会认为电视里的空镜头是无用的画面,当然再聪明的人都会有误判或是犯经验主义的毛病。当时,我们都以为摊主真睡着了,认为那也就是一个仿冒而且粗陋的茶壶盖子,以为夏阳也会和我们一样心里一点都不在乎。于是,我们都以为这个事件应该就此平息,以便我们都愉快轻松地离开。

有人朝夏阳努嘴,示意他离开。因为这时候夏阳终于打完了那个像某些庸人与同样是庸人的情人互相煽情的煲粥电话,这个电话打得太久了。

夏阳看到了朋友的那个动作,但是脚步没有挪开一寸。就在这时,一个声音高叫着。

"茶壶盖!"这声音伴随着鼾声,打鼾的摊主的头依旧埋在胳膊里。

"多少钱?"夏阳继续秉持着他固有的沉重与冷静。

"150!"摊主抬起头,尽量给人一个睡眼惺忪的感觉,甚至还夸张地伸了一个懒腰。

"就一个仿制的、劣质的茶壶盖,就要150?"仗着夏阳在场,我斗胆说了一句。

"我卖的是古玩,一个茶壶没了盖谁还要?"摊主脸上没有丝毫笑容。

"我们把它买来,你要几多钱?"刘国芳说,"我这人非常爽快。"

雪弟在思考和怀想的时候,老是习惯弯着一条腿用脚在地上颠着,同时皱着眉头、微微地眯缝着眼睛,头往略微靠右的方向上扬。雪弟这样在一旁看着摊主,"我们也不是故意的,我们赔你钱,可不是那个价,价位太高,我们不……不……能接受啊!"

最后,临到夏阳。他掏出一根香烟,自个儿抽起来。同时,将那个劣质茶壶和那个其实只是擦破了一点边沿的茶壶盖放在手心,翻来覆去地看。看过之后,他从容地从皮夹克的口袋里掏出50元钱对摊主说,"同意的话,拿着。不要,我立马走人!"

摊主霍地站了起来,立马接过钱,同时给了夏阳一个夸张的、表情复杂的微笑。

夏阳脸上依旧是先前的本真,并对摊主说道:"有句话,我要跟兄弟说清楚。你的茶壶盖肯定放在容易被像我这样漫不经心打电话或是在摊位跟前毛手毛脚的人随时可能碰翻的地方。老实说,你这样做人不厚道。相信你以后会为这件事后悔的。"

听了这句话,摊主昂起了头,脸色变得有些难看。

离开摊位后,夏阳把这个茶壶送给了刘国芳。之后,对我们说了以下的话。

"理解,我当年摆摊替人算命时也干过类似的勾当。一位长得瘦挑、看上去像个学者的人在委屈地掏给我赔偿的钱的时候,也说了这句话。于是,我扔掉了那副墨镜,砸了那根拐杖。之后,我开始经商,忙碌之余,敲击键盘开始写我从小就心仪的小小说。小小说让我的人生有了凝重的色彩。"

这让我想起了刘国芳的一篇写夏阳的小小说。

在读了夏阳的小小说集《马不停蹄的忧伤》之后,我发现他小小说的主题和他笔下的人物都存有一个夏阳的影子。

从心灵到境界……

镜破不改光,兰死不改香。

——孟郊

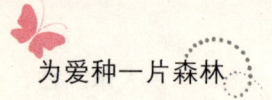

为爱种一片森林

率真、深邃与执着

有时他独自一人坐在那儿对着眼前的景物凝视，有时三五成群地与朋友在一起海阔天空地聊天。有时，他也与在田间耕作的农夫招呼，与在河滩上放牧的孩童逗趣，与河边洗衣的村妇搭讪……

在红杜鹃盛开的山坡上，在长满油菜花的金黄的田野里，在枫叶红遍的深秋，在骄阳似火的盛夏，生活在抚河边的人们经常可以看到一位年纪五十开外，骑着一辆摩托车，来自城里却衣着朴素、说话随和的男子。有时他独自一人坐在那儿对着眼前的景物凝视，有时三五成群地与朋友在一起海阔天空地聊天。有时，他也与在田间耕作的农夫打招呼，与在河滩上放牧的孩童逗趣，与河边洗衣的村妇搭讪……这个人就是被人们称为中国小小说界的常青树的著名作家刘国芳。

刘国芳中等个头，身体结实，棱角分明的脸上镶嵌着一双深邃、睿智的眼睛。这位脚踏赣东红土地、喝着抚河水长大的抚州汉子，在文学创作，特别是小小说创作上取得了傲人的成就，迄今为止，他已经出版了15本个人小小说专集，刊载过他小小说的报刊、杂志、书籍保守地估计也超过万余种。作品的数量和创作艺术水平在全国均产生非常大的影响。曾光荣地获得首届小小说"金麻雀"奖的刘国芳在中国小小说界赫赫有名，他用小小说这一文体在新的历史时期为"才子之乡"续写了新的辉煌。

如今已经是抚州市文联副主席、市作家协会主席的刘国芳20年来为

小小说界奉献了自己全部的心血。迄今为止，他已经在全国近1000家报刊上发表了2000多篇小小说，其中有超过一半被选载或收入集子，有的被翻译到海外，成为韩国等地大中学生的教材。这在全国都是不多见的。基于此，他还是被美国某大学指派到中国专门研究小小说创作这一课题的专家、教授重点找寻并"浓墨重彩"地加以渲染的其中之一。

刘国芳的名字与中国的小小说事业紧密联系在一起的同时，也为抚州乃至江西的文学创作事业燃起了一把熊熊不熄的火焰。就是这样一位不轻易与人结交却对熟悉的朋友热情、率真、随和的作家，生活的方式却极为简单。咬一根甘蔗、喝一碗豆浆、炒一碗米粉就可以算作朋友对他的热情款待。但是，到有风景的地方游玩，没事的时候邀几个文友游泳，他却乐此不疲。

我生活的东乡离抚州也就40分钟的车程，刘国芳经常来东乡与我们小聚。我们或是去黎圩的古村，或是去西隐寺、吉和塔，也去龙虎山、龟峰和万年的神农宫。他也因此与东乡的作者结下了深厚的友情。

就是这样一位名闻遐迩的作家，在与朋友相处时丝毫也不让人觉得拘谨，甚至，他的一些毫不遮掩的心语，那份只有真诚的朋友之间才表现得随意抑或调侃，常常透露出他那份源自血液的真性情。他长期生活在都市，在文学艺术界也结识了不少朋友，但对曾经有过接触的业余作者他都一直在心里惦记着，且多年未曾淡忘。曾有不少小小说爱好者抱怨刘国芳"架子大"，没有给他们回信。对此，我原来也有同感。后来，我才知道他不怎么喜欢写信。其实，那些给他写信、求教的作者名字他都记得，并尽可能在他的小小说网站中回复。

近年来，小小说有下滑的趋势，他除自己执着地耕耘之外，总是利用开笔会等一切机会发现、培养小小说新人。在与文学爱好者相聚时，他总是毫不保留地畅谈他的创作经验：从题材到构思，从一次生活经历到一篇小小说成型，让人直观感受，从中受益。他还常常把他熟悉和信任的报刊、编辑推荐给文学爱好者，或是推荐文学爱好者的作品在报刊发表。他以他那份深邃的真诚维系着自己挚爱的小小说事业。对于我们也总是叮咛、嘱咐与鼓励，希望我们一同为他心爱的小小说事业打拼。

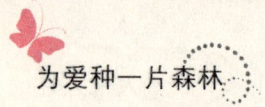

说实话，在全国，像他这样写了几十年小小说，已经到了一定的境界和层次，如今仍坚持在写小小说的人几乎不多了。读他的小小说，你会觉得"故事简单""寓意深刻""意想不到"又在"情理之中"，细微之中隐含款款深情。他的作品无论是表现亲情、友情，还是哲理、讥讽，无不体现他思想和灵魂的睿智、大度、深邃与空灵。显然，他是用"真心"在诉说，是用"大爱"在诠释，透过他笔下不断涌出的文字，我们可以窥见他埋藏心里的那一片灿烂的阳光……

刘国芳，一位热爱生活的汉子，一位为小小说事业虔诚付出的作家，一位一直希望用文字净化心灵，渴望景色更美的抚州才子。期待他深邃、睿智的目光里有更多美好的发现……

人生有两出悲剧：一是万念俱灰，另一是踌躇满志。

——萧伯纳

行走在小小说的风景里

一个外乡人,把自己曾经驻足的地方都当作故土,费尽心思地为当地的作者写评论、造声势,将那儿刚刚冒出的点点星火不断吹旺,最后成为熊熊烈焰。这是一种品格,一种境界。

  第一次见到雪弟,是在2007年抚州举办的"江西微型小说高峰论坛"上,那时的雪弟还在东华理工大学中文系执教,也是这次论坛的组织者之一。他给我的感觉是年轻、帅气、热情、深沉。有人说,别看他年纪不大,可已经是全国著名的小小说评论家,就凭这点我们也应该从心底对他表示敬佩。事实上,他没有之前我们在心里定位的"专家"的架势和清高。雪弟是随和、朴素和容易使人接近的,而且在任何场合都尊重他人。无论你职位高低、成就大小,他一样接近你、尽可能与你交流和亲近。在论坛上听了他对小小说的"高谈阔论"之后,我对他的崇敬随之倍增。也从那一次起,抚州的小小说作者彼此熟悉、互相沟通,形成合力,形成团队。再之后,便有了江西小小说作者的抚州"棠阴笔会"、宜春"奉新笔会"和南昌"罗家笔会"。三次笔会之后,江西的小小说创作热情被带动起来了。这位手执教棒、看上去温文尔雅、似乎不是很善辞令却满腹经纶的雪弟自然成为了江西小小说作者共同的朋友。

  后来,我才知道,这位满腔热忱为江西小小说奔走呼号的"才子"并非抚州本地人,他的老家在安徽。据他自己介绍,雪弟的笔名源于他有一个小名叫"雪"的姐姐。几次笔会后,我这个在小小说界名不见经传的作者与年纪比我小,职务、成就都比我大的小小说评论家雪弟就熟悉了。加上有一段时间,他常从东乡搭火车去金华,接触的机会便多起来。

有一次,已调到东华理工学院南昌分校的雪弟要去金华。那天下午,雪弟从南昌赶回抚州,又从抚州匆匆赶到东乡,到东乡时已是傍晚时分。我们一起吃了晚饭,看时间还早,彼此又想多一些时间聊聊,就没有让他打的士去火车站,我提出用我上班的自行车载他去车站,没想到他爽快地答应了。我们一边骑车一边聊着往车站走。上一个并不太陡的斜坡时,坐在后位的雪弟突然问:"汪老师,累不?要不,我下来。"我说,"你不就100来斤?没事。"我们就这样往位于县城西南方向的火车站继续赶。其间,他又说,这情形让他想起了小时候哥哥骑自行车载他去上学的日子,还说,我弓着背蹬自行车的情形挺像他哥哥。后来,雪弟为我的小小说写了一篇评论,开篇就谈及了这件事。说东乡当时的火车站因站楼低矮,站前搭建杂乱无章,票贩、的士拉客宰客,并且他也曾被宰过,因而对东乡没有留下什么好的印象,致使后来每次来东乡都觉得有一股寒意漫上心头。后来由于认识了我这个朋友,尤其是坐了一回我这个"大哥"的自行车后,东乡便变得温暖和温馨起来。这段话被原封不动地登在许多报刊上。就这段话,把我这个在东乡似乎毫不起眼的小人物的"身价"无形中提高了数十倍,一个作家的一次"壮举"竟然与一个有着15万人口、国民生产总值据称是全市第一的东乡县的"外部形象"直接挂钩。有文友看过文章后给我打来电话说,一滴水可以映出太阳的光辉,一个细节同样可以改变一个人对一座城市的印象。我听了心里有点"飘飘然"。基于此,这些年,为了巩固业已形成的"高大伟岸"的形象,我总是时时处处检点自己的言行,在心底尽可能剔除贪念与欲望,尽可能不因为我这个东乡人一时的迷失而让十几万东乡的子像跟着某些贪官一样蒙羞。

雪弟说,他原本是可以在仕途上发展的,因为爱着文学、爱着小小说,所以就主动辞去了一个在省直属部门工作的机会,而选择在高校做老师。这些年,他辗转东西,无论在哪儿驻足,都满腔热忱地为小小说呐喊欢呼,为小小说作者彼此相识、交流搭建平台,为地域小小说的发展建言

第三辑 人来人往

支招。一个外乡人，把自己曾经驻足的地方都当作故土，费尽心思地为当地的作者写评论、造声势，将那儿刚刚冒出的点点星火不断吹旺，最后成为熊熊烈焰。这是一种品格，一种境界。

雪弟，一个待人真诚、处事坦然的人，一个总在四方行走、总在结交小小说作者的人，自然有其他人望尘莫及的人缘。从娇声欲滴的痴情才女到崭露头角的文学新人，甚至作家圈内的巨匠泰斗，都有不少与他打过交道的，尤其是全国大部分的小小说作者几乎都与雪弟成为了朋友、甚至至交，他的名字已经与中国的小小说密不可分。

可生活中的雪弟依旧是一个凡人。当他背着个帆布包，独自一人站在有列车呼啸而过的站台，行走在有山、有水、有古建筑风景的旅途中时，他总是思想清纯、境界散淡、信念辽远……没有畸形官场文化的荼毒，没有当下一些文人的浮躁与矜持，有的只是与身边的风景彼此同行或是擦肩而过的印痕。斑斑点点，或浓或淡，都成为映照心灵的"镜像"。

这就是雪弟，一个像美国的穆爱莉教授一样脚穿布鞋、肩背行囊为小小说这片美丽的风景着色洗尘的人。

静下心来，我常常想起雪弟，想起他思索时的样子。这时候，耳畔隐隐传来他那带有安徽口音并且讲话时略有些急促的声音……

人的生命，似洪水奔流，不遇着岛屿和暗礁，难以激起美丽的浪花。
——亚历山大·尼古拉耶维奇·奥斯特洛夫斯基

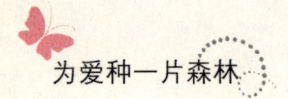

为爱种一片森林

心怀阳光

快乐是源自心灵的。心里有阳光的人不仅自己快乐,同时也能将快乐传递到他人身上。他就是这样一个人,他与大家同欢笑、同分享。

有的人一成为领导就变得高傲冷漠,仿佛这样才有威严,才会受人尊重。其实,在世风日下,官场文化媚俗,官衔早已被铜臭化的今日,这种传统的思维定势只能是其心虚和浮躁的表现。因而也有跻身官场、身居高位但为人随和,从容淡泊,与部下拉近距离,对谁都一样尊重和信任的人。让人与之亲近的同时,感受一份关爱,体会一份温暖。因为种种原因,我曾在多个单位工作过,并先后接触过多位领导,我觉得法院院长周明文就是这样一个人。

看上去大腹便便,一笑双眼就眯成一条缝的周明文院长是我直接接触过的十多位领导之一。这十多位领导有小学校长、企业老板,也有金融部门的头儿。虽然我都一样用真诚敬仰他们,用微笑面对他们,用文字美化他们,用寻常的心态与之交往,虽然绝大多数领导都对我信任、关爱和尊重,但为人随和、坦诚和大度的应该只有周明文院长。

作为法院领导,工作中他严格要求、树立威信,生活中却是一个平易近人、淡定随和的人。工作之余,他可以跟班子成员逗趣,跟法官调侃,跟我们这些聘用的工作人员攀谈,语言诙谐幽默,常常让人忍俊不禁。这

在拉近彼此距离的同时，也了解我们内心的喜忧。面对一个心无城府、心怀阳光的领导，我们当然也一样敞开心扉，回敬他崇敬和信任。

在接待室，我们常常看见他与心有委屈、口有怨言的当事人心平气和地交流，哪怕有许多问题因为客观原因和体制缺失一时无法解决，至少让人倾吐了不快，倾诉了心声，给人些许安慰。现在不少部门、不少领导为避免见到人民群众，都关门办公，门外装门，安排人把守，甚至无端撒谎，故意将人拒之门外。他能这样坦然地面对群众，应该算是不错的，在东乡任职五六年几乎没有出现当事人指名道姓的谩骂、围攻或是指责的现象。哪怕在大院的台阶上，若是有当事人找他问事说理，他也总是即刻停住脚步耐着性子让人把话说完。

他曾多次对法官说过这样一句话："我见不得弱势群体流眼泪，他们不会平白无故地流泪，流泪了说明他们心里有苦楚，手里有难处。老百姓的要求都不高，我们能办到的事一定要及时帮他们办，办不了的事耐心地做好解释工作。我也是农村出来的，以前也是穷人家的孩子，知道求人办事的难处。"据说，他上中学时，家境也不富裕，家住东乡的姑父曾经几次去学校看他，离开的时候，曾给过他一些零花钱。来东乡工作后，他几次登门看望姑父。姑父家建房时，他多次到现场查看。但姑父的几个孩子在街上开饮食店、摆夜宵摊，他没有利用职权为他们牟取半点私利。

他总是以一个平民的心态走进真实的生活。单位组织各种活动他总是带头参加，到扶贫挂点单位抗洪抢险他总是亲临一线，县里组织副科级领导干部参加植树造林，他常常出现在法院的团队之中。在走访城镇贫困户时，他穿大街、过小巷来到特困家庭之中，在一对多年瘫痪在床的夫妻床前，他与他们握手寒暄，让两位老工人感动不已。

周明文说，人是要有精神的。为了提振精神，他想了许多法子：大力开展法院文化建设，组织法官出门旅游，举办各类竞赛活动，让法官陶冶情操的同时增强了团队精神，增强了法院集体的凝聚力和荣誉感。他任院长期间，我这个宣传员曾出门"参观学习"了两次，一次是陕西西安、延安，一次是江苏、浙江、上海。两次出门不仅让我参观了我敬仰的革命圣地和心仪许久的景点，同时让我写出了一大批散文并在报刊发表。

快乐是源自心灵的。心里有阳光的人不仅自己快乐，同时也能将快乐传递到他人身上。周明文就是这样一个人，他与大家同欢笑、同分享。在餐桌上，他的幽默常常叫人捧腹大笑，他把法院当成一个温馨的家，把每位下属都当作家庭里平等的一员，没有居高临下，也不发号施令。与他外出办事，随行的人都觉得轻松愉快。

东乡法院办公大楼几经搬迁，新大楼竣工，凝结了他一份辛勤的汗水。为上首都跑资金，他和工作人员一同挤火车，一坐就是20来个小时。到了北京，他这个"胖子"几乎站都站不稳了。可即便是这样，他还是眯着他那双慈善可亲的眼睛一个劲地说着笑话，似乎这样才可以消除疲劳，焕发精神。

周院长的幽默、逗趣是出了名的。每次我去他办公室，只要一进门，他头一句话便是："汪记者，又来报发票来了？"我赶紧说："是哦！我是'无事不登三宝殿'。"说完，他就拿起笔迅速帮我签了。一边签，一边还不忘逗趣："老实说，得了多少回扣？"我说："总共才400块钱，总不能回扣了420吧？"他笑笑说："你家伙我知道，没这个胆，也不是这个人。我是跟你开玩笑。"我说："我知道。"

由于法院聘用人员的工资都不高，为了生计，我在另一个单位兼职。周院长有事找我时就让分管领导给我打电话。接到通知后，我屁颠屁颠地骑着那辆跟了我好几年的旧自行车往法院赶，等来到他位于三楼的办公室时常常气喘吁吁。这时，哪怕等再久，他也从不指责，而是耐着性子以商量的口气交代我要做的事情。2011年，教育系统人员归队，他多次给局领导打电话，要把我留下来。有一次在南昌开会，在得知教育局局长对我被"借用"到法院的事持异议时，他连夜又跟局长通了电话。这让我十分感动。

无论在什么场合，他总是夸我文章写得好。他也曾多次以出题、出点子的方式帮助我写法院的宣传文章，这些文章常常能见报。一个能为写文章的人出题目、出点子的人显然有一定的写作功底，基于此，他才会对写文章的人信任和尊重。

有一次，院里来了市、县有关部门的领导，周院长向对方一一介绍院

里在场的班子成员。当时,我正在他后面为现场拍照。没想到,他介绍完院里的领导之后,竟然回过身来,指着我对他们说:"这位是我们法院的秀才,是一位出了几本书的作家。"于是,在场的领导都把目光投向我,我顿时感觉受宠若惊。说实话,这是一个特例。我从事文秘工作十多年,被领导介绍还是第一次。我是一个不喜欢出风头的人,但是,这个细节本身是对一个草根文人的认可。

心里有阳光,心态就年轻。希望这位有着平民心态的法院院长一直如童心这样单纯、美好……

现实是此岸,理想是彼岸,中间隔着湍急的河流,行动则是架在河上的桥梁。

——克雷洛夫

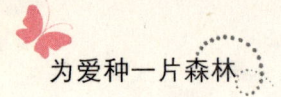

为爱种一片森林

种　子

卖糖葫芦的时候，头上戴的还是那顶脏兮兮的破帽子，脚上穿的还是那双露脚丫子的破鞋子。只是一天到晚肩上扛着个稻草棒槌，棒槌上别着用红枣、苹果串好的糖葫芦。

有时候，我仿佛觉得舅舅他其实就是一粒种子。

印象中，他老是背着一个装满种子的布包不分昼夜地在大山里走着。

从前，位于大山里的山民几乎都过着与世隔绝的生活。他们靠伐木烧炭、种菇摘笋过日子。太阳从东边的树林里渐渐升起，又在西边树林里落下，能看得到的就那么一块天空。下山的道路陡峭而狭窄，一不留神便会跌进深沟……

舅舅从大山里回来时老这么对大家说。

舅舅是去山里向山民卖萝卜种子的。那座大山名大觉山，是武夷山的一个分支，海拔有多高，舅舅他们也不知道。只是听人说，从西边上山到山顶有7里路，再从山顶到山民住的地方有8里，一上一下加起来15里。山里人家，村子都不大，居住也很分散，有时从这个村到那个村，得走几十里山路。舅舅一个人低着头在林子里走着，头上看不到天，脚下的路坑坑洼洼、悬崖笔陡，一不小心就可能坠入峡谷深涧。可他一个60多岁的外乡人却老是背着个包晃晃悠悠地走着，从夕阳走进月色，从星光走到黎明。

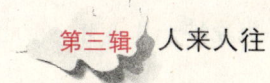

即便是出门做买卖,他还是头戴一顶灰色的、满是尘土的布毡帽,脚穿一双露出脚趾头的解放鞋。衣服破破烂烂,有时扣子也对不齐,总给人以拖沓、猥琐的形象。加上说话、做事慢腾腾的,给人的感觉是四棍子都打不出个闷屁来。

可就是他,一连十来年,在这一带的山中这么独来独往。尽管也掉进过深沟,也曾因口渴找水喝在山里迷了路,甚至半夜三更与山豹一前一后走了几个小时山路,可每一次他都平平安安回了家。

萝卜是东乡的一大特产,中秋前后下种,年底就可收获。从泥土里刚拔出来的萝卜个大、皮薄、肉嫩,生吃感觉水汪汪的,清炒更是一道泻火润肺的好菜。萝卜好吃,种子难留。怕麻烦的都喜欢到集市上买几两种子。舅舅就做零打细算卖萝卜种子的小生意,而且做了有一些年头。

山里人的庄稼地都只有巴掌那么大,加上水冷、泥脚深,又缺少阳光,因而大多比较贫瘠。除种些水稻、栽些烟叶之外,几乎种不了什么时令蔬菜。舅舅在集市上认识了一个卖香菇的山里人,他蛊惑舅舅到山里去卖萝卜种子。舅舅琢磨了一个晚上,第二天还真的跟那个山里人进了大山。起初大家都不买他的种子,他慢条斯理地劝说,好说歹说之后总算有人说话了:"老张,这样吧,我用笋干换你的种子行吗?"舅舅不慌不忙地吸完一袋烟之后,答应了:"你要换就换吧!"第一笔生意就这样做成了。

有时碰到老实人他也会趁机卖个高价,然后像卖胡椒的人一样,从布袋里小心翼翼地捏出一小撮萝卜种子郑重其事地放在人家的掌心里。花了本钱的种子,人家还不在施肥、管理上郑重其事?所以,长出来的萝卜自然个头大,肉质嫩。

山里人淳朴,好坏都记在心里。第二年,他再去的时候,买他种子的人可多呢!

几年下来生意越做越大,舅舅挣了不少钱。

不过,他也被惊吓过几回。一天,他像往常一样在月色朦胧的山林里走着。忽然,看见前面有一个穿着白衣白裤、披头散发的女鬼,细听那女鬼还发出阴冷凄惨的哀叹。山里人常把去世的人葬在路边,就是白天见到这样阴森森的场面也让人害怕,可他一点也不在乎。他一边继续往前面走,一边问:"前面是人是鬼你说话,别吓唬我。"这一说,影子果然停了下来，可是就在与他靠近的一刹那，影子突然将他拽住了。舅舅感觉她的手有温度，猜想她是个精神失常的女人，便给了她一个面包，叮嘱她早点回家。还有一回，也是夜里，他走累了，打算在一块光溜溜的石头上歇息。刚坐下，觉得身子在挪动，用手一摸冰凉冰凉的，原来他坐在一条正在蠕动的大蟒蛇身上。

"哎哟，山神爷你怎么打这里经过，我算是冒犯你了。"舅舅说这话的时候，心里很平静。

可也有不平静的时候。

有一回，他从山里回来，路过离家不远的一个村子。当时，天刚蒙蒙亮，突然从树林里蹿出几个蒙面的毛贼。毛贼手里拿着家伙，显然是要抢他的钱。舅舅煞有介事地说："孽畜，天都亮了，还出来吓人？"毛贼说："别废话，我们是人，还不快把包给我！"他假装没听见继续走："我一个叫花子穿得这么破烂，哪还有钱？"毛贼一把夺过布包掏了一遍，除了一条汗巾什么也没有，又动手脱下他的鞋子里里外外地摸。摸了半天，还是一无所获，最后毛贼灰溜溜地散了。

毛贼走远了，舅舅慢条斯理地把那顶脏兮兮的帽子取下来，用手捏了捏发现钱还在，不由得笑了。心里说："我张爷山神都见过，还怕你们几个小鬼？"

出这事之后，舅舅就没有再去山里卖种子，改卖糖葫芦了。卖糖葫芦的时候，头上戴的还是那顶脏兮兮的破帽子，脚上穿的还是那双露脚丫子的破鞋子。只是一天到晚肩上扛着个稻草棒槌，棒槌上别着用红枣、苹果串好的糖葫芦。就是这些糖葫芦，这些年来补贴了一家人的用度。

如今，舅舅快80岁了，只要天气暖和，他还经常出门卖他的糖葫芦。

今年春节，我们去他家时，舅母拿出他背了十多年的布包。翻开布包，看见里面还残存着几粒种子……

人的价值是由自己决定的。

——卢梭

心 禅

定禅法师身居净土,一心向佛,以经静心、以禅净身,虔诚诵经,彻夜跪拜,诠释了一位出家人的忠诚、执着和坚毅。法师的一生就像莲花一样圣洁,像江河一样大度。

"一花一世界,一叶一如来,春来花自青,秋至叶飘零,无穷般若心自在,语默动静体自然。"这是仓央嘉措的名句。万念俱灰,遁入空门,从此青灯木鱼,莲花洁心。多少高僧,为了那份圣洁,在寂静的深山固守那份寂寞,在庄严的佛堂厮守那份宁静。烛光下,手持念珠盘腿打坐,心无旁骛地默诵着佛号;夜深人静时,翻卷经书之后,依旧在蹙眉悟道。通往古寺名刹的千层阶梯上,曾经残存着佛门弟子双脚留下的殷红的血迹;如来圣像前,无数居士的膝盖磨破了一个又一个稻草做成的垫子。几十年如一日,潜心修炼,最终方成正果,功德圆满,善心可人,其诚感人。

中华大地,朗朗乾坤,寺院遍布;从古至今,高僧无数,英明长存。如当代的赵朴初、一成大师、星云大师……他们在国人心中定格成一种信念、一种境界、一种景仰。然而,在我生活着的地方——江西东乡也有一位德高望重、佛门留名的高僧。他就是定禅法师。

祖籍湖北省江陵县、1013年生于上海的老居士黄念祖在其著作《当代往生记实十例》一书中,开篇便记录了定禅法师的往生经历。黄老居士法号莲华龙尊，一生虔诚信佛，潜心研究佛学。几十年下来，佛学著作颇丰，著名的有《净土资粮》《谷向集》《华严念佛三昧论讲记》《心声录》《大经白话解》等。

黄老居士在《当代往生记实十例》一书中对定禅法师的往生情况作了介绍。

原来，江苏苏州市吴中区有一座山叫灵岩山，山上有一座建于宋代的寺庙，名叫灵岩山寺。灵岩山寺，又称灵岩寺、崇报禅寺，是江南一处著名净土宗道场，为汉族地区佛教全国重点寺院之一。相传，该寺最先为曾在灵岩山居住的东晋司空陆玩建造。弘治年间被毁，清顺治六年，三峰弟子弘储扩建，取名为"崇报禅寺"，后又毁。民国十五年，真达和尚请印光法师把灵岩山寺开辟为十方净土道场，由禅宗改为净土宗。经印光法师订立"寺观五条"，灵岩山寺从此得到大规模发展。现为江南最著名的净土宗道场。

定禅法师生于1904年，出家之前俗名叫饶志平，江西东乡县人。他因家中贫困，小小年纪就出家做了和尚，投奔江苏苏州的灵岩山寺。为寺内了然、德森二位老法师护关多年，深受两位老法师的言传身教。在两位老法师的影响下，定禅法师对佛理的领悟也愈加深刻。

定禅法师一生专持"南无阿弥陀佛"六字洪名，常住念佛堂。除每日日间上殿念佛外，晚上也要将佛经置于案头，跪地诵念，时至夜深，且数十年如一日，持之以恒，实属难能可贵。

1982年6月9日，时年79岁的定禅法师突然因病卧床。十来天他神志清爽，不觉病苦，病中还像平日一样念佛、拜佛，且更加虔诚用功，直到生命的最后一息。其间，由寺中的善庆、悟光、庚辛三位师僧相伴，定禅法师对佛的诚心让三位师僧感动。定禅法师圆寂的那天，善庆等三位师僧忽见屋内一道白光，遂请诸师一同为其转世祈福。及至中夜，一道白光，乘空而去，定禅法师随即往生。

这时，善庆等三位师僧忽然听到幽深的天空传来阵阵悦耳的佛声，仿佛在为定禅法师哀悼。第二天，众僧将定禅法师的遗体移到火化场焚化。法师的骨灰被带回到寺庙时，天空中又传来僧侣的念佛声，且音韵和谐，

由近及远。

当时，居士黄念祖在场，他也听到这来自天国的念佛声。念佛诵经的声音持续数分钟后，才渐渐消失。这让寺内住持和众僧都觉得意外。

更为惊奇的是，定禅法师火化后，有人从他的骨灰中发现了坚固子数粒，舍利花数十粒，这些只有德行修到真份上才能产生的佛家宝物十分珍贵。定禅法师的这些宝物后来由演性、一无二位法师悉心收集，供奉于该寺藏经楼。

东乡建县已有500年的历史，在这块富庶的土地上，曾经孕育了不少名人才俊。如文学家吴伯宗、艾南英、吴嵩梁，改革家王安石，革命家、书法家舒同，以及勤政亲民、名留青史的县官涂官俊……他们都是东乡人民的骄傲。

定禅法师身居净土，一心向佛，以经静心、以禅净身，虔诚诵经，彻夜跪拜，诠释了一位出家人的忠诚、执着和坚毅。法师的一生就像莲花一样圣洁，像江河一样大度。因而，圆寂时，英灵随佛光飘至天庭，真身焚化留下珍贵的舍利。这是佛门子弟功德圆满的标志，远非一般出家人所能及。

人活在世上，有多种追求，也有多种贪求。因而，对生活、享乐、品格的理解和态度就有异同。东乡区位优势明显，经商氛围浓烈，有钱的、有权的不少。然而，他们为脚下的土地、身边的乡亲鞠过几次躬，洒过几滴汗？生在东乡，喝过家乡的水，离开东乡依旧是东乡的魂灵，都应该为东乡添光涂彩。像100年前的县官涂官俊，把东乡的英名远播到古都西安的皇城脚下；像高僧定禅法师把大度大德定格在江南天堂——苏州。遗憾的是他们的英名在其家乡几乎无人知晓。好在现在网络发达、信息交流便利，包括县官涂官俊在内，早已被人整理资料在网上上传，才让我这个"有心人"得以知晓并有感而发，形成此文。弘扬和纪念他们的同时，让世人，特别是家乡父老知晓。新修《东乡县志》已将涂官俊的相关史料及时补入，这位在陕西咸阳、泾阳等县深受县民怀念的"七品县官"自然也将备受家乡父老的崇敬。

同样可以告慰高僧定禅法师的是：在县城东南3公里的罗汉岭山下新

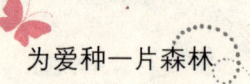

为爱种一片森林

建了一座"西隐寺"。庄严宏伟的西隐寺寺庙的后山上,建有一座气势恢宏的佛塔——吉和塔。

如今,这里香火不断,朝拜者甚众。相信有一天,定禅大师定会魂归故里……

燧石受到的敲打越厉害,发出的光就越灿烂。

——卢梭

涂官俊亲民勤政留青史

在陕西泾阳等县当了十几年县令的涂官俊，任内亲民勤政、鞠躬尽瘁，深受百姓爱戴，死后人民争相送葬，并捐资建祠祭祀。

  素称"赣东门户"的东乡自明正德七年（1512年）建县以来已有近500年的历史。在这块充满灵气的热土上自古至今名人辈出，光耀神州。北宋杰出的政治家、文学家、思想家王安石，明洪武四年状元、史学家吴伯宗，晚明爱国文人、名噪一时的"抚州四大才子"之一的艾南英，清代西江诗派传承人吴嵩梁，当代书法家、书法字体被输入电脑继而被广泛使用的"舒体"字的创始人、被毛泽东誉为"红军书法家""党内一支笔"的无产阶级革命家舒同……这些名字让人铭记，他们用各自不同的形式以及所作出的杰出贡献为东乡增添了无限的光彩。除此之外，还有一位在陕西泾阳等县当了十几年县令的涂官俊，任内亲民勤政、鞠躬尽瘁，深受百姓爱戴，死后人民争相送葬，并捐资建祠祭祀。其事迹于1902年列入国史馆《循吏传》一书，可谓名垂青史。

  陕西《咸阳市志》"古今大事"一栏中这样记载：涂官俊，江西东乡人氏，光绪二年（1876年）考取进士，光绪二十年前后任陕西泾阳知县。期间，因率领泾阳县民众凿渠蓄水、积粮抗旱多日，积劳成疾，于1895年十月初二去世。安葬时，县城、云阳百姓倾巢而出，争相为之送行，感恩之情化作沉痛之泪。随后，他担任过县令的富平、泾县、长安、宜君等县百姓纷纷为涂官俊竖碑立祠。其事迹载入国史《循吏传》。

　　通过《循吏传》中《清史稿》卷四百七十九，列传二百六十六一节中对涂官俊的概述，大致是这样的：涂官俊，字劭卿，江西东乡人。光绪二年考取进士，官拜知县，调往陕西，先后在临近西安、隶属于咸阳的富平、泾县、长安等县当过知县。补任宜君县令时，他率领县民养蚕栽桑、兴修水利，政绩卓著。由于这一带接近陕北高原，山势高耸，土地贫瘠，民风淳朴，以前到任的官员面对穷山恶水大多束手无策，故而业绩平平。涂官俊到任后，"劝民桑、兴水利"，造出稻田数百亩。为了解民情，他常常深入乡村、田头，与百姓促膝谈心，一来二去百姓都把他当成自家人。调任泾阳县任县令后，政绩更加显著。其实，他刚到任时，泾阳境内并不太平。于是他冥思苦想，最后想出了许多办法：首先清理积案，他废寝忘食，在很短的时间内及时审结遗留案件1000余件；接着，恢复和规范政令、法纪，使得泾县第二年便面貌大变。为使泾阳百姓过上好日子，他又开始琢磨。经了解，泾阳境内有一条龙洞渠，多年未经清淤而造成堵塞。涂官俊得知这一情况后，提出对龙洞渠进行清理拓宽的设想，大家都认为用人工去开凿难度很大，不太赞同，而他却坚持这么做。在水渠疏浚过程中，他亲临现场负责施工。发现遇有险境的地方，他就派民工搭梯子下去施工。工程竣工后，水的流量果然增加了1/3。紧接着他又在清淤治理过的河畔修复了两条水渠。在这些水渠不能到达的地方，他又鼓励农民打井备用。一时间，泾阳县内增加水井500余口，一举解决了缺水这一难题。庄稼无干旱之忧，粮食也获得丰收，老百姓都非常高兴。可能是过去一直没有余粮，泾阳的老百姓不知道存储粮食，官仓里积存的粮食寥寥无几。为"积谷备荒"，涂官俊发布命令要求大家设仓存粮，以备灾年。涂官俊常对老百姓说，不能满足于眼前，要防备欠收的时候。为储足官粮，他亲自到各乡动员老百姓向县衙捐献粮食，并严格管理，依法收放，任何人都不能擅自动用。百姓被他的真诚感动，都争先恐后地向官府捐献，一时间，官仓的储粮堆积如山。果然，光绪十九年（1894），泾阳境内就遇到大旱绝收，别的地方饿死了不少人，泾阳县百姓却存活了下来。之后，陕

西咸阳一带连续几年干旱，为使泾阳百姓渡过难关，涂官俊开启官仓发放余粮，同时提议朝廷拨付麦子、大豆等粗粮接济泾阳百姓。为了加强管理，他派人逐一登记人口，层层建立隶属管理级别，同时加大治安力度，及时捕获作奸犯科的人员。这之后，泾阳境内天下太平，百姓无忧。为提高泾阳百姓的文化素质，涂官俊一方面在官府设立公学堂，请来有才学的先生讲学，每日对前来求学的弟子讲习伦理、道德和与人们生活息息相关的课业，另一方面积极鼓励乡贤绅士开办免费的义塾，按设立的课程教学。涂官俊经常到学馆里了解情况，看望师生。像这样亲民爱民的事例还有很多。在咸阳下辖各县任县令期间，凡是对百姓有利的事，他都想方设法去做，且竭尽全力把它做好。正因为如此，这些地方的百姓对这位来自南方的县令既信服又崇敬。

光绪二十年，涂官俊因劳成疾。病情危急时，他还常常强打精神支撑着身子从病床上爬起来处理事务，临终前毅然捐献俸禄千金以资助泾阳的孤儿寡母。涂官俊去世时，百姓无不惋惜，纷纷前往灵堂吊唁，他的灵柩离开泾阳时，沿途百姓纷纷前来送行，队伍绵延数十里。遗体辗转千里最终在老家江西东乡县黎圩镇涂家村安葬，泾阳等地的百姓为了缅怀他的恩德，都自发捐款为其建祠，一时间在富平、泾县、长安、宜君等县先后出现"涂公祠"5座。其中，以当时为泾阳首富、与慈禧有过渊源、曾有诉案得到涂县令公断的安吴寡妇所建的"涂公祠"规模最大，其占地上百亩。每年的祭日，安吴寡妇所在的云阳镇百姓纷纷到"涂公祠"里去祭祀他。除"涂公祠"之外，在他任过县令的地方还建有碑亭。

时光逝去了百余年，至今，在陕西咸阳和他的家乡还流传着他勤政亲民的许多感人的传说……

正如恶劣的品质可以在幸运中暴露一样，最美好的品质也是在厄运中被显示的。
——培根

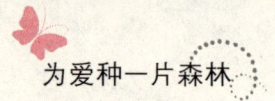

崇尚"师俭"

邱鸣泰一生都把"师俭"二字作为自己的座右铭,把洁身自好、清廉淡泊当作自己抵御金钱诱惑的锐利武器,做到常在河边走,终究不湿鞋。

近日,我在对东乡历史人物进行系统挖掘和研究的过程中,惊奇地发现生于清乾隆年间、官职山西巡抚的邱鸣泰不仅勤政亲民,而且立身行己、清廉节俭。他一直把西汉初时的丞相萧何作为自己崇拜的偶像,要求自己以这位历史上有名的廉相为榜样,清白做官,淡泊做人。后来,他还把自己的住宅取名为"师俭",目的是让后辈效仿萧何的清贫节俭。我觉得邱鸣泰以节俭为荣的品格是我们应该学习和传承的。

邱鸣泰8岁启蒙,后跟随父亲在其创办的私塾读书,从小表现出不凡的才气。13岁那年邱鸣泰的父亲突然病故,邱鸣泰抱着父亲号啕大哭。其母赵氏含着眼泪安慰邱鸣泰说,人死不能复生,你只有发奋读书,求取功名才是对父亲最好的回报。之后,邱鸣泰转向地方的名师吴士杭先生求学。家住红光新田村的吴士杭于乾隆六十年(1795年)考取举人,著有《芳紫草堂诗文钞》、《粤游草》等著作。他不仅文才高超、治学严谨,同时积极向他的弟子传授为人处世的道理。他常常教育邱鸣泰做人要低调、办事要公平,考取功名后要忠君爱民,了解人民的疾苦和需求,踏踏实实为民做好事、办实事。邱鸣泰牢记先生的教诲,在担任山西平陆县知县时，正值饥荒之年，境内饿死了不少民众。邱鸣泰到任后，想方设法弄来充饥的谷米，在境内人口较为集中的地段分设粥厂，每天安排专人负责熬粥让逃难的民众免费取食。平陆县发生瘟疫时，他深入重灾区，看望患难的民众，给他们以资助和安慰。他担任偏关县县令时，了解到这里几个地方地处沙漠无法耕种，却要按相同的标准上缴皇粮国税，以至于村民背井离乡、卖儿卖女。邱鸣泰为此多次向省府提议减免该地方的税赋。主管这一事务的官员怕别的地方效仿、不愿承担责任断然拒绝。邱鸣泰不甘心，一次一次地请求。偏关县的民众得知此事后都劝他别再说这件事，免得连累到他的前程。邱鸣泰说："我作为父母官，不能解除民众的疾苦我感到内疚啊！"几年后，与他有过交情的官员到任后，他不辞辛苦，再次赶往太原陈情，最终这个县的部分乡村的税赋得以减免。

邱鸣泰长期担任福建、安徽、山西等省的布政使，手中掌握着大量的钱物，却从不大手大脚。为了理财，他亲自到灾区勘验灾情，派出为人正直的部下亲自将赈灾款项送到救灾一线，以防地方官府、书吏从中克扣私吞。任期内，账目清楚，累积节省的钱粮多达数十万。

然而，他的生活却十分清贫。直到辞官后，他才在其家乡东乡县城用自己一生的积攒建了一栋极为普通的民宅，并给它取了一个名字叫"师俭"，意思是告诫自己和晚辈，要像著名的廉相萧何一样以节俭为荣，以清廉为本。

萧何生于公元前257年，今江苏丰县人。萧何年轻时曾经在沛县（今江苏沛县）担任过功曹（县里狱吏）一职。秦朝末年，萧何辅佐刘邦起义。楚汉战争时，他留守关中，对刘邦战胜项羽、汉朝建立起了重要作用。后又协助高祖消灭韩信、英布等异姓诸侯王。高祖死后，他辅佐惠帝。直到惠帝二年（前193年）才去世，谥号"文终侯"。萧何勤奋好学，思想机敏，不仅对历代律令颇有研究，而且崇尚淡泊。史书上说，萧何穿着朴素，不讲究吃喝，却对百姓的疾苦关怀备至。萧何一生勤俭节约，从不奢侈浪费。江苏丰县护城河东岸至今仍存有其故宅遗址，史料记载：萧何把房子建在丰县城内最偏远的地方，而且不设院墙，为的是让后代学习他的节俭。有人曾经问他为什么不考虑在繁华热闹的地方为自己建一栋豪华的私宅？萧何说："今后世贤，师吾俭；不贤，毋为势家所夺。"大意是说子孙贤惠，就不应该贪图先辈的遗产，而是从中学习和传承他节俭的风尚；如果子孙不肖，即使父辈留下高楼大厦也固守不住，甚至被人无辜侵占。

邱鸣泰一生都把"师俭"二字作为自己的座右铭，把洁身自好、清廉淡泊当作自己抵御金钱诱惑的锐利武器，做到常在河边走，终究不湿鞋。邱鸣泰六十岁生日前夕，亲朋好友、当地官员准备制作一块大匾，上面写上颂扬他的业绩的文字并打算在他生日那天送给他，邱鸣泰得知后，严肃地对他们说："我从小失去父亲，是朝廷给了我一份差事才让我得以安生。我自觉为朝廷和民众做得太少，而受到的俸禄褒奖却很多。为此我深感愧疚，还有何心情和脸面为自己歌功颂德呢？"就这样不仅功德匾被婉拒，他的寿宴也取消了。临终前，邱鸣泰还把孩子叫到床前，一再叮嘱他们过日子要节俭，要像他一样低调做人，清廉从事。

对比萧何和邱鸣泰，我们该有何感想呢？

给人幸福的不是身体上的好处，也不是财富，而是正直和谨慎。

——德谟可利特

第四辑

一瓣馨香

杜鹃花开或是白雪满山之时，也曾应邀和林花、云子、小雪她们在山间拍照合影。山间盈满我们纯真、质朴、清如山泉一般的话语与心声。

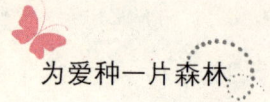

重拾散失在校园的记忆

春天,杜鹃花盛开时,孩子们都爱往山上跑。山上有野兰花,远远地就闻到芬芳,还有刚长出来的嫩嫩的红色树叶。一些爱花的女同学便把采来的花插在盛了水的玻璃瓶里放在教室的讲台上,或放在我的办公桌上。

  山脚下,有两排错开但却相互衔接的平房,四间教室,教室之间是老师的宿舍,离教室不远有一个简易的篮球场。从篮球场往前走一百米便有一座桥,桥下是一条小河。小河的两侧是一片稻田。远处,有一座座山,山势起伏,高低不一。从前,家住詹家、西岭、万塘、南源一带的村民到余江赶集都得从这儿经过。睡梦中,便传来独轮车吱呀呀地鸣唱和挑着沉甸甸的山货匆匆赶集的村民的脚步声。上学的时候,教室里、走廊上到处都是孩子;放学了,就只有几位老师的身影,既寂静又凄凉。这便是多年前我任教过的这所名叫"楼下高小"的乡村小学存留在我心灵深处的记忆。

  16年后,当我再次来到这儿时,许多景物已面目全非。其中的一排教室以及厨房等竟已荡然无存。另一排教室也只留下了一半,且窗门被弃,间墙穿洞,屋顶漏雨,衰败不堪。先前寸草不生、只裸露沙土的光滑的空地上早已长满了许多叫不出名字的杂草,潮湿淤积的草丛中有青蛙在跳,有小蝶在舞。

  我们曾住过的房间只有依稀可见的模样,我曾站过的讲台只有一面冷冰冰的墙。我20世纪90年代在这里任教时，倪家、楼下、坑塘三个村委会的两三百名四五年级的学生都在这里上学。1996年前后，该校拆分成三个村委会后，这所学校就不存在了。不知什么时候这里的房子被拆了，以至于变成今天这般模样。

我这么寻思的时候，心里不免有些失落。静下心来，我的耳边隐隐地传来孩子们琅琅的读书声，以及他们天真烂漫的笑脸。

1977年7月，我读完两年制的高中后就参加县教育局组织的民办教师招聘考试，并被录取。先在一所名为"中溪村小"的学校教学，教一到三年级。两年之后，便被调到这所专门教四五年级学生的学校任教。到这里就读的是附近三个村的学生，来校的路程都较远，许多学生只得在学校吃中饭。学校只在天气十分寒冷的时候帮学生做饭，大部分学生都是自己用搪瓷碗或茶缸盛饭来吃。到了中午饭菜都凉了，有胆大调皮的同学则在附近的山脚下，挖个坑，找些枯枝干草，将饭烧热吃。吃过之后，搪瓷碗上、嘴巴上、手上沾满了灰。我们看了又好笑又心生怜爱。

那时我们都还未成家。学校七八位老师除几个年长的，其余都是单身汉。由于家不在本地，回家都有五六里路，加上上级要求，所以我们都住校。下午学校放学早，老师吃过晚饭后，太阳还老高，我们便在屋里打打牌，聊聊天，或是到学校旁边几条大路上散散步。不过，去得最多的还是学校附近的那座大山。那时，山上的松树不大，用来做饭生火的小乔木一茬茬地被砍掉，加上有老师和学生老往山上走，山头也就光秃秃的，上山的路干净宽敞。这座山虽然不高，但四周开阔，站在山顶可以看见周围十来座村庄，还有田园风光。远处，邻县余江、金溪的山峦隐约可见。站在山顶，一阵阵带着乡野芬芳的微风习习吹来，让人的心情豁然开朗。

春天，杜鹃花盛开时，孩子们都爱往山上跑。山上有野兰花，远远地就闻到芬芳，还有刚长出来的嫩嫩的红色树叶。一些爱花的女同学便把采来的花插在盛了水的玻璃瓶里放在教室的讲台上，或放在我的办公桌上。这一束束沾着清露绽放的红艳的花就像那些天真无邪的乡村女孩质朴纯净的笑脸，在我们的眼前灿烂。

我一直认为：尊重、信任、互爱是"传道、授业、解惑"的前提。我

为爱种一片森林

教书多年，不求学生在成绩上出类拔萃，也不希望自己在授课技巧上一鸣惊人，但为人之本、品德操守、自信关爱、遵纪守法等有益于人一生的东西，课堂内外都强调得很多。特别是对差生，我不曾歧视，不曾排斥，不曾在心里遗弃，而是通过多种方式的亲近，使其抛弃孤寂、自卑和偏见，与班上所有的同学一起感受温暖的同时，绽放孩子们都具有的淘气和天真。我希望我在他们眼里，不是一位很严肃的老师，而是一位可亲近、可信赖的老师。

在这所学校里，我前后待了十来年，教过六七届小学毕业班，至今还对许多学生的音容笑貌记忆犹新。其中有把湿漉漉的杜鹃插在笔筒里的燕子，有外表文静、说话时满含羞涩的云霞，有经常帮我打扫房间、整理书桌的小雪。是她们给了我生活的诗意和热情，是她们的信任和亲近使我淡忘了烦恼和失落。

那时候，我还是一位民办教师，很长一段时间一年的工资只有1000元。后来增加到2000元，且一连持续了十多年，有时还要拖欠两三年。即便这样，我和我的同事们还依旧固执地坚持着，期盼着，希冀着。日子很清淡，心里却很充实。

也许是因为觉得太乏味，那时候，我爱上了写作，并渐渐迈开了步入文学殿堂的脚步，我的小小说处女作就是在这段时间诞生的。学校西侧那座小山便是我独自一人常去的地方，沿着山间那条小路向山顶攀登，看天上随风飘飞的云彩在蓝天里变幻，顿觉心绪是那么宁静与宽广，灵感是那么清鲜和活脱。

杜鹃花开或是白雪满山之时，也曾应邀和林花、云子、小雪她们在山间拍照合影。山间盈满我们纯真、质朴、清如山泉一般的话语与心声。

如今，当我独自一人试图再去山间捡拾、寻觅一些美好的记忆时，却再也找不到我曾经熟悉的那条小路。拨开密集的灌木，踩着疏松的落叶，进入幽静又有些可怖的山里，才发现，这儿的松树长大了许多，密集了许多，山路两旁的灌木挨挨挤挤，遮掩了道路。可我还是努力地一鼓作气向上攀登。

记得当初参加民办老师招聘考试时，我常常在天刚亮的时候就独自一人往山上走，有时就是天下大雪也坚持着。清晨，光亮的白雪映着我的脸庞，让我的眼睛有些迷惘，可是那份执着的心愿未曾改变。

由于一些原因，直到1995年我才考入全市唯一招收民办教师的南城师范。在那儿与"普师生"一道断断续续地读了两年之后，才转成公办教师，即所谓的转正。

其实，我从1995年就请假离开了学校。先在一家企业做文秘，不到一年便考上了南城师范，毕业后又转到法院写宣传文章，并在某金融单位兼职。虽然都是手握一支笔，但比当老师轻松了许多，同时有时间搞文学创作，并因此多少改变了命运。

只是离开那所学校多年，对它储存的记忆依旧。今年7月，当我有事返乡，恰巧又经过那儿时，我决定到那儿去看看。只见那条离学校不远的小溪还在流淌，河上的那座桥还在张开双臂抱揽着一路欢跳的溪水，那棵松树还在躬身朝我微笑，那座山还在那儿等待。可是陪伴了我们青春的校舍却已面目全非，七零八落。

失落之余，让我萌生出许多感慨。景物可以改变，青春和岁月不会存留，但是曾经有过的真诚和美好就像一棵不老的松，在记忆的沃土中保留了一份未曾改变的绿色。

在这棵松树下，我的眼前仿佛站着我那些熟悉的同事和曾经亲近的可爱的、美丽的学生。愿从蓝天飘过的一缕缕云带去我对他们的深情的祝福和问候。

人生最终的价值在于觉醒和思考的能力，而不只在于生存。

——亚里士多德

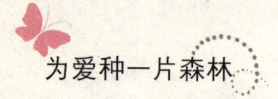

为爱种一片森林

难忘的车铃声

在那样艰苦的年代,紧张的教学之余,我坚持业余文学创作,用文学驱走弥漫在心间的孤寂,感受农村生活的纯美的同时,对风餐露宿的邮递员自然倍感崇敬。

好久没有听到自行车的铃声了。

20世纪70年代末,我在家乡王桥镇一所村小学当老师。学校办在一个叫"中溪"的村子里。说是一所学校,其实也就一个教室、一位老师、三个年级二十几个学生,六门主课加上其他副课全由我一个人轮流上。这样的班级叫复式班。一人一校,老师一天到晚都得上课,每天下来口干舌燥,嗓子都哑了。三餐还得自己做饭,晚上还得改作业、写教案。好在那时候年轻,精力充沛,每天就那么忙过来了……

那所只有一间简陋教室的所谓学校,紧靠生产队的仓库,显得孤零零的。好在它倚靠在一条小溪边上。小溪那边有一片原始森林,里面的许多大树,几个人都合抱不过来。早上,太阳从林子那头升起来,雾霭弥漫的林间密密麻麻地斜插着一根根光柱,一个人静静地在那儿看书或是溜达是一件极为惬意的事。若是夏天,还能采到一种野生的、味道极美的新鲜蘑菇。

当时,上级教育主管部门规定老师不到星期六不能离校。我参加工作时实际年龄只有17岁,到了夜里一个人守着一栋远离村民的房子,不免有些寂寞。那时候，刚踏入社会，人也单纯，没事就看看报纸，写些文章。20世纪70年代末、80年代初，正处于拨乱反正、文学复苏的黄金时期，年轻人几乎都喜欢文学，都想当作家，我也不例外。怀揣着梦想，我订阅了不少文学类、青年类刊物。每期刊物一来，便如饥似渴地品读，读完一本又急切地盼望下一期杂志的到来。于是，邮递员的车铃声便成为我唯一的渴望和期盼。

那个年代，自行车在农村还是稀罕之物，几乎是乡村邮递员的专属用品。每天，负责我们那一条线路的乡邮员骑着那辆永久牌、喷着绿漆的自行车一来，便按响一阵急促的铃声。由于时间准、铃声响亮、节奏独特，一听便知道是报纸来了。

那一年，我订了一本名叫《青春》的文学杂志，因为它是一本带有创作辅导性的刊物，经常刊登刘绍棠、茹志娟等当代作家他们自己的创作体会。每一期刊物来了，我都一字不落地细读，受益匪浅。读完了这一期又盼望着下一期刊物的到来。如果在预期的时间段没有收到刊物，我便天天拉着邮递员问。

一天夜里，东乡境内突然下起了滂沱大雨，我住的房子后面的小河涨起了洪水。村里，特别是树林里地势低，进村的道路被淹了。没想到，那位姓徐的邮递员还是穿着那条防水的皮裤准时出现在我的面前。他告诉我说，他是头顶邮包、扛着自行车从1米多深的水里蹚过来的。他知道我在等这本杂志。

手捧杂志，我的心里一阵激动。不久，一篇题为《绿衣天使的脚印》的人物通讯在抚州地区主办的《赣东通讯》上刊登了。邮递员老徐先看到了并把消息告诉了我，我们都非常高兴。这是我的写作迈出的第一步，没想到一炮打响。这对我是一个鼓舞，私下里，我下定决心，以后要继续写，写小说、诗歌……

可能是我比较勤奋执着，又有些悟性，所以在文学创作方面显得很幸运。我的第一篇人物通讯刊登了，第一篇小说、散文发表了，后来写的第一部电视剧剧本，也被采用了。最后我出了小说集，2005年加入了省作协，圆了我的作家梦。

当然，其中也曾有过艰辛。那时没有电脑，没有邮箱，投稿要用方格稿纸抄好，装进信封，然后通过邮递员把它送往县城的邮局，再由邮局寄往编辑部。一封信在邮路上折腾，到编辑部还得经初选、编辑、打字、排版、发行，最后，刊登文章的样报、样刊又通过邮递员送到作者手里。

在那样艰苦的年代，紧张的教学之余，我坚持业余文学创作，用文学驱走弥漫在心间的孤寂，感受农村生活的纯美的同时，对风餐露宿的邮递员自然倍感崇敬。

由于彼此交流多了，便与邮递员结下了不解之缘，自行车的铃声听起来特别亲切。

后来，在县城工作的父亲通过关系为我买了一辆"凤凰"牌自行车。从东乡县到我老家有20多公里，那天，父亲乘公共汽车把那辆崭新的自行车带了回来。下了车进我们村还有一里多路，不会骑车的父亲为了不弄脏自行车，竟扛着它回到家中。

那时，自行车还是稀罕之物，父亲一进门，左邻右舍都围上来看稀奇。

学校离家里有两三公里路。推行联产计酬，给还是农业户口的民办教师分了责任田后，学校原则上不强求大家在校住宿。有了自行车后，我便经常骑自行车上班、回家。后来，转到"楼下高小"任教，老师多了，自行车也多了。早上8点，自行车铃声一响，人就到了；傍晚回家，一按铃声，便聚伴出发。五六里的沙石路，车子颠簸得厉害，远远地就能听到我们的车铃声。

有一段时间，我到离我家十多里的"坑塘村小"任教。去那儿走近道得翻一座蛮高的山，走一段我在一篇散文里叙述过的古道。由于年代已久，原本宽阔的道路坑坑洼洼，车子就是推着走也发出巨大的声响。

寒来暑往、风里雨里一年多，我都在这条道上艰难地跋涉着。那一年，那辆我心爱的、骑过之后总要擦得干干净净的自行车几乎散了架。至今还挺怀念那辆自行车，是它陪伴我度过了我教学生涯最困窘的日子。

后来，我们举家搬进县城。其间，差不多10年没有骑自行车。后来，离上班的地方远了，为了方便和减少开支，同时防盗，便买了一辆旧自行

车。不过，后来的自行车都没有铃铛。在街上骑车，按铃也没有作用。

每天我都骑着自行车上班。在密密麻麻的人群里穿梭，给人一副忙碌和节俭的样子。

有朋友见了我，对我说："如今，县城道路拓宽了，农民都进城买房了，你一个作家为什么还天天骑辆破自行车？"我这样调侃："身体重要啊，我这不是锻炼吗！现在，有钱人还花大价钱买笨重的健身车半夜三更在屋里骑呢！"

我还自我解嘲历数骑自行车的好处：可以管窥人生百态、感受人情冷暖、洞察事物变幻以获取创作素材；可以运动全身、舒筋活络，驱散心底阴霾，强身健体；可以减少污排、节能环保，同时免受闯红灯罚款、石油提价等烦恼；可以放松心情，毫无束缚、随心所欲地哼哼曲子，倾吐不想存储的郁闷。

朋友听了觉得很有道理。其实，我骑自行车上班也另有原因。我家住四楼，又没有设车库，即使买了摩托也没地方放，加上骑自行车方便、安全又节省费用，何乐而不为呢？

就这样，在熙熙攘攘的人群里，在密密麻麻的车流中，我每天骑着自行车来来往往，只是觉得再也没有听过那曾经熟悉的车铃声。在心里怀想的同时，不免羡慕起那些艰苦却是充实的岁月。

骑自行车的生活让我心存本真，清脆悦耳的车铃声让我走上文学创作之路。曾经有人说，物质生活贫乏的人，精神上却能富有。对此我深有同感并聊以自慰……

心作良田耕不尽，善为至宝用无穷。我们应有纯洁的心灵，去积善为大众，就会获福无边。

——方海权

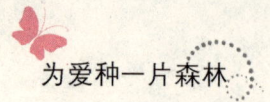

为爱种一片森林

从红色经典中重拾信念的力量

有了健康的、正确的、能被道德所接受以及对社会、对人们有益的理想和信念，就能够克服困难、树立信心、保持毅力、勇往直前，在为自己书写璀璨人生的同时，为中华民族的伟大复兴添上一笔绚烂的色彩。

理想和信念是人的精神支柱，也是使人不断进取的力量源泉。有了健康的、正确的、能被道德所接受以及对社会、对人们有益的理想和信念，就能够克服困难、树立信心、保持毅力、勇往直前，在为自己书写璀璨人生的同时，为中华民族的伟大复兴添上一笔绚烂的色彩。

常听人感叹：现代人，尤其是年轻人大多缺乏理想、信念，他们没有经过艰难岁月的磨砺，没有吃过适当的苦头，常常经不起风雨和挫折。遇到困难和挑战，特别是遭遇突如其来的变故或打击时便一蹶不振，或选择屈服，或选择逃避，或选择沉沦消殒。究其原因：一是环境改善、生活安逸，让人满足现状、不思进取。二是理想、信念教育淡化、缺失、滞后，导致一些人游戏人生，胸无大志。三是道德、情操教育弱化，难以抵御不良环境的影响和侵袭。精神、文化产品良莠不齐，特别是影视作品渲染的凶杀、矫情和享乐。基础教育阶段一些学校依旧实行的是以成绩核定老师绩效工资，以分数分出快、慢班的应试教育。四是受享乐主义、拜金主义和不良社会风气的影响。贪污受贿、坑蒙拐骗的丑恶现象，以及各种唯利是图、强取豪夺、一夜暴富的人的得宠及自身的奢侈和炫耀，导致现代人，尤其是年轻人人生观、价值观、道德观的偏移。五是一些无背景、无实力、无就业能力的年轻人就业艰难，使得年轻一代心里焦虑、性格怪癖、行为诡秘，甚至觉得前途渺茫、内心迷惘。

这使我产生了许多联想。首先想到的是毛主席等老一辈革命家和无数的革命先烈，为了使千百万劳苦大众翻身解放，为了赶走日本帝国主义、建立新中国，他们在几十年的艰苦卓绝的日子里浴血奋战、宁死不屈。长征途中，红军战士爬雪山、过草地，吃的是树皮草根，穿的是破衣烂衫，睡的是荒郊野外……他们历尽千辛万苦、九死一生，行程两万五千里，后又转战陕北，奔赴抗日前线，最终迎来了新的曙光。是什么力量支撑着他们？是信念！信念是心中不灭的明灯，信念是迸发毅力的源泉，信念是迈向成功的保证。

小时候，我们从课本中读《草地夜行》，读《第一次挑煤》，读《邱少云》，读《董存瑞舍身炸碉堡》，读《狼牙山五壮士》……从课外书中读《可爱的中国》，读《长征的回忆》，读《红岩》，读《钢铁是怎样炼成的》……就是这些文章和书籍，让我们崇敬先烈、建立信念、热爱祖国、珍惜生活。从而积蓄力量、培养毅力、振奋精神，以积极的态度面对人生，在前行的道路上百折不挠、勇往直前。在困难面前，有巨人的召唤，有可学的榜样，有必胜的信心，最终到达成功的彼岸。

正是这种信念让我们度过了物质生活相对贫乏的岁月。有了理想和信念，人就精神充实、心态平和、朝气蓬勃、青春焕发。如今，年轻人，包括部分大、中学生，他们看的是魔法小说《哈利·波特》，是玄幻离奇的旷古传奇，是荒诞恐怖的鬼故事；被动接受的是五花八门的网络色情文字，以致汲取的是不经过滤、不辨是非的糟粕。于是，街头小混混猖獗，未成年犯罪率上升。郁闷、迷惘、无奈成为相当一批人的现实心态。相形之下，积极向上、敢想敢为、有责任心、有追求的人却为数不多。

读好书、读励志书，这是年轻人的当务之急。那些有幸就业、走上工作岗位的新人，在迈向社会、人生第一步时，必须及时学习本职、专业知识以适应岗位的挑战。同时，应该静下心来读一些与理想、信念，与道德观、责任感有关的书籍，以提高自己的整体素质，而不是一心考虑收入和利益，追求荣誉和地位。

"忧贫"的同时更应"忧德"。贫而有德，终会致富；富而无德，富难持久。这个"德"也包括理想、信念、追求和毅力。有了信念、毅力，就能活着有精神、事业有动力、遇挫有对策。

没有理想和信念则目光短浅、百无聊赖、精神疲软。如古人所言："劳则善心生，逸则恶心生。"从红色经典中汲取精华，从领袖、先烈身上重拾信念，就能在困窘和迷惘的环境中保持本真，在心灵深处恒留善良，在漫长的征途中一往无前。

读红色经典，重拾信念的力量，成为时代的呼唤，也是为中华民族的伟大复兴凝聚精神的必须。职工之家购置的好书，有关部门推荐的优秀读物和获"五个一工程"大奖的作品都是我们可以精读细品的。

让我们及时行动起来，告别网络，远离游戏，忘却郁闷，以崭新的精神状态走进书店，走进红色经典。

在命运的颠沛中，最可以看出人们的气节。

——莎士比亚

第四辑 一瓣馨香

校园生活记趣

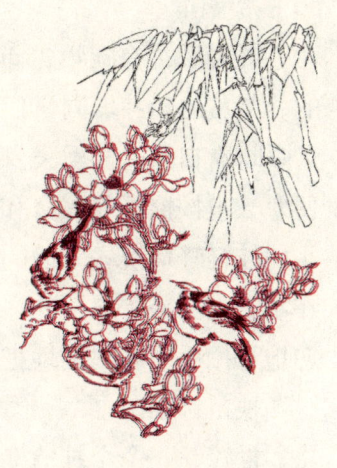

尘封在记忆中的几许往事时常被唤醒,那份美好和温馨,对于现在的一些孩子来说也许只能是一种怀想和渴望。

三尺讲台,度过30载春秋。其间,有苦涩也有期盼,有怀念亦有感叹。尘封在记忆中的几许往事时常被唤醒,那份美好和温馨,对于现在的一些孩子来说也许只能是一种怀想和渴望。

一

我是70年代末开始当乡村教师的,那时候推行的才是真正意义上的素质教育。除语文、数学、政治等主课之外,音乐、美术、劳动等副课都得按部就班地上。特别是劳动课,同学们都乐于参加。为村里老人拾柴火、为生产队里的萝卜间苗、帮村里修路都是劳动课的内容。不过,同学们最感兴趣的是在离学校不远的那片荒坡上种南瓜。

种南瓜是一种简易的庄稼活。春暖花开的时节,找一块土质肥沃的边角地翻松,在中间挖一个坑,倒入一些农家肥,铺上一层细土,然后放上几粒种子,再撒上一层草木灰,播种的过程差不多就结束了。

劳动课前老师把同学分成若干小组，劳动工具自备，按能力大小分配，任务是平均每人种下一棵南瓜。一节课下来，全班30多人就种下了30多棵南瓜。

几天后，有同学告诉大家，他种下的南瓜种子从土里拱出一个弯弯的、黄黄的幼芽。同学们都争先恐后地跑去看稀奇。看过之后，又回头瞪大眼睛看自己的种子发芽了没有。若是发现自己种的南瓜也长出了幼芽，便怎么也按捺不住兴奋和激动；若是种子准备破土欲出，则俯下身子，用小树枝轻轻地挑去上面的土块，希望它早一点露出笑容。有的同学播种时在种子上面盖了厚厚的一层土，致使种子迟迟不能出来，便急不可耐地蹲在地上用手小心翼翼地把上面的土拨开，想看个究竟。

秧苗都出来了，同学们奔走相告，课余时间都往那儿跑。除草、捉虫、搭篷，一个个神情专注，欢天喜地。除劳动课学校组织他们为秧苗施肥之外，不少同学还四处拾牛粪为自己种下的南瓜添肥。一段时间后，这个坡上的南瓜苗就长得郁郁葱葱了。不久，便陆续开出金黄色的、形似喇叭的花来，花下有一颗颗小南瓜。这时候，同学们是不去瓜地的。大人们说，小南瓜怕羞，见的人多了，便可能枯萎，长不成大南瓜。也有想看稀奇的，也只能私下里去，生怕同学知道了会怪罪。

南瓜长到碗口那么大，就有希望了。这时，大家拼命地给南瓜施肥。几阵雨过后，南瓜陆续成熟。有同学将自己的南瓜摘来送到学校食堂，于是，全校老师和寄宿的学生便吃上了一餐南瓜宴，大家吃着自己亲手种的南瓜觉得味道特甜。南瓜大面积成熟后，同学们扛的、抱的、抬的，把一个个大南瓜收回来，堆满了大半个教室。除留下部分用于学校师生做菜，其余全分给同学们带回家。

看着在家里淘气、偷懒的孩子气喘吁吁地背回大南瓜，家长一脸的笑容……

二

野炊是课外活动中一项最受同学们欢迎的内容。前一天老师只稍作动

员,第二天一早,班上的同学便带着锅碗瓢盆一脸兴奋地来到了学校。有的说:"老师,我昨晚怎么也睡不着觉。"有的说:"我一个晚上醒来四次。"有的说:"我昨天晚上就把需要的东西准备好了,可来时还是忘了带一个饭勺……"一句话把大家逗乐了。

预定出发的时间到了,同学们扛着一面红旗排着队浩浩荡荡地离开了校园。一路上,不时地传来锅碗瓢盆磕磕碰碰的响声。大家叽里呱啦的,每个人仿佛都有说不完的话语。不知不觉就到了目的地——学校附近的一个水库。

时值深秋,山上一些枫树的叶子开始泛红,蔚蓝的天空飘着白云。枯水期水库里蓄水不多,四周空旷而干爽,仅剩的蓄水清澈而干净。

到达目的地后,大家立刻按老师事先布置的活计分头行动。挖灶的、拾柴火的、洗菜淘米的、挑水的,各忙各的。一个个都在忙碌,一个个都那么勤快。男同学、女同学、大同学、小同学彼此配合,俨然一个和谐的大家庭。那一刻,没有拘谨、没有顾忌、更没有约束,有的只是信任、亲近与协作。大个子的男同学主动干力气活,女同学掌勺做饭、做菜,小同学趴在地上生火。几十个同学,六七口小窑灶,热闹非凡,吆喝声此起彼伏。

缕缕炊烟在幽静的山谷里飘荡,不一会儿飘来阵阵饭菜的清香。当然也有呛人的气味,那是笨手笨脚的同学把饭菜烧糊了。

铺开一张报纸,端上刚做好的菜,从锅或是铝盆里盛来一碗饭,大家席地盘腿而坐,同学们就开始吃起饭来。大家有滋有味地吃着的时候,突然,一位女同学忍不住笑出声来。原来一个男同学的脸被烟灰熏黑了,手一抹,涂了一片,大家见了,一个一个全笑了,笑声弥漫在幽静的山谷中。

三

春游、秋游是大多数学校每学年必须安排的两项课外活动,目的是让同学们通过走出校园,亲近自然,陶冶情操,为写好作文积累素材。同时，通过活动中的交流、互助，展示个体能力、价值，增进同学之间、师生之间的信任和友情，形成团队精神，培养同学们积极向上、团结友爱、吃苦耐劳的品德。

我曾经任教的那所乡村小学坐落在一座小山山脚下，离学校不远还分布着几座海拔在200米以上的高山。农村长大的孩子，对大山有着一份特殊的情感。春天，满山杜鹃；秋天，处处红叶。我们组织踏青、秋游时，大多安排在这些山上。

在山脚下，先比赛跑上一个坡，然后休息一会，再继续往山上攀登，看谁最先来到山顶。到了山顶，大家四处远眺，目之所及，田园、村落星罗棋布，如画景致尽收眼底。兴奋之余，一个个滔滔不绝。继而席地而坐，听老师讲故事，听同学说笑话。老师也现场跟同学们传授作文写作的经验，讲观察的方法、关注的角度、景物的特点、个人的感受。为了让同学们积累和丰富作文的素材，我们也在山顶组织大家唱歌、做游戏……

习习凉风在脸上吹过，蓝天白云在头顶飘过，每个人的脸上都写满笑容。

我们也曾组织班上会骑自行车的同学到离我们学校不远的龙虎山景区游玩。四十几里路两个小时就到了。景区当时刚开发，也不要门票，大家四处逛逛，都被眼前的景致陶醉，许久不愿离去。山水之间，同学们依依不舍，流连忘返。拍过合影照片之后，大家相约20年后再聚首。

其实，无论什么时候，只要心不疲倦，微笑就永远年轻。包括老师自己。

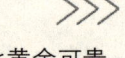

勤劳远比黄金可贵。

——萨迪

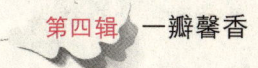

金灿灿的仙人掌花

春夏之交,在我的家乡,红似火焰的杜鹃花漫山遍野;山坡上,成片成片的油菜花在阳光下闪着光芒,它们为绿色的旷野增添了浓烈的色彩;稻田里,葱茏的红花草开出的一朵朵紫色的小花,近瞧像夏夜灿烂的星星。

在南方,有三种花是人们见得最多的,那就是杜鹃花、油菜花、红花草。

春夏之交,在我的家乡,红似火焰的杜鹃花漫山遍野;山坡上,成片成片的油菜花在阳光下闪着光芒,它们为绿色的旷野增添了浓烈的色彩;稻田里,葱茏的红花草开出的一朵朵紫色的小花,近瞧像夏夜灿烂的星星。

生活在乡村的人,无法不喜爱这些花,因为它们的芳香时刻弥漫在微风里,在空气中,在心坎里。这花、这馨香就如同庄稼人的品行一样质朴、自然,谦逊而不张扬,热烈但不妖冶,芬芳并不媚俗;就像隐匿在深山灌木丛中的野兰花,清香扑鼻,沁人心脾。

我来自山村,心中自然存有山花的余香。不过,对于另一种花我也很喜爱,那就是带刺的植物——仙人掌开出的金灿灿的花儿。

盛夏,一朵朵金黄的仙人掌花在窗口、阳台开放。花儿在翠绿的、遍身长满银针刺的仙人掌叶片上挨挨挤挤地簇拥着,给人以圣洁、高贵的印象。

那时候，我住的小村几乎没有人栽仙人掌，我也就没有见过仙人掌花。

有一天，我到县城办事。在一条小巷的一个角落里，我见到一盆被人当作垃圾扔掉的仙人掌。天气晴热，仙人掌几乎快要干枯了。我知道这种源自非洲沙漠的植物生命力极强，出于稀罕和好奇，我就掰了几片叶子用纸袋装好。回到家，我找了一个破缸，盛了些沙土，把它们栽下了。尔后，浇些水，放在院子的一个角落。几个月后，仙人掌长出了几片脆嫩的新叶。过了些日子，仙人掌又开出几朵鲜艳的、金黄的花来。

这在酷热的盛夏，无疑是一种难以见到的风景。

村里人都是第一次见到这种花。有人觉得好奇，怎么也想不到这种无枝无叶的植物竟然能开花，而且开得这么鲜艳。于是，都来我家的小院看稀奇。

第二年，花开得更多。一朵朵金黄色的花挨挨挤挤、争奇斗艳，远远看去明丽一片。

仙人掌的花期有一个多月，花瓣掉了，花茎部分便开始结果。这是一个极为漫长的过程，一直将延续到秋天甚至冬天。所谓果实，也就是在干裂的红皮壳里残存着的几粒种子，种子的质地很硬，但不知是否可以进行播种。

仙人掌花作为一种风景，招人喜欢。庄稼人一年到头不得清闲，又没有侍弄花草的雅兴和经验。随遇而安的仙人掌是最容易成活的，于是，不少村民都从我那棵长成一大簇的仙人掌上掰下一部分插在自家的小院里。

时隔数年，盛夏时节，我回故乡若岭村，还可以看到村民的小院、墙头盛开着的金灿灿的花儿。我想，这是我在村里留下的一部分记忆。

离开故乡的原因，是因为我热爱文学。若岭村地处山旮旯，稻田都跻身于沟沟坎坎之中。凭着一定的写作功底，我被人推荐到一家企业做文秘工作。工作之余，我继续操笔写我喜爱的小小说。兴许是性情使然，朋友都说我的幽默小说写得最好，其言辞犀利、构思巧妙、立意深刻，常常让人苦笑之后有所思考和警觉，就如同一朵仙人掌花，看着美丽却带着刺。

第四辑 一瓣馨香

仙人掌花,没有杜鹃花的热情,也没有油菜花的殷实,更没有红花草和兰花的馨香,但它有自己的风格:洁身自好、随遇而安、不畏严寒酷暑、不轻易向人索求……基于此,我在珍爱故乡的杜鹃花、油菜花、红花草的同时,也一直喜爱长着刺的仙人掌花。

>>>
自己活着,就是为了使别人活得更美好。
——雷锋

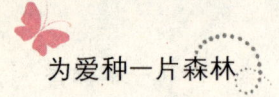

真诚与无奈

生活中的每一个人,遇事都应该多一份深思,少一份冲动;做人多一份责任,待人多一份真诚。

  法官是一个让人羡慕和敬畏的职业,因为它代表着公平和正义。一位敬业、忠诚、有责任心的法官在办案过程中经常可以品味到生活的快乐和烦恼。
  当法官公正地用法律武器维护了当事人的合法权益时,当法官真诚的规劝使一对濒临破裂的夫妻言归于好,从而撤回离婚诉讼时,当法官耐心的调解使积怨很深的街坊邻里握手言和时,大家的心里都充满欣慰。
  在法院工作,接触最多的是当事人,他们一进门就诉说着自己的遭遇和不幸,希望赢得同情和帮助。尤其是一些受暴力欺凌的农村妇女,她们身上甚至还留有伤痕,眼角残存着心酸的泪水。她们来到法院,就是希望得到法律援助,请求法官帮她们解脱痛苦。
  然而,最令我们感到无奈和揪心的,还是那些因故意伤害或交通事故导致伤残或者失去亲人而无法得到赔偿的被害人或被害人的家属。他们大多身心俱伤,经济陷入困境,来到法院时情绪十分激动。
  殊不知,办案人员也是心有余而力不足,常常爱莫能助而无奈感叹。当初,这些人可能因一句玩笑话、一件鸡毛蒜皮的小事,甚至两家的狗的一阵嬉闹、撕咬，而与人恶语相向，进而大动干戈，最后两败俱伤。严重的，双方纠集亲友操刀使棒。待出了人命，一方坐牢，另一方受伤或失去家人却得不到赔偿。坑害自己不说，还连累父母孩子。

交通事故被视为吞噬人们生命的一条恶虎。司机的一闪失，活生生的生命即刻之间便消失了。除特大交通案件或肇事逃匿外，法院一般都判决被告人缓刑，并附带赔偿。但由于司机判刑受到法律惩罚，被告人无履行能力则受害人十之八九无法得到赔偿。申请执行人大多是受害人或受害人家属，如果是外地的、伤残的，则行动不便，只得有人陪伴着，而陪伴的人老的老，小的小，来一趟法院很不容易。那恳求的口气、悲伤的表情和那一副困苦不堪的模样，着实叫人心生怜悯。

但是，作为法官也很无奈，因为，有时候光有热情是远远不够的。一些人因微不足道的小事动粗时，嗓门比谁都亮，胆子比谁都大，出事后，装穷扮傻。一些司机手握方向盘在高速公路上行驶时满面春风，口袋里揣着一大沓人民币时更是心花怒放，甚至在声色场所挥金如土，夜不归宿。一旦出事，保险没买，现金不足，赔偿损失时蔫头蔫脑。

笔者曾陪同执行人员到一个偏远小村执行一起交通肇事赔偿案。申请执行人是一位60多岁的老奶奶和一位六七岁的小孙女，他们来自广东，住在农村。她的儿子被在广东开货车的被执行人的儿子撞了。

我们驱车与这一老一小来到离县城30多公里的偏远小村时，见到的是这样一幅情景：肇事者已坐牢，老婆已经离异，一位脚有残疾的老人带着一个孙子过日子。都晌午了，老人才在一个塌了半边的土灶上开始做祖孙俩的早饭。两人住的是一间低矮残破的土墙屋，门窗也没有，更不见一件像样的家具。老人说："这小子，平日里游手好闲，经常打牌赌博，后来才贷款买车跑运输。出事后，欠了一屁股的债，家里买米的钱也没有。"见此情景，申请执行人只得与我们一道无奈地离开。

近期，又有一对母子来到我们法院。母亲有50多岁，她30多岁的儿子挂着双拐，行动不便。儿子一到法院就跪在地上，请求法官帮助其执行一起交通肇事赔偿款。

经了解，他们来自四川。由于那儿刚发生过大地震，我们都对他们有一份特殊的同情。可是，当办案人员将该案的执行情况作了介绍之后，大家又是一脸的无奈。

该案发生在外地，我们只是协助执行，由于三番五次找不到肇事者，大家只得又像以往一样，给这对母子买两盒充饥的便饭，掏出自己口袋里不多的钱，送给他们作为返回的车费。

天平是神圣和庄严的，法官应该是忠诚和敬业的，神圣、庄严、忠诚和敬业需要我们履行责任。但是，在实际工作中，尤其是在执行中，由于被执行人的特殊情况，常常让我们束手无策、爱莫能助，只好尽可能地平息被害人愤怒的心情。同时，心生这样的感叹：生活中的每一个人，遇事都应该多一份深思，少一份冲动；做人多一份责任，待人多一份真诚。

谁要是游戏人生，他就一事无成；谁不能主宰自己，永远是一个奴隶。

——歌德

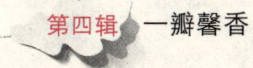

师魂，真爱的颂歌

因为老师都懂得：爱可以像谭千秋他们一样顶天立地，也可以像山涧溪水一样悄无声息。只要为之付出，就像雨露滋润出的花朵，给人以美丽。只要对事业真诚、对孩子付出真爱，就无愧于教师这个称谓。

教师是阳光下最崇高的职业，是人类灵魂的工程师。老师常常被人们誉为"辛勤的园丁""燃烧的蜡烛"。然而，有时它却成为"清贫""淡泊"的代名词，以至于很长一段时间不再让人羡慕，甚至被人遗忘。

"5·12"汶川大地震后，谭千秋等一大批地震灾区的优秀教师在突如其来的生死考验面前表现出的大德大爱让所有的人震撼和赞颂。

连日来，我通过报刊、电视屏幕了解到我的同仁、一位位普通的人民教师在教学楼即将垮塌的一瞬间所作出的义无反顾地选择，以及骇世惊人的壮举。为了学生，为了孩子，为了那份责任，他们无私地献出了宝贵的生命，谱写了一曲对事业的忠诚、对学生的挚爱的美丽颂歌。

德阳市东汽中学教导主任谭千秋的遗体被扒出时，人们见到他双臂张开趴在一张课桌上，被他死死地护着的4个孩子得以生还；北川一中教师刘宁机智地保护了59名学生，却失去了自己宝贵的女儿；曲山镇海光村刘汉希望小学7名教师冒着大雨和余震中山涧纷纷坠落的飞石，翻山越岭徒步6个小时将72名学生艰难地送出险境；龙居小学青年教师向倩的身体被砸成了三截，双手却将3名学生紧紧地搂在胸前；遵道镇欢欢育儿园教师瞿万容被发现时，身子俯在地上，后背牢牢地挡住了垮塌的水泥板，怀里的小孩得救了；什邡市红白镇中心小学老师汤鸿用血肉之躯护住孩子，他却在瓦砾中牺牲；陕西宁强县黄坝乡中心小学教师王敏冒着纷纷坠落的瓦片，跑上岌岌可危的楼梯，用身体和双臂护住两个吓呆了的孩子，自己却倒在血泊中……

　　他们在那地动山摇的一刹那间的定格，为人民教师赢得了荣誉、信任、赞许和尊敬。他们的义举无愧于"人民教师"这个称谓。也许他们只是震区无数优秀教师的缩影，也许有更多、更悲壮、更感人的故事没有被发现，没有被宣传。这些被压在瓦砾下，藏在废墟中，埋在泥土里的不幸的老师，只有记忆在孩子和人民心中的音容笑貌还在震区的山间鲜活和重生，如滑坡后留在山间的一块巨石，如废墟中残留的一堵仍旧耸立的断墙……

　　教师这个职业，其实就意味着奉献，这些为孩子献身的教师将这种精神发挥到了极致。但是，盛赞英雄的同时，希望大家也时常惦念、关爱、理解和感恩那些默默无闻、悄无声息却也淋漓尽致地诠释了那份真诚、那份真爱的普通教师，尤其是乡村教师。

　　在我们的身边的教师，见得最多是黧黑的肌肤、瘦削的身子、干涩的眸子、沙哑的声音和过早出现的白发。有的教师三四十年间，像一棵苍松一样，脚步没有离开过脚下的土壤，一直在他家乡的、深藏在山间的那一所低矮的学校，用同一个讲台、同一根教鞭、同一块黑板、同一种笔迹、同一种声腔教着孩子的爷爷、孩子的爸爸和孩子自己；有的教师扛着病痛，支撑着虚弱的身躯，仍旧不声不响地坚持着自己的课业，以致加重了病情，危及生命；有的女教师因为不忍心离开那些纯朴、天真的山里娃，放弃了自己原有的美丽与可爱，忍痛与坚决要其进城或辞职的男友诀别。那份执着与抛弃的结果往往是她们一生都无法弥补的遗憾。但是，当皱纹爬上额角，秀发染上寒霜之时，她们仍无怨无悔。只是在经受了无数次艰难时间的间隙，透过乡间教室那扇小窗，偶尔追忆一些曾经有过的甜美。许多男教师青春帅气、多才多艺，因为太钟情教师这个职业，依恋那个讲台，在商机无限、物欲横流的年代抵御了诱惑，固守了那份清贫。他们就像贵州黔南幸福乡残疾教师陆永康一样,无论多么艰难都抱定一个信念,那就是:只要有一滴水,就要为孩子闪烁一缕阳光;只要有一片叶,就要为孩子的清澈的目光里映入一丝绿色。

这就是老师的爱和奉献,不求回报和馈赠。他们只期望这样的微小的收获:一向脏兮兮、拖沓的孩子的一次洗得干净的脸,一身并不高档、时尚但却整洁的衣裳;一个写字一直潦草甚至偷懒的孩子却突然写出哪怕一页工整规范的文字;长期撒野、我行我素的孩子对被其欺侮的同学的一次真诚的道歉;自己曾经教过的孩子成年后在公交车上的一次主动让座……

因为老师都懂得:爱可以像谭千秋他们一样顶天立地,也可以像山涧溪水一样悄无声息。只要为之付出,就像雨露滋润出的花朵,给人以美丽。只要对事业真诚、对孩子付出真爱,就无愧于教师这个称谓。

歌颂谭千秋、李佳萍、严蓉、张米亚、吴忠红、汤鸿、向倩等响亮名字的同时,让我们延续爱心、延续真诚、延续责任、延续奉献……

希望是附丽于存在的,有存在,便有希望,有希望,便是光明。

——鲁迅

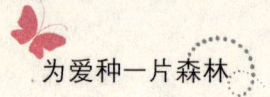

守望

宣传岗位也让我更多地了解了人情冷暖,特别是弱势群体生存状态。人与人之间发生的万千故事、百般情感又让我丰富了创作素材。这些年,通过我的文学博客,结识了许多文学创作上的良师益友,也扶植了不少新作者。

有很长一段时间,我被聘用到县人民法院办公室从事宣传报道工作。

作为一名基层法院的专职宣传员,我的职责就是宣传人民法院在案件审理和执法为民等工作中所取得的成效,并以此弘扬人民法院和人民法官的良好形象。兴许是兴趣所致,多年来,尽管劳其身,心却乐此不疲,坚持十几年笔耕不辍。迄今为止,已在法院系统和各级各类报刊、电台、电视台发表稿件两千余篇,其中《人民法院报》几乎每年都帮我上稿,小说、散文、随笔、案例、消息各类文章都有。我业余从事文学创作,我的小说、散文经常在报刊发表、转载,每年发表的文学作品不少,样报样刊看多了,欣喜也渐渐淡了,唯独《人民法院报》上登了我的文章会让我一如既往地感到欣慰,因为这毕竟是我的工作。

法院新闻宣传是党和国家新闻宣传事业的一个重要组成部分,是人民法院工作的一个重要组成部分,是全面落实公开审判制度、增强审判工作透明度的重要内容。基层法院面向群众,肩负着化解人民内部矛盾、调整经济关系、维护社会稳定的重任。法官在执法岗位上克服种种困难,兢兢业业地工作,默默无私地奉献,各个岗位上的法官都有典型的事例和动人的事迹值得宣传和弘扬。

我所在法院的几任领导对宣传工作非常重视，对我这个被聘用的宣传人员也非常关心。处处给予温暖的同时，帮我对法院的宣传工作找思路、出点子，提供典型的素材。

人们都说爬格子是个苦差事，可我却执着地守望着这份清贫与寂寞，且自得其乐。这乐，一来可以及时反映身边的新人、新事、新风貌，可以将单位里的典型人物向读者和社会推介；二来可以结识天南地北的编辑和文友，沟通信息的同时，交流友情和技艺。在多年的法制新闻写作实践中，我一直觉得《人民法院报》的编辑真诚圣洁、坦荡无私。现时有些报刊热衷于明里暗里搞有偿用稿、用人情关系稿。有一位编辑在接到我的稿子后给我来电话说，稿子很好，但篇幅长了一些，如果能帮他们拉几个广告，稿子可以压缩之后采用。我觉得这是对职业道德的违背，也是对读者的不负责任。我对此置之不理的同时，着力提高自己的写作功底，力争把文章写得更好，尽可能选择自己所信任的报刊和编辑投寄。

除为法院写宣传稿之外，我还利用业余时间坚持小小说创作。几年下来，共在全国各地报刊发表小小说400多篇，《微型小说选刊·当代微型小说百家》《小小说选刊·作家存档》等多家报刊先后对我作过介绍，2005年以来先后出版了小小说专集两本、散文集一本。还创作了一批以法官为原型、以法官生活为素材的文学作品在报刊发表，颂扬了法官这个职业的高尚和奉献精神。

一定的文学创作功底，加上文字工作者应该具备的热情、勤奋，使我对自己的本职工作基本能够胜任。法院宣传岗位也让我更多地了解了人情冷暖，特别是弱势群体生存状态。人与人之间发生的万千故事、百般情感又让我丰富了创作素材。这些年，通过我的文学博客，结识了许多文学创作上的良师益友，也扶植了不少新作者。法院系统也有不少朋友通过博客、报刊上的联系方式向我征询法律疑难，探求写作真谛。一些新作者更是提供文章让我修改或推荐，对此，我总是不厌其烦，尽力而为。每每有疑难得以化解，有文章见诸报刊，他们便来信或来电话说："谢谢你，汪老师。"这时，我总是笑着说："没什么，我也得到过其他老师的指教和

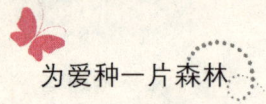

为爱种一片森林

帮助。"

  这位老师就是包括《人民法院报》在内的许多我未曾谋面却给予我真诚帮助的报刊编辑，他们身上闪烁着的品格的光辉激励着我在法院新闻宣传这一岗位上坚守着、努力着……

人间没有永恒的夜晚，世界没有永恒的冬天。

——艾青

围屋里的读书声

童年的记忆历经岁月的磨砺依旧留存在心底。多少年了,我还常常想起儿时读书启蒙的日子。一些人、一些事同样难以忘怀……

童年的记忆历经岁月的磨砺依旧留存在心底。多少年了,我还常常想起儿时读书启蒙的日子。一些人、一些事同样难以忘怀……

我小学五年半的时光都是在一栋四面墙围起来的祠堂里度过的。这座祠堂现在已经荡然无存了,旧址上多年前就建起了民房,以至于找不到从前的一点儿痕迹。但是,40多年后,在我的心里却依旧清晰地存有祠堂的模样。

1968年的初春,中国人民刚刚从三年饥荒中挣扎出来,生活物资极度匮乏。那一年的春节许多人都还过得非常窘迫,可孩子们过年的热闹还是一如既往。哪怕再节俭,新衣服还是要穿的,鞭炮还是要放的。拜年、讨红包、要压岁钱,让孩子们开心了好些日子。

元宵节后,便到了我该上学的年龄了,心里不免有些激动和兴奋。这天一大早,我背着母亲为我缝制的布包,在村前屋后找同伴,准备与那些同龄或是比我们大一些、早已上了学的孩子一同去学校。临出门,伯父把我叫住了。他掏出一个圆圆的、碗口那么大、用面粉做成的饼小心翼翼地塞进我的书包。伯父不识字,性格却很开朗。他习惯性地眯着他那双小眼睛对我说:"听说你要上学,我特地买了一个饼给你,希望你好好读书。听老师说,孩子进学堂前吃了饼,考试就不得'蛋'。你知道大伯我是个'睁眼瞎',你要做个有出息的人。"

这个饼、这番话以及伯父弯腰为我藏饼到书包里的情形,至今记忆犹新,且影响我的一生。当然这是后话。

我就读的小学在一里之外的大塘村。该村当时有150多户,400多口人。村里出过一个武将叫张日新,天圣年间,曾率兵驻守在今广西首府南宁通往越南的要塞——田东县的恒山寨,抵御外敌入侵。后来他在镇压地方武装——北宋广源州壮族首领侬智高的叛乱中不幸遇难。传说,他头颅被砍,却依旧策马回到十几里外的军营请求援兵,直到抵达军营中大元帅帐营时,他骑在战马上的身体才"扑通"一声倒在地上。皇上为旌表他的英烈,特赐金首级一个随同他的尸首在其家乡王桥镇大塘村下葬,并由地方筹资在村里建了一座上下三堂的宗祠——"日新公祠"以供祭祀。这座公祠就是我后来读书的学校——大塘小学。

在村里大孩子的率领下,我们蹦蹦跳跳地向学校走去。大塘村因村前有一口面积近百亩的池塘而得名,至今这口池塘还基本保留了原来的模样。有人说,你站在池塘的高处俯视,这口塘就是一只大公鸡的形状,东西各有一口小型池塘,共同构成一个中国地图的模样。站在适当的方位,仔细看还真有些相像。夏天,池塘蓄满池水的时候,感觉就像一个湖,大风刮起时,人走在池边,波浪溅起的水花有一米多高,经过两个小池塘之间的那一段路时总是胆战心惊。

日新公祠在大塘村的西边,前面是一块面积蛮大的晒场。大集体时,那里整齐划一地晒着刚收获的稻子。上百块竹垫子上晒着的全是金黄的谷子,阳光下灿烂一片。宗祠坐北朝南,四面是青砖垒起来的高高的围墙,几乎看不到屋脊。门的右边有一棵要两个小孩才能合抱得过来的柳树。柳树下有一条蛮深的水沟,沟里流淌着村里和后山流下来的清水。大门上方有砖砌、石刻的门楣,一块打磨得光溜溜的青石板上刻着"日新公祠"四个苍劲有力的大字,两扇厚厚的木门上吊着两个硕大的铜质门环。印象中，石质门槛很高，我们这些刚入学的孩子想要跨过去还得扶着巨大的石柱门框。

走进大门才发现，里面似乎深不可测。宗祠共分三堂，逐级上升，中间依次设有两个天井透光，最上面的那个厅堂用一面巨大的照壁遮挡了。当时我们也不知道这个宗祠究竟有多大面积，只知道它的大小不一的偏房、侧房都成为了我们的教室，且每个教室都可以坐四五十人。我上学时，估计全校有400多名师生，有的年级还有几个班。

低年级在进门处的下堂，教室是最宽阔的，一个班有50多个人。我的启蒙老师是一位女性，名叫彭记珍。当时大概三十几岁，据说是南昌下放知青，相当于现在的支教老师。她的穿着打扮也与其他老师不一样。可能是我年纪小、个头不高、人老实的原因，彭老师似乎对我格外关心一些。那时候的孩子，都没有握笔写字的基础，彭老师教得非常认真。彭老师弯着腰，站在我背后，握着我的小手教我一笔一划地学写点、横、竖、撇和"毛主席万岁"几个字的情形至今我还记得。

彭老师常常在假期回南昌看望父母。每次回来都带回一些高档的、口感完全不一样的煎饼，且每次都给我好几个。我舍不得吃，就带回家给母亲，并分给我的几个弟弟。那些贫困的日子，老师的这份心意和情谊是那么厚重，厚重得令人难忘。

彭老师有个妹妹在王桥或是东乡的某所学校任教，有时她常来这里与姐姐相聚。印象中两姐妹都很朴实，长得很清秀，是那种穿着整洁、做事有条不紊、能与农村孩子打成一片的人。彭老师教了我一二年级之后，不知什么原因就突然离开了。对于我这个学生她可能没有印象，而我对她却有以上的记忆。不知她今天是否还健在？如果还在又能找到，我将送她几本我的书。天底下，有许多人都像彭老师一样，被人惦念和怀想，他们却浑然不知。那是因为他们曾经付出过真诚和大爱……

上课的时候，琅琅的读书声在整个公祠里回荡。由于宗祠大厅的空间大，又留有几个天井，并不让人觉得嘈杂，倒是觉得热闹和生动。那个年代，乡村的小学基本上都在村里的仓库或是宗祠里上课。老师在没课的时候经常带我们出去参加诸如拾柴火、锄草之类的农活；春天、秋天老师也总会带我们出去走走，虽然环境简陋，条件艰苦，可孩子们都珍惜学习的机会，都听老师的话，即使老师不在也摇头晃脑地朗读课文，自觉地完成作业。

下课了，尤其是下雨天，几百个学生都聚集在四面高墙围起来的校园里。说是校园，其实就是公祠的厅堂。厅堂是空旷的，在公祠的中堂。八根要两个大孩子才能合抱得过来的木柱立在一米多高的石墩上。石墩上方呈圆形，圆得像一个石鼓；下方为八角菱形，每个面上都刻有图案。孩子们在厅堂里追逐、嬉戏，在厅堂里看从天窗里落下的雨丝，踩着光洁的青石板到盛满雨水的天井里洗手。一些调皮撒野的孩子常常爬上石墩，去抱柱子，老师见了，少不了一顿训斥。挨骂的便一脸的羞红，吐着舌头灰溜溜地离开……

就这样，我在这所学校里从一年级读到五年级。当时都是春季招生，到1973年突然改为秋季招生，我们刚好上中学，便多读了半年小学。这年的9月，经过考试我被录取到王桥中学就读。我上中学期间，这所学校还在。大概在八十年代，这栋规模很大、建筑风格独特、具有纪念意义的宗祠不知怎的就被拆了，在原址上建起了一排排低矮的平房，成为新的校园。到了2000年后，又将学校搬迁到村委会附近，这里便建起了民房。

岁月变迁，童真的永恒记忆、怀念老师的情愫久久不能散去。感谢我所有的启蒙老师，一颗虔诚和感恩的心为他们祝福……

过去属于死神，未来属于你自己。

——雪莱

浯溪古韵

绣花楼,绣出的是一朵开不出的花;斋月轩,望到的是一轮不能圆满的月……雨中,我伫立在贞孝牌坊前,心里掠过一丝寒意的同时,倍感信念的温暖。

被列为江西省历史文化名村、位于东乡县黎圩镇的浯溪村近年来我先后去过多次,每次几乎都有新的发现和感悟……

一

站在浯溪村口乍一看,这个有着100余户、近400人口的村子与其他村落几乎没有什么不同。

春雨过后,乳白色的雾霭在山间、村头久久不曾散去,掩映在山岚之中的房舍依稀可辨。这时,伫立其间,只觉四野迷蒙,空气清新,令人心旷神怡。

撩起轻纱,走近村子,你才会发现在这个有着800多年历史,极具赣东地方特色又兼苏州园林布局的浯溪的独特之处。这个占地14903平米的村子,集中了明、清建筑59座,且大部分至今保存完好。其中,特别为王廷垣修建的"状元道"尚存,其为江南各文化名城所罕见;为旌表王士

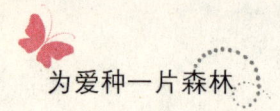

柏之妻李氏而竖立在村头的贞孝牌坊成为抚州的唯一遗存，因而被缩小比例重新仿制并陈列在抚州博物馆中让人观瞻。

浯溪村始建于南宋庆元元年，即1195年，其始祖为王安石之弟王安国第四孙王志（王子春），王先公率先从离此不足4公里的上池瑶田迁徙至此。千百年来，其在该村已繁衍子孙344代，不仅为该村留下了大批具有考古和观赏价值的明、清建筑，同时也为东乡增添了深厚的文化气息，为抚州绵延了丰厚的人文底蕴。明、清以来，该村先后出状元一名，另有13人进士及第，21人得中举人。明成祖永乐年间，王汝为一家四代先后7人荣登甲科，轰动一时，至今仍传为佳话。

2005年春，时任文化部副部长和国家故宫博物馆馆长的郑兴淼曾亲临浯溪村考察。2007年，经省人民政府批准，浯溪村被列为江西省历史文化名村。这是继王安石故里黎圩上池村之后，东乡在历史人文遗存方面获得的又一殊荣。

二

明代天启乙丑年高中状元，官至礼部侍郎、詹事府正詹的王廷垣是浯溪的荣耀和骄傲，他将浯溪的文风推向了一个前所未有的高度。

为了凸显这个高度、崇尚他的治学精神，当地学子、官员倡议在该村修建了一条宽1米，长450米，穿村而过、通达南北的状元道。这条道的两旁用方砖砌界，中间铺上石板或卵石，一年四季干爽光洁，踩在上面结实厚重。村规约定，这条道专供状元郎王廷垣回乡省亲或是接见地方官员时使用，并且只允许他一人行走，其余陪同人等只得在状元道的两侧跟随，即使是被召见的幕僚或当地村民迎娶新人也不得使用，这条规矩一直沿袭了多年。

如今，这条状元道风貌依存。行家说，这样的建筑遗存在江南古建筑中极为罕见，也是东乡丰厚的文化底蕴和古镇黎圩崇尚才学的一个有力的佐证。

因为这条道的存在和指引，黎圩镇、浯溪村才子辈出，文风绵延。

曾当过明万历皇帝老师的王廷垣的官厅世称"官吏府"，由四栋紧密相连的宅院组成，每栋均为上、中、下三堂加照壁、天井结构，除其中的一栋于90年代不幸焚毁之外，其余均保存完好，有的至今还住有人家。从小巷的侧面进入宅院，推开厚厚的木门，跨过高高的石砌门槛，见到的是深深的厅堂，厅堂内立柱高悬、雕刻精美，天窗透明，天井犹存，祖位神龛依原样保存。大门和祖堂上新贴了春联，古朴中渗透着现代气息。

"官吏府"外是一条极具神韵的小巷。小巷长达百米，贯穿东西。站在巷口只觉宽敞明亮，头顶一线蓝天，脚下曲径通幽。巷道用条石铺就，大小相互衔接。地势虽不断攀升却错落有致，行走其间如履平地，丝毫不觉得费力。小巷两旁是高耸的院墙，除住宅的侧门和与之交汇的横向小道之外几乎没有残失。夏天，坐在小巷的石凳上避暑纳凉，上有山间吹来的丝丝凉风，下有沟渠里渗出的冷气，让人倍觉凉爽；春天，细雨霏霏，有情窦初开的女孩独自一人撑一把油纸伞在光洁的石板上走过，心中自然生出戴望舒笔下《雨巷》的意境……

这是一条惬意的、现如今一时难以找寻的小巷。在这宁静的小巷里，你可以摇响镶嵌在豁了牙的木门上那锈迹斑斑的门铃，随手扣合那把用了上百年的木制鸳鸯锁；你可以坐在一旁聆听扎着蓝布头巾、戴着花色袖套的老人一边剥豆荚一边聊着家常；你也可以细品年轻的母亲一边哼着自编催眠小曲一边给孩子喂奶的恬静……

小巷篆刻着过往，也绵延着未来。

三

如果状元道和那条小巷是凝固和定格的油画，那么绣花楼和贞孝牌坊就是生动和凄美的戏本。

斋月轩的进口只有一扇窄窄的偏门，穿过偏门便进入了后人俗称的绣花楼。

绣花楼是一栋占地不大、结构十分紧凑的木制楼房。厅堂几乎是开放的，没有大门，只有隔着一方天井的一块高耸的照壁。从右侧那个陡峭而狭窄的木制楼梯可以上到实际意义上的绣花楼。楼上的空间不大，视野也不开阔，一道高约齐腰的木质栅栏和楼板保存完好，现居主人将它们打扫得干干净净。倚栏眺望也就一方天空，或蔚蓝，或阴沉，或白云，或细雨。一个孤寂的影子在这方小天地沉寂了54个年头……

这位18岁从金溪对桥以冥婚的形式扶棺嫁到浯溪的李姓女子，直到72岁也没有离开过斋月轩。从进门第一天起就独守洞房的李氏在丈夫——清朝儒士王士柏英年早逝后终年守寡，侍奉公婆终生，其贞孝情义感天动地。道光皇帝为旌表其贞孝，特意下旨在浯溪村建造贞孝牌坊一座。这座由儒教教谕廖晋、东乡知县张炳、抚州知府文海等人倡议并主持修建的贞孝牌坊，至今仍巍然屹立在浯溪村南。它自道光二十五年落成至今已沐浴风雨157年。

让贞孝牌坊屹立村前，并不是刻意渲染李氏恪守妇道，而是为了弘扬诚信和真情，赞美责任和孝心。

王士柏的祖父曾任两广布政使，父亲在京城为官，王士柏在与李氏订婚后即进京赶考，本准备博取功名后回乡完婚，这样既光耀门庭又双喜临门。饱读诗书的王士柏果然殿试通过，被皇上钦点为两广粮道按察使。为不辱使命，急顶缺位，王士柏随即从京城直道赶往赴任。由于日夜兼程、旅途劳顿加上水土不服，王士柏感染风寒，未及时就医，结果酿成大疾，最后英年早逝，客死他乡。李氏出自名门望族，心地善良又深蕴妇道，得知未婚夫不幸病故后悲痛欲绝，曾一度萌发殉情的念头。当得知王家尚有年迈的老母没人照顾之后，她毅然打消了轻生的念头，重新振作精神，择定吉日素服扶棺郑重地嫁入王家，以异乎常人的坚毅和亘古不变的信仰为世人留下一段贞孝佳话。

绣花楼，绣出的是一朵开不出的花；斋月轩，望到的是一轮不能圆满的月……

雨中，我伫立在贞孝牌坊前，心里掠过一丝寒意的同时，倍感信念的温暖。

四

浯溪村村口正南的大门亭是近年来在原址上重新修葺的，门楣上刻有"南垣翠秀"四个大字，与村北一八字门亭的"科里甲"三字遥相呼应。虽各有特色，都不及村中央的"奕世甲科"牌楼雄伟气派。该门楼系部院、知县为纪念王汝为一家四代七人荣登甲科而建。

生于明成祖永乐年间的王汝为崇尚读书，且教子有方。他的儿子王常考取进士，他的三个孙子一个考取进士，两个考取举人，侄子王统跟着也考取进士。到重孙王廷垣这辈更是出类拔萃，天启五年（1625年）他竟然得中头名状元。至此一家四代均在朝廷为官，为浯溪村增添了夺目的光彩。

小小的浯溪村，为何人才辈出，村民为我们解开了疑团。

浯溪村前，有一条经年流淌的小河，名字就叫浯溪。在离浯溪村1.5公里的地方有一座三孔石桥，名叫"登科桥"。"登科桥"是以前浯溪村民出门求学和进京赶考的唯一通道。这座桥的设计者根据当地的水文和地理位置，巧妙地设计了三个半圆。山洪未爆发时，河水的落差刚好在圆孔的中轴线上，顺势站在桥的侧面看桥孔的倒影，桥下便出现三轮圆圆的"月亮"。

"登科桥"果然给浯溪村民带来了好的"彩头"。该村进士辈出，能人云集。如今，村里存留的儒林第、应宿第、芳谷宗祠、官吏府等大量的明清建筑群正是浯溪村文化鼎盛、商贾聚集时的见证。

五

太阳透过云层斜射到浯溪村的上空，只见一片方方正正的斗型屋脊还是那么密集和整齐，灰墙黑瓦在阳光的照耀下闪烁着醒目的亮光。

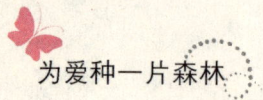

为爱种一片森林

  浯溪村的美在于它凄美而感人的传说，在于它崇尚刻苦求学、不断进取的传统，在于它对善良、厚道、热情待人的民风的传承，在于钟情、守信、忠诚的人对真爱的无私付出。这些恰恰是我们应该在心中恒久保留的品行……

> 假如生活欺骗了你，不要心焦，也不要烦恼。阴郁的日子里要心平气和，相信吧，那快乐的日子就来到。
> ——普希金

红光新田"状元村"探幽

清晨,朝阳从村子的东边升起来,袅袅炊烟在村后的山间飘纱;傍晚,夕阳在村西边古石桥畔那片樟树林里坠落,暮色笼罩在村舍上,给砖墙灰瓦镀上了一层金光。

一

《东乡县志》记载:东乡县红光垦殖场所属新田吴家村自宋朝以来,先后有5人得中进士,10人考中举人。5名进士分别为宋咸淳七年(1271年)考中进士的吴可(吴伯宗曾祖父)和曾任浙西制干的吴名扬;元至正十一年(1351年)考中的榜眼(第二名)吴裕;明洪武四年(1371)年考中的状元吴伯宗;永乐十六年(1418年)考中的吴会同(系吴伯宗之侄、住吴塘),官至监察御史。10名举人分别是至正四年(1334年)考中的吴俨(吴裕之父);至正十六年(1356年)考中的吴仪(吴伯宗之父,吴俨之弟)、吴盛、吴立(兄弟俩);洪武四年(1371年)考中的吴侃,官至临城主簿;永乐九年(1411年)考中的吴厚,授予应天府训导;雍正四年(1726年)考中的吴钦元;乾隆十七年(1752年)考中的吴居澳(吴嵩梁之父),初为河南修武知县、后补湖北施南通判;乾隆六十年

（1795年）考中的吴士杭；嘉庆五年（1800年）考中的吴嵩梁，官至内阁中书外，攫贵州黔西知州。

一个在江南看似非常普通的新田村一年考中两名进士，一届考中3名举人，其中，有东乡县唯一的状元、榜眼，这事叫人听了就觉得非同寻常。时至今日，在新田村，还基本完好地保存有状元吴伯宗的家宅，人称"状元府"。传说中的"状元府"究竟是什么样子？为什么新田村文风鼎盛、才人辈出？这里有着怎样的龙脉和底蕴？现在的新田村又是怎样一番情形？带着这些疑问，我和东乡的文友于日前专程去了一趟位于东乡县最东端，与金溪对桥、陆坊毗邻的红光新田村……

二

时值2012年的初夏。那一天，天气晴朗，蓝天白云，微风轻拂。我们驱车径直来到了离县城40公里的红光垦殖场。这里地处丘陵地带，离世界地质公园——龙虎山直线距离大概20公里，属武夷山山脉余端，因而境内山清水秀、风光旖旎。红光垦殖场现辖两个分场，一个林管站，一个工业区，12个村小组、12个自然村，总面积15平方公里，耕地4975亩。东乡唯一稍有规模的河流——瑶河由境南绕西而过。据介绍，这里共有人口5800余人，他们全部属于国营垦殖场管理体制下的全民职工。垦殖场场部就设在新田村附近。

据县志记载，新田在明正德七年东乡建县之前，归金溪管辖，现红光的大部，瑶圩、虎形山的部分村组均由金溪县划出，原为金溪的"延福乡"。1957年干部上山下乡时，江西省属机关在东乡建立了红星垦殖场。1958年初，东乡县建立红光和虎形山两个县辖垦殖场。红光垦殖场建场之初时，这里人口稀少，旱地、稻田多。于是，县里从田少劳力多的小璜、马圩、占圩等地移民到红光。这些被移民的农民举家迁到红光后，与政府下派的干部一同在此安家落户。政府为他们分配山地、良田，身份为"全民单位"职工，享受良好的待遇。50多年来，经过这些从各乡镇迁来的农垦职工的艰苦创业，昔日荒芜、贫瘠的边陲之地，如今已成为东乡的东大门，不仅农业产业得到了大的发展，职工的收入大为提高，同时，境内的环境也发生了巨大的变化，尤其是职工的福利待遇得到保障。在县委、政府和省农垦部门的大力支持下，垦殖场各项基础设施日渐完善，昔日低矮破旧的场部办公楼得到重建，各分场的办公房、部分职工的住房正在集中维修中。

这一变化都以一种鲜活的形式写在这些农垦职工的脸上。

三

在一位老人的指点下，我们在离红光垦殖场总部往南不足千米的地方找到了新田村。站在村口乍一看，眼前的新田村与我们想象中大相径庭。出过状元、榜眼的新田村，历史和人文底蕴无疑是非常厚重的。在我们的想象中，这里应该是一个人口稠密、古建成片、庭院深深、小巷悠远的古村。可是，我们在阳光下清晰地看到，这里除了一栋外墙看起来还完整并明显具有明朝建筑风格的府第似的古建筑之外，几乎都是新式楼房，而且这些房子参差不齐、零零散散。显然，这栋古建筑就是东乡大名鼎鼎的"状元府"，也就是状元吴伯宗的住宅。

听说我们是来自东乡的作者，特意来看"状元府"，同时搜集一些资料时，一位肌肤黧黑、头发稀疏、年纪50开外、抱着一个小女孩的村民热情地为我们引路。"状元府"就在新田村的村口，由于门前的草坪积水长草，正大门紧锁而且被蒿草和些许灌木虚掩，我们无法走近正门，也无法看清门楣或是两旁的文字和题刻。

那位无论长相和言行举止都像《乡村爱情》里的广坤的村民带我们从后面一扇侧门进了"状元府"。在四片墙围起来的"状元府"的厅堂中，我们见到的是这样的情形：这栋府内设一个院子、一个大的厅堂，中间一个小天井，最后是起居住房。进门的地方很窄，两边各有两个小房间，据说是接待和会客的场所。之后便是一个宽敞的庭院，两侧各设有厢房，估计是用来存储物品和做饭的厨房。中堂为府第的主体，高大雄伟，宽敞明亮。

我们对古建筑的知识知之甚少，只是发现这里用来支撑梁柱的石墩的形状与平时我们见到的不大一样。平时我们见到的都是腰鼓形的，上有图案。尽管它们的形状有大小之别，但都是上圆下方且呈四角的基本构造，而这个大厅的石墩却呈上圆下方且直接由圆至方，底边四角呈弧形自然往上延伸，上面没有任何图案，光光溜溜地发出清幽的光泽。还有就是屋檐下的斗篷也极有特色，平时在古建筑中见到的一般都是横梁往外延伸的翘角，翘角上雕刻些花纹图案，而这里却是用木条雕成枝叶、花朵状然后相互叠加，最后宛如一丛素洁的山花，看似镂空又相互支撑。它们保存得都还完好，点缀和美化着状元府第。

厅堂的横梁大多呈弧形，中间往上鼓起、两端接口下滑，看上去饱满而稳重。横梁上都雕刻着精美的图案，这些花鸟、祥云，抑或故事、人物图案栩栩如生，与横梁、翘角浑然一体。"广坤"大叔把他知道的，与这栋古屋有关的故事大致都对我们说了。他说，这里曾经做过学堂。东边墙上那别扭的开窗就是老师在后堂左侧二楼寄宿时留下的，这些年陆陆续续有人来这里参观。如果不是村民竭力阻止的话，这栋古屋差点就被他的主人拆除了。曾经还有人带专业工具到府第打探、开挖呢！

现场我们看到的情形都印证了他的说法：官府大厅的后堂至今还留有做过教室的痕迹，老师上二楼用的木梯还残存着，进门西侧的厢房有主人留下的残灶，西边的梁柱、门壁上清晰地留下了用碳素水笔书写的、便于重建复原的每一个物件的编号和方位，大厅内还有黑夜潜入者"淘宝"时留下的土坑……

历经几百年的风雨，状元府第已呈现出破败的迹象。除中堂大厅相对完好之外，前院两侧的厢房都有所塌陷。屋里杂乱地堆积着不少废弃物，前院长满杂草，明晃晃的阳光透过破瓦的缝隙映在台阶的青苔上。

"广坤"大叔说，最近听说政府要拨款维修"状元府"，大家都非常高兴。后来听垦殖场的领导也说，他们已经找专家具体设计了"状元府"的维修方案。

这的确是个好消息。

四

站在村口看新田村，的确是一块风水宝地。这里背靠山岭，前有小溪，三条大道相通，村前有一片良田。据族谱记载，这里在宋朝之前就有村庄，鼎盛时人口上千，有房舍800多栋。村民曾这样形象和夸张地描述当时的盛况：这里每天有800根扁担上山砍柴，意指妇女、儿童多；有800个壮丁上畈，意指下田干活的劳力多；站在村后的山顶可以看到1000个屋脊，意指房子多，村子大。

可是，千年之后，在新田村绕一个圈，大概只要10分钟。连"状元府"、分场公用房在内，这里一共才有四五十栋房子，而且稀稀疏疏、零零散散。几栋有些年代的旧房子，或被拆得剩下残垣断壁，或是隐藏在蒿草丛中。由于房子太少、人气不旺，屋前房后几乎都长着青苔和茅草，偶尔见到的也只是老人和小孩……不过从村里废弃的场地和残存的墙基，以及延伸到东西两端、靠山岭脚的散落的瓦砾，可以猜想出它已有多年的规模。

当地村民说，听上辈人说，以前，坐北朝南的新田村为东西走向，长为两里有余。西边至古石桥，东至周家村，前至村前畈，后到半山腰都建有房子，而且楼宇相连、小巷交错。清晨，朝阳从村子的东边升起来，袅袅炊烟在村后的山间飘缈；傍晚，夕阳在村西边古石桥畔那片樟树林里坠落，暮色笼罩在村舍上，给砖墙灰瓦镀上了一层金光。

如今，仅有一栋破屋孤零零地废弃在村西的古桥边，后山的坡地上被蕨藜和灌木严严实实地淹没。扒开灌木丛，还真的能看到被土埋的墙根。

在场部工作的一位中年干部说，距新田村东边一里的地方有一个叫做陈家的村子，以前规模也不小，后来只留有一两户人家。林场刚筹建时在那儿设立过兽医站。有人在周家村靠新田一侧建房打墙基时，发现地下竟然是一条麻石铺就的巷道，巷道两侧是宽达一米的墙基。这说明，古代新田村与陈家几乎彼此相连。也就在那个时候，状元吴伯宗，榜眼吴裕，进士吴可、吴名扬等横空出世。他们在朝为官，著书立说，一时间，让新田村名声远播。

五

当年的新田村，为何人才辈出、官气弥漫？我们对此有些疑惑。

我们的目光定格在村后那座像马鞍形状的后山。这时，刚好有一位从场部购买了几样日用品正回新田村的老人经过。我们便问她村后的那座山叫什么名字。她说叫"玉皇泰山"。我们听了顿时有些诧异。她反复说，这座山就叫这个名字。还说她是从马圩移民的，并非新田的原住民。但是，从她十几岁来这里时，村里人就把那座山叫"玉皇泰山"。

一座无嶙峋怪石、无险峻峰峦的普通小山竟然叫了这么一个有皇家仙气的山名，这在古代恐怕是犯忌的。可她却说，这山名是古代人传下来的，一代一代人都是这样叫的。

这一说，我们便仔细又看了一回"玉皇泰山"。时值盛夏，树木茂盛，山间除些许裸露的石崖，间或一些个头并不高大的树木之外，还是觉得它没有什么不同之处。可新田村的先人为什么敢于称它为"玉皇泰山"呢？

有一个传说，说与吴伯宗同科考中的一个武状元，名叫吴世宗，他的家在距离新田村30里的苏溪村。由于两人都在资料中注明是抚州金溪县人，且吴世宗的名字与吴伯宗就一字之差，皇帝朱元璋以为他们俩是亲兄弟,怀疑考官有舞弊行为,于是差人宣他俩上殿,想问个明白。面对开科两状元,朱元璋酝酿了一下情绪,然后绕了一个弯子先问吴伯宗,他和武状元吴世宗的老家新田是什么模样,吴氏宗族究竟有多大?吴伯宗一听,就知道皇上对他们的身世有误会,可又不便明说出来。他想了想,这样回答了皇上:"我是新田的吴伯宗,我家前有平原大畈,后有玉皇泰山,左右两座钟鼓楼,村口狮象守关口。"他怕这么说,皇上还是听不明白,又补充说:"我和吴世宗同住千户村,共饮一口井。"

皇上听了,觉得纳闷:哪有一村千口只共用一口井的?为了解开疑团,皇上试着又问吴伯宗:"那口井是圆井,还是长井?"

武状元吴世宗平时有些木讷,这会儿在皇上面前突然变得机灵了。他赶紧回答:"长井"。朱元璋这才明白:他俩并非同宗同族,而是居住在一条河(瑶河)的上、下游,两村同时饮用一条河里的水。皇上看着眼前这两位身材高大、长相俊秀的状元,心中不免欣喜。心想,小小的金溪县,一条小河之间竟然同时出了文、武两状元,看来那里真是风水宝地啊!

吴伯宗自恃聪明,把无名的村前畈、屋后山用了夸张美化的词在皇上面前煞有介事地说了,皇上听了没有提出异议,于是,得知这一趣闻的新田村民就跟着将村前畈叫作"平原大畈"、屋后山叫作"玉皇泰山"了。至于左右两座钟鼓楼,其实就是当年东、西两头进村的两个普通的门楼,没有鼓,也没有钟。

是吴伯宗将故乡的不起眼的山水赋予了超凡的灵性,他把曾经叱咤风云的大明王朝的开国皇帝朱元璋都给忽悠了……

六

前文说过新田村历史上出过那么多有名的人,也在另一篇长文里叙述过他们的往事,这里想静下心来说说新田村的几位才女和烈妇。

先说说吴嵩梁的两位妻子。

史料记载，吴嵩梁的继室蒋薇，字琴音，号石溪渔妇。她不仅诗写得好，著有《琴轩阁诗笺》（诗集），绘画造诣也高，是当时有名的女画家。2012年版《东乡县志》收录了她的诗作。其女吴萱、妹妹素云的绘画也非常出色。小女儿吴芸华是个知名诗人，著有诗集《养花轩诗抄》。

吴嵩梁（号兰雪）的原配妻子名叫刘淑，字芳愫，号惠风阁主人，为金溪县人。刘淑从小熟读诗书，是一个才女，一生写过不少诗歌。吴嵩梁所著诗集《香苏山馆诗集》中就附录了其妻子刘淑的四首七绝诗作。分别为：

　　舣棹何人过远汀，镜波面面贴云萍。
　　湖头一夜风兼雨，吹坠芙蓉九朵青。
　　歌罢采莲歌采菱，月明多处下渔口。
　　鲈鱼尺半酒新熟，醉倒诗人王右丞。
　　卅载功名两鬓银，归帆预想泖湖春。
　　风鸥雪鹭都欢喜，认得红衣把钓人。
　　乌帽黄尘道路难，一蓑一笠梦高寒。
　　侬家夫婿能偕隐，合与先生理钓竿。

她写的《石溪看桃花》一诗后来被苏州刺绣才女周湘花绣成刺绣精品，并珍藏在吴嵩梁的诗室里。

　　庭院春阴闭，湘帘昼未开。
　　寻诗向何处，微雨恰归来。
　　小榼携珠酿，经衫浣绿苔。
　　满身蝴蝶粉，知是看花回。

当时，夫君吴兰雪离家北上京城参加礼部官职的应试，其女弟子（东乡县志称为其妹）素云画了一幅《杏花双燕图》赠行，吴嵩梁看过素云的画作之后，依据画作的意境作绝句四首，其妻刘淑读了吴嵩梁的题诗之后，又依据他的诗的韵律和诗两首。

　　阿妹拈毫落彩霞，阿兄新句称笼纱。
　　去时恰似辞巢燕，归日应簪及第花。
　　征骑冲寒雪满衣，画图长与驻春晖。
　　上林见说春如海，愿学红衿只并飞。

《名媛诗话》卷九里也有刘淑写的题为《咏芍药》的一首诗：

　　殿春花好放偏迟，红到庭西第几枝。
　　不肯移栽妆阁畔，嫌他名字是将离。

　　无独有偶，在红光新田，除了刘淑和吴芸华之外，还有一位女诗人，她就是元代女诗人黄嗣贞。

　　黄嗣贞，字玉娘，金溪县人，黄以权之女，后嫁到东乡新田，丈夫名叫吴泰发。经查县志，在进士和举人名录中没有发现吴泰发的记录，估计是做生意的，具体情况待考。黄嗣贞庄重文静、勤奋好学，吴泰发漂泊在外客死三衢时，黄嗣贞才27岁。得知噩耗后，她赶往迎丧，并在路途中写下祭祀丈夫的词作一首。词意凄恻哀婉，寄托其悲痛之情。

　　寡居后，黄嗣贞顽强地支撑着吴家，在身心遭受苦楚之时，激情写作《训子诗三十韵》用来教育、劝勉其两个儿子。功夫不负有心人，两个儿子长大后都成为了有用之材。她写的训子诗其实也是她的自传诗，诗中叙述了她所经历过的酸甜苦辣。明嘉靖《东乡县志》收入其训子诗全文，并

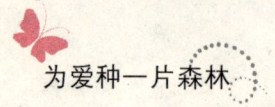

称她为烈女,为之作传。

元大德年间,朝廷得知黄嗣贞作诗教子的事情后,大加赞颂。之后,番阳的吴显把黄嗣贞的诗文收集编汇为《黄嗣贞诗文集》,可惜已经失传。后来,知名文学家危素、吴文正都曾为之写过文章。这里选辑她的两首诗作,以飨读者:

咏境中灯

宝炬菱花共照临,风吹不断影沉沉。
五更沧海含朝月,半夜金星犯太阴。
翠袖指尘红手冷,朱唇呵雾碧光深。
任教撩乱飞蛾扑,难灭虚明一点心。

闻渔唱

网影垂帘江树空,晴川掩映落霞红。
谁知千古兴亡事,尽在渔歌欸乃中。

风水极佳的新田村不仅出状元、榜眼、进士、举人,出诗人、画家,该村的女子也毫不逊色。

七

曾经风光无限的新田村为何没有永葆春色,而是日渐走向衰落呢?

带着这个疑问,我们认真地问了现在还居住在新田村的老人。一位年近花甲,自称来自江苏某地,垦殖场初建时就与男人一同来到新田的老太说,他们来这里的时候,就是现在这个样子,只是一些老房子近几年拆了,村里陆陆续续地在建新房。她告诉我,她只知道有"状元府",知道有个吴伯宗。问及吴嵩梁,问及黄嗣贞和她的训子诗,她表示一概不知。

后来,一位从占圩移民过来,自称是移民二代,已经算是新田村民的中年男人告诉我：几百年前，金溪一代曾经发生过一次规模较大的瘟疫。这场灾难从陆坊那边向新田方向蔓延。起初殃及到新田村东边的陈家村，没几天时间，几百个村民便不治身亡。后来，村里人连做"八仙"的男人都没有了，只好到新田村请人帮忙。谁知，这一来，便把瘟疫带到了新田。一时间，新田也遭此劫难。有的人头天还是活蹦乱跳的，第二天便卧床不起；有的人今天做"八仙"为别人下葬，明天自己也成了亡灵。就这样，一个人口上千的村子没过半年便只剩下不到200人。

后来又经过若干年的繁衍生息，到垦殖场成立时，新田村人口依旧只有200余人。

人去楼空，风雨飘摇。年代已久，不少空房早已倒塌，有的甚至淹没在泥土和草丛之中。

可是，经我们了解，现在住在新田村的村民大部分并不姓吴，因为他们大多是移民到新田村的。那么几经劫难的新田村的原住村民又去了哪里？剩下的又有多少？带着这个疑问，我们又问了几位垦殖场的职工。得到的答案是：建场之初，为了便于管理，除部分自愿加入垦殖场，或是根据能力和需要留在新田作为分场的职工的村民之外，那些不在垦殖场编制之内的村民在垦殖场筹建期间或是成立之后就陆续被安排转移了……

历史改写都在瞬间，其中的一些笑谈听了往往叫人心酸。曾经辉煌的新田村就这样差点消失。不管这么说，他们对红光垦殖场的建设和发展是做出了贡献的。

一个文化积淀如此深厚的地方，按理不应该就这样在版图上模糊……

八

住在新田吴家村的村民，不知道吴嵩梁，不知道吴伯宗，甚至大部分都不姓吴，这多少有点滑稽。坊间有一个颇为逗笑的说法，说有着千年建县历史的金溪县一直以来丰衣足食、人才辈出，关键是有"三块大田"，即位于西北角延福乡的新田、溪田、桂田。这里土地肥沃，水资源丰富，所结稻谷籽粒饱满、质地优良。因而这"三块田"便成为金溪县的粮仓之一。

明正德七年东乡建县，"三块大田"随同延福乡一同从金溪划入了东乡，其中，新田归红光垦殖场管辖，桂田、溪田归瑶圩乡管辖。金溪自从少了这"三块大田"后，粮食产量锐减，县衙收缴赋税也变得困难。

这当然是红光、瑶圩和与之毗邻的陆坊、对桥四地老百姓茶余饭后说的玩笑话。其实，金溪由于历史悠久、钟灵毓秀，在其千年的历史上曾经出过不少知名度很高的人才，比如方仲永、荆国夫人吴氏、危素、陆九渊、龚廷贤、蔡上翔……

当然，500年前还有新田村的吴伯宗、吴嵩梁。据说，新田村以前叫深田，因为这里的稻田土壤深厚，土质肥沃，其实主要是临近瑶河，水源充足，因而旱涝保收，年年丰产。可是，后来为什么又改名叫新田呢？

这里有个传说：说的是状元吴伯宗得中状元后，头戴官帽，身穿官袍，脚蹬官靴坐着官轿从京城回乡省亲。当他来到新田村村口，正准备穿过门楼，沿着门前畈中那条大道进村时，他透过轿帘看见自己的老奶奶正背着一捆沉甸甸的柴火往家中走。当时已是初夏，临近中午的阳光还是蛮热的，只见60多岁的老奶奶气喘吁吁。吴伯宗从小就喜欢老奶奶，放学或是课余只要一有空就主动帮她干些活儿。

这会儿见了老奶奶，吴伯宗不由分说，赶紧下了轿，将老奶奶挽进轿子，自己则扶着轿子一步步走向村里。

前来迎接"状元郎"的族长、邻里见了，有些着急。原来，民间有个说法：考中状元的人，身价倍增。不仅说话一言九鼎，就是脚履也一并变得尊贵。新田村前那一片平展展的稻田若是被状元那双玉脚踩了，岂不是要变得贫瘠了吗？于是，见"状元郎"一脚一脚往地上踩，都有些担忧，甚至有人想弯下腰，搬起"状元郎"的脚走路。可是，吴伯宗却浑然不知。他一边跟轿子里坐着的奶奶说着话,一边一步一步地走着。大伙只得干着急,眼睁睁地看着状元郎一脚一脚地踩去了土地的"脉气"。

这事还真蹊跷。打那以后,新田村前的"平原大畈"还真的变得地表浅薄、土质贫瘠了。"深田"变成了"浅田",粮食也逐年减产了。于是,就将村名改为"新田"了。

九

有人说,新田的兴衰多少与吴伯宗有关。吴伯宗满腹经纶,却性情耿直,为官做事认真细致,朱元璋曾多次赏赐过他。可是,他却一生清贫潦倒。他在顶撞了朱元璋之后,最终无奈去了云南赴任,不料却因感染风寒殒命在旅途之中。其时,他几乎身无分文,是曾经受教于他的皇太子私下派人给他送去银两,后又安排其一直在新田老家的夫人庞氏(也有资料称是龚氏)到云南运回吴伯宗的遗体,最后凭其仅有的积蓄才将吴伯宗安葬于家乡新田。

可是,当我们向那位"广坤"大叔提出,要去状元公的墓地看看、顺便表示一番敬仰之意时,"广坤"大叔说,都近千年了,谁都不知道他的墓究竟在哪里。可是,过了一会儿,他又说,他的坟墓几百年前就被人盗过。如今,山上还留有木炭、石灰、大块的墓石,但究竟是不是他的墓,谁也说不清。

他的话不无道理,名人的墓几乎都被人盗过。有的是带着专家光明正大地发掘,有的是黑灯瞎火地捣鼓。尽管有的是为了地方扬名,有的是为了自己先富,其原因和最终目的都几乎一样……

其实,去新田村访古、打响新田的品牌为何只紧盯着状元郎吴伯宗呢?吴嵩梁,吴嵩梁的妻子蒋薇、刘淑,妹妹素云,女儿吴萱、吴芸华,编写训子诗的黄嗣贞,还有榜眼吴裕,进士吴可、吴名扬,哪一位不是历史名人?哪一位不是闪烁在新田夜空中的明星?

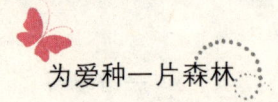

就因为新田历史上曾经出了这么多才子才女，明朝的皇帝才降旨，由官府出资在新田吴家村建过一座"吴氏宗祠"，并亲笔御赐对联一副：

兄榜眼弟状元一家文显，

宋忠臣元烈妇万古流芳。

横批：忠节文章。

这其中的榜眼为吴裕，系吴伯宗的堂兄，状元自然是指吴伯宗，他们的父亲吴俨、吴仪也是举人，吴裕、吴伯敏、吴伯顺三兄弟，以及吴伯宗和弟弟都曾在外做官，因而一家都是才子文郎。宋忠臣指的是新田村的第一名进士吴名扬。德祐元年（1275年），文天祥在赣州起兵，他率家乡豪杰赴义，一时传为佳话。元烈妇则是嫁给吴泰发的黄嗣贞，她在丈夫溺水身亡后作诗勉励两个儿子，并将两个儿子培养成有用之材。他们一忠一烈，义举感人。横批"忠节文章"四字高度概括了新田村当时的情形。

时至今日，新田村尚有"大司马第"，有古石桥的遗址，有记录新田村沉浮的族谱。断垣残壁、乱石瓦砾中依稀可找寻到先人的声息。

我走在新田村的一片废墟上感慨万千，心潮起伏……

十

沉寂海底千年的榉木终有上岸的时候，百里深洞终有一天会被照亮。被人遗忘的新田，被岁月钩沉的新田，在文明的春风又绿江南的时候，该从酣梦中醒来了。

在文化强国、文化兴县的大背景下，在东乡建县500周年大喜的日子里，在建设生态乡村、打造旅游产业成为时尚的今天，有着深厚文化底蕴的新田，必将有所作为，有所改变……

红光垦殖场的当家人顺应时代的风向，提出了依托龙虎山，借助济广高速，特别是千古状元村——新田，以及新田的状元府、新田的名人故事积极打造生态人文旅游业设想。拟通过县委、政府和上级农垦部门的大力

支持,先期打通通往鹰潭、金溪的快速通道,拓宽至瑶圩、东乡县城的要道,修缮状元府,整理新田村历史名人的传说故事,最终将它建成世界地质公园、国家 4A 级旅游景区、龙虎山的"后花园"、东乡的文化生态观光园。

有梦想就有希望,有梦想就有明天。

在新田村,我们还得到另一个新的信息:一些早年迁出的新田原住民近来有人悄悄地、陆陆续续地回到了他们的祖籍地——新田村。

人要精神,地要底蕴。

新田,期盼你有朝一日能重现曾经有过的辉煌……

辛勤的蜜蜂永没有时间悲哀。
——布莱克

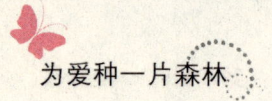

窗台上的麻雀

透过明净的窗户,看见麻雀们兴奋不已,它们或互相嬉戏、追逐,或彼此依偎、私语。一切都那么尽兴尽情,无所顾忌,更不在乎一窗之隔的人类。隔着玻璃,你发现了它们,如果不对着它们恫吓和惊扰,它们是不会轻易理会的。

一早起来,几只麻雀就站在窗台上叽叽喳喳地叫着。春日难得的好梦常常被这些家伙惊扰。透过明净的窗户,看见麻雀们兴奋不已,它们或互相嬉戏、追逐,或彼此依偎、私语。一切都那么尽兴尽情,无所顾忌,更不在乎一窗之隔的人类。隔着玻璃,你发现了它们,如果不对着它们恫吓和惊扰,它们是不会轻易理会的。该说的话说完了,该表达的亲昵传递了,它们才相约掸掸翅膀,飞向下一个目的地。飞腾的时候,还不忘清脆地鸣叫几声……

去年冬天,我因事去乡下,在一个村里看到这样一个奇观。在村子上空,顶着透过云层的薄日,密密麻麻地盘旋着一圈黑色的圆球。这些由黑点形成的圆球,会移动、会变形、会散去,并夹杂着叽叽喳喳的叫声。

村民告诉我,那是鸟儿在抱团聚会。

我问:"都是些什么鸟呢?"

村民说:"什么鸟都有,乌鸦,斑鸠,八哥,最多的是麻雀。它们吃饱了、喝足了,在一块起舞闹腾,逍遥自在。它们比我们还热闹,还亲

近呢!"

现在许多村民都外出打工了,村里留下来的不足四分之一,且大多是老弱妇孺,他们是一个跳跃、断层之间的畸形组合,老人在体力上负重,在情感上空乏,自己有了病痛只能扛着;孙子、孙女有了寒热他们却抓耳挠腮。孩子缺少母爱,老人渴望关爱,妇女期盼慰藉。更让他们焦灼难耐的是留下来的人太少,不说夜里,就是白天连个说话的人也没有。这几年,农民外出打工确实挣了钱,也建了不少房子,可大多没有人住,旧房子风雨飘摇,新楼房空空荡荡,一个偌大的村子就稀稀拉拉地晃荡着几个身影,怎不叫人觉得孤寂?

这位老人家说,去冬今春,天气阴晦,持续寒冷,老人、孩子都待在家里不敢出门。寂寞时,就逗逗孩子、喂喂禽畜。孩子上学了,地里的活忙过一段之后,就找把椅子坐在屋檐下看看天,念叨念叨出门在外的亲人。这时候,一群小鸟便出现在屋檐与屋檐之间的那方天空,它们快活地抱着团,亲密无间地聚会,无忧无虑地飞翔,让老人顿生出一种前所未有的空寂和惆怅。

飞倦了,麻雀便落在门前那棵梨树上。落光了叶子的梨树在苍茫的季节里,给人以铁骨铮铮的印象,偶尔有几只麻雀停在上面,随意截取一个画面,就成了画家笔下的写意。这时的静与动都左右着老人的思绪,或阴冷、或灵动、或弥散、或凝固……

抽了一袋旱烟,老人似乎兴奋起来。老人说,这些年,村子空了,地里荒了,夜里野猪糟蹋庄稼,野兽白天溜进村庄,村民都有些胆怯了。由于荒山都长满了乔木,林间树木茂密,一些深藏山涧或是临山而居的村民都不敢睡囫囵觉了。只有到了黎明,听到屋外的麻雀清脆的鸣叫才敢起床开门。

要说麻雀真的很多。一位村民说,他将秋收的稻谷放在阁楼里,一时疏忽,就被麻雀吃了个大半。那天,他将那个一直敞开的窗户设立了一个机关,他蹲在一旁看守,见一群麻雀鱼贯而入,将绳子一拉,一下逮着了100多只活蹦乱跳的麻雀。

乡村的麻雀喜欢成群结队,过着群居的日子,它们衣食无忧,悠然自得。这的确得益于村民大都外出，加上使用液化气和电饭煲，柴火都没人要了，那座山都被灌木覆盖了。山上有野果子，稻田里有撒落的谷子。城里人到乡村的树林里听到的是一声声悦耳的鸟鸣，看到的是各种鸟飞翔或是栖息的情形。

如今的乡村多了一份绿色，多了一些楼房，却少了一份亲近和热情。留守乡村，每一个日子都饱含希望和期盼，饱含艰辛与负重，饱含寂静与无奈。

最苦的是那些孩子，有的在牙牙学语，甚至还在襁褓里就离开母亲，以至于一年一相聚，见面不相识。再加上生源稀少，教育资源配置不合理，导致农村的孩子自出生起就在畸形的环境中成长。一所学校不到十几个学生，老师教学没劲，家长忧虑。于是，一些家长便将孩子送到县城就读。插班费，租房、陪护的费用，一年下来需要一笔不小的开支。

这让我想起了乡村里的麻雀。它们为什么要抱团？又为什么被逮？环境改变有时不一定是好事，就如同物质生活提高了，而一些内在的、该传承的东西却悄悄地消失了。

乡村的鸟进了城，吃的不是稻谷，可是享受的同样都是生活。只要活得自在，或自己认为自在，就是幸福的。就如同我看到的窗口上的麻雀。

当一对情投意合的小麻雀在清晨的阳光里尽情地亲昵时，我们也为它们欣慰和祝福。只是祝福的时候，我们不免心不由己地想起乡间的那些老人，想起他们寂寞和惆怅时坐在屋檐下抬头望那一群群抱团飞翔的鸟儿的眼神。

我、你，或是我们朋友的父亲也许还生活在农村，请你在心里记住老人抬头看天时那一瞬间的表情。在内心深处，他们似乎就是一群麻雀，需要热闹，需要阳光……

希望是厄运的忠实的姐妹。

——普希金